블러드 스톰
Blood Storm

블러드 스톰 4

김종휘 판타지 장편 소설

초판 1쇄 찍은 날 § 2003년 2월 28일
초판 1쇄 펴낸 날 § 2003년 3월 10일

지은이 § 김종휘
펴낸이 § 서경석

편집장 § 문혜영
편집 책임 § 이종민
편집 § 박영주 · 김희정 · 유경화
마케팅 § 정필 · 강양원 · 이선구 · 김규진 · 홍현경

펴낸곳 § 도서출판 청어람
등록번호 § 제1081-1-89호
등록일자 § 1999. 5. 31
어람번호 § 제1-0358호

주소 § 경기도 부천시 원미구 심곡1동 350-1 남성B/D 3F (우) 420-011
전화 § 032-656-4452 팩스 § 032-656-4453
http://www.chungeoram.com
E-mail § eoram99@chollian.net

값 7,500원

ISBN 89-5505-577-3 (SET)
ISBN 89-5505-627-3 04810

김종휘 판타지 장편 소설

블러드 스톰
Blood Storm

레이드의 죽음 **4**

도서출판
청어람

목
차

제17장 **마도사의 던젼**

마
도
사
의

던
전

순백색으로 장식된 거대한 방, 그 한가운데 한 남자가 탁자에 앉아 있었다. 앞에 놓여져 있는 찻잔을 들어서 조용히 향을 음미하던 남자는 차의 향기에 만족한 듯 입가에 작은 미소를 짓고 있었는데, 그때 누군가 방으로 찾아왔는지 노크 소리와 함께 굵직한 남자의 음성이 들려왔다.

"라덴스트입니다."

"들어와라."

찻잔을 들어서 차의 향기를 음미하고 있던 남자는 문밖에 서 있는 자에게 들어오라 말하고는 천천히 찻잔에 입을 가져갔다.

잠시 후 문이 열리며 한 인영이 그 모습을 드러내었는데, 키가 2미터는 넘는 듯한 거구에 풀 플레이트 아머를 걸친 남자가 투구를 팔에 낀 채 방 안으로 들어왔다.

거구의 기사 뒤로 이십 대 중반 정도의 여자와 두 명의 아이가 기사들에게 잡혀 방 안으로 끌려 들어왔는데, 그들은 놀랍게도 납치되었던 헤레나와 두 아이들이었다.

다행히 큰 고초는 겪지 않았는지 헤레나와 아이들의 얼굴에는 반항하다 살짝 긁힌 상처 외에 별다른 것은 보이지 않았는데, 거친 기사들에게 끌려 다니다 보니 상당히 피로가 쌓여 있는지 아이들이 얼굴에는 초췌한 기색이 가득해 보였다.

아이들이 자신의 앞으로 다가오자 조용히 찻잔을 내려놓은 남자가 천천히 고개를 들어 바라보자 남자의 얼굴을 본 레비나는 한순간 크게 놀란 표정을 지었다.

그는 눈과 코를 가리는 가면을 쓰고 있었는데, 그 모습이 흉측한 마물의 형태였기에 겁이 많은 레비나가 놀랐던 것이다.

레비나가 자신의 가면에 놀라는 모습을 보이자 남자는 조용히 미소 지으며 오른손으로 레비나의 볼을 쓰다듬어 주었다.

하지만 그 순간 레비나는 소름이 돋는 듯한 느낌에 온몸이 사시나무 떨듯 떨리고 있었다.

"이 아이가… 블러드 스톰의 아이인가?"

"예, 회주."

가면을 쓴 남자의 말에 라덴스트란 기사는 정중하게 대답했다.

레비나의 볼을 쓰다듬던 그는 아이의 허리를 잡아 들어 올려 무릎 위에 앉혀놓고는 조용히 말했다.

"아이야, 너무 두려워하지 말아라."

"흐, 흐흑흑."

자애로운 음성으로 말을 하곤 있었지만 어린 레비나는 그 남자의 손이 닿는 것조차 두려울 수밖에 없었고, 잠시 후 큰 두 눈에선 조금씩 눈물이 흘러내렸다.

가면의 남자는 그런 것에 아랑곳하지 않고 조용히 레비나의 등을 어루만져 주며 미소를 짓고는 말했다.

"후후후, 아비가 죽는 것을 보고 싶은 게로구나."

"……."

미소 짓는 표정과 달리 그의 목소리에는 강한 살기가 서려 있어 레비나는 그가 말하는 사람이 자신을 보살펴 주는 블러드 아저씨란 것을 알고 금세 울음을 멈추었다.

"크크크, 귀여운 아이로구나. 이 아저씨는 너 때문에 블러드 스톰이라는 녀석을 영입하는 데 실패했던 것 같구나."

"……."

남자가 하는 말을 도저히 알아들을 수 없던 레비나였지만 가면의 남자가 블러드를 노리고 있는 사람이란 것은 알 수 있었다.

"회주, 블러드 스톰이 가우레시스의 잔당들과 힘을 합쳐 왕궁의 터로 향한 것 같습니다."

"왕궁의 터라… 회에 남아 있는 고위 마족은 누가 있는가?"

"루비드와 샤브레가 남아 있습니다."

그 말에 가면의 남자는 천천히 고개를 끄덕이며 말했다.

"루비드와 샤브레에게 지금 당장 가우레시스 왕궁의 터로 가 블러드 스톰과 그의 주변에 있는 모든 이의 목을 베라 전하라."

"예."

레비나는 블러드 아저씨와 일행들을 죽이라는 가면의 남자의 말에 놀라며 온몸의 떨림이 더욱 거세어졌는데, 그런 레비나의 떨림이 느껴지는지 그는 조용히 미소 짓더니 라덴스트라는 거구의 기사에게 말했다.

"이런 미끼를 놓고 가라고 할 뻔했군. 라덴스트, 이년을 데리고 가라!"

"꺄아악!!"

방금 전까지 자애스럽게 했던 행동은 어디로 갔는지, 그는 어린 레비나의 머리채를 움켜잡아 들어 올려서는 라덴스트에게 집어 던졌다.

머리채가 끊어지는 듯한 고통을 느낀 레비나는 비명과 함께 날아가 그대로 갑옷을 입은 기사의 다리에 부딪쳤다. 강철의 갑옷과 부딪친 탓에 고통은 더욱 클 수밖에 없었다.

"레비나!!"

헤레나와 레이드는 레비나의 모습에 놀라 뛰어가려고 했지만 자신들을 붙잡고 있는 기사들의 손에 잡혀 움직이지 못했기에 소리만 지를 수밖에 없었다.

"으흑흑흑……."

레비나는 땅으로 쓰러져 퍼렇게 멍든 팔다리를 보며 울음을 터뜨렸지만 냉혹한 기사들에게는 그런 것이 통하지 않았다.

기사는 인정사정없이 레비나의 머리채를 잡아 끌고 갔고, 어린 레비나는 눈물을 터뜨리며 끌려갈 수밖에 없었다.

"끼야악!! 아악!"

"레비나! 흑흑흑……!"

어린 레비나가 우악스러운 기사들의 손에 고통스럽게 끌려가는 것에 헤레나와 레이드는 눈물을 터뜨리며 그녀의 이름을 부를 수밖에 없었다.

"회주, 이 헤레나란 계집과 레이드란 아이는……?"

"쓸모가 있을 것 같은가?"

"지금 당장은 아니지만 만약의 경우를 생각한다면 일단은 살려두는 편이 좋을 듯합니다."

"너의 생각대로 처리하도록 하라."

"예."

한 기사의 물음에 가면의 남자가 귀찮다는 듯이 손짓하며 말하자 두 사람을 잡고 있던 기사들은 정중하게 고개를 숙이곤 두 사람을 데리고 방을 나갔다.

방 안에 있던 기사들이 모두 사라지자 가면의 남자는 다시 탁자에 놓여 있는 차의 향기를 음미하곤 미소 지으며 중얼거렸다.

"흐흐흐, 블러드 스톰이여, 나의 말을 거부한 걸 후회하게 만들어주마. 크하하하하!"

가우레시스 왕국의 터에 도착한 난 주위를 둘러보았다. 과거 번성했던 왕국은 이제 그 흔적만이 남아 어지러이 널려져 있었고, 군데군데의 바위틈에는 끈질긴 생명력을 지닌 잡초만이 자라나고 있었다.

봐렌은 왕국의 터 여기저기를 에드워드와 같이 둘러보고 있었는데 얼마 지나지 않아 에드워드가 무엇인가를 찾아냈는지 사람들을 부르며 손짓했고, 일행은 모두 그의 곁으로 모여들었다.

"입구를 발견하셨습니까?"

봐렌의 물음에 에드워드는 고개를 끄덕이며 말했다.

"예, 이 바위틈으로 미세긴 하지만 마나의 기운이 느껴지고 있군요."

에드워드가 가리킨 곳은 성의 일부가 무너져 거대한 바위들이 쌓여 있는 곳이었다.

적어도 수백 명의 사람이 한 달 정도를 고생해야 치울 수 있는 파편들이 사오 미터 정도 깔려 있는 것을 보며 암담한 생각이 드는지 일행들은 얼굴을 일그러뜨리고 있었다.

"아무래도 며칠은 걸려야 이 바위들을 치울 수 있겠군요."

봐렌의 말에 일행들은 모두 고개를 끄덕이며 수긍하고 있었다. 하지만 난 이렇게 시간을 지체할 수가 없었다.

레비나와 두 사람이 어떻게 되었는지도 모르는 판국에 시간을 더 이상 지체할 수 없다고 판단했기 때문이다.

"도리나."

"예."

"이 바위들을 부순다면 당신의 공기의 마나로 부서진 파편들을 일시에 날려 버릴 수 있겠습니까?"

"예?"

나의 말에 도리나는 이해를 하지 못하고 있었지만 더 이상의 부연 설명은 하지 않고 블러드 소드를 뽑아서 검에 마나를 집중해 나갔다.

"차압!"

붉은색의 오로라가 검에 서리자 앞에 버티고 있는 성벽의 덩어리를 향해 검을 찔러갔고, 검은 파편 깊숙이 파고 들어가기 시작했다.

"진동검!!"

파편으로 검이 박혀 들어가자 소드 브레이커 기술의 일종인 진동검을 사용했다.

몇 명의 장정이 있어도 들어 올리지 못할 정도의 성벽 파편은 검의 진동에 의해 잠시 후 균열이 생기기 시작했다.

쿠구궁!!

균열이 점점 늘어나기 시작한 바위는 잠시 후 굉음과 함께 산산조각으로 부서져 사방으로 튕겨져 날아갔다.

"도리나, 부탁하오."

도리나는 내가 부탁한 일이 무엇인지 알고는 눈을 감고 서서히 자신의 몸속에 있는 마나를 움직이기 시작했다.

서서히 도리나의 주위로 강한 공기의 흐름이 일어나기 시작했고, 그녀가 눈을 떠 내가 부순 바윗덩어리에 손가락을 가리키자 강한 공기의 흐름이 휘몰아쳤다.

공기의 흐름은 부서진 바위의 파편을 사방으로 휩쓸며 갔고, 앞을 막고 있던 거대한 파편은 바람에 실려 말끔하게 사라졌다.

하지만 아직 많은 수의 큰 파편이 입구를 막고 있었기 때문에 지체하지 않고 계속 작업을 시작했다.

"합!!"

사방으로 흩어진 파편이 바람에 의해 모두 날아가자 다시 한 번 검을 찔러 파편을 부서뜨렸고, 도리나는 내가공기의 마나로 그것을 날려버렸다.

계속 지하의 던전으로 가는 입구를 막고 있던 파편을 파괴하며 치워나가고는 있었지만, 아무리 소드 오버러의 나라 해도 그랜드 소드 마스터와 같이 자연의 마나를 빌어 쓰는 것이 아닌 이상 몸 안의 마나를 쓰고 있는 탓에 피로가 밀려오기 시작했다.

도리나 역시 많은 마나를 사용했는지 얼굴색이 시퍼렇게 변할 정도로 피로한 모습이 역력해지고 있었다.

"블러드 스톰님!!"

그때 페드로가 다가와 나를 불렀으나 난 고개를 저으며 말했다.

"날 막지 말게."

그 말에 페드로는 고개를 저으며 말했다.

"조금 쉬십시오. 이번에는 제가 하도록 하겠습니다."

그렇게 말한 페드로는 자신의 검을 꺼내어 마나를 집중해 바위를 가격했다.

나와 같은 위력으로 바위를 날려 보내지는 못하고 있었지만 그 역시 상당한 실력의 소유자였기 때문에 몇 번을 내려치자 바위가 부서졌다.

그리고 봐렌이 마법 주문을 사용하여 페드로가 부수고 있는 바위의 파편을 날려 버렸다.

하지만 그의 모습을 보며 난 페드로의 어깨를 잡아 뒤로 가게 한 후 다시 바위를 부수기 위해 나설 수밖에 없었다.

그는 나에게 쉴 기회를 주기 위해 온 힘을 다해 바위를 가격했으나 검의 반동을 견디지 못해 손아귀가 찢어져 피가 흘러내리고 있었기 때문이다.

마나를 완벽하게 다룬다면 모를까, 아직 그 정도의 실력을 가지고 있지 못하기에 생긴 일이었다.

내가 자신을 막고 다시 작업을 계속하자 페드로는 죄송스러운 표정으로 말했다.

"블러드님, 죄송합니다."

페드로는 고개를 숙이며 자신의 실력의 미숙함을 부끄러워했지만 나에게 그는 만족스러운 동료였기에 고개를 저으며 말했다.

"손을 치료하라."

"예."

그를 다시 돌려보낸 후 검을 들어 계속 바위를 부수려고 했는데 또 다시 누군가 나의 어깨를 잡고는 말했다.

"어이, 이번에는 내 차례라고."

"이스트."

이스트는 나를 보며 미소 짓고는 검을 뽑아 들어서는 바위를 내려쳤다.

캉!!

이스트는 자신있게 앞으로 나가 검을 휘둘렀지만 아직 이스트의 실력으로는 바위를 부술 수 없었기에 강한 쇳소리만이 울릴 뿐 바위는 약간의 흔적을 제외하고 아무런 변화가 없었다.

그것을 보며 도라나는 재밌다는 듯이 웃기 시작했고, 이스트는 얼굴이 시뻘게질 수밖에 없었다.

"호호호!"

"거 웃지 좀 말라고."

도라나가 웃음을 멈출 생각을 하지 않자 이스트는 얼굴이 시뻘게지며 소리쳤다.

난 반동의 영향으로 저린 손을 움켜쥐며 도라나에게 소리 지르고 있는 이스트에게 손짓을 하여 비키게 한 후 다시 작업에 들어갔다.

자신의 실력으로는 바위에 흠집 내는 것이 고작인 것을 확인한 이스트로선 더 이상 작업할 용기를 내지 못하고 투덜거리며 뒤쪽으로 걸어갔다.

다섯 시간 정도 돌을 파괴하는 작업을 한 후에야 우리는 눈앞에 보이는 바위들을 어느 정도 치울 수 있었다.

봐렌은 앞으로 나서며 말했다.

"이 정도면 마법으로 날릴 수 있을 것 같으니 물러서 주십시오."

확실히 그 실력을 보여준 적은 없었지만 몸에서 느껴지는 마나의 감도로 보아 그가 뛰어난 마법사라는 것을 알고 있던 난 조용히 뒤로 물러섰다.

사람들이 모두 거리를 두고 물러서자 그는 품에서 작은 마법 스틱을 꺼내어 마나를 집중하여 주문을 외우기 시작했다.

"모든 만물을 이루는 마나여! 그 무한한 힘을 빌려 존재하는 모든 것을 파괴할 수 있는 폭발의 힘을 얻고자 한다. 익스플로젼!!"

봐렌이 긴 주문을 끝낸 후 시동어를 외치자 마법 스틱에 모인 마나는 그가 원하는 방향을 향해 빠른 속도로 흘러 들어가기 시작했다.

무너진 파편의 틈 사이로 빠르게 들어간 마나는 잠시 후 굉음과 함께 엄청난 폭발의 마법을 발현했다.

쾅! 쿠구구구궁!!

그의 마법은 바위틈에서 강렬히 폭발하며 순식간에 던전의 입구를 막고 있던 파편들을 사방으로 날려 버렸고, 일대는 자욱한 먼지로 뒤덮여 버렸다.

어느 정도 시간이 지나자 뿌연 흙먼지가 바람과 함께 흘러갔고 입구 주변의 모습이 드러났다.

하지만 그 모습에 사람들은 혀를 찰 수밖에 없었으니, 익스플로젼의 마법이 너무 강렬하여 바닥이 함몰되어 버린 것이다.

"아! 이거 실수로군."

봐렌은 자신의 실수를 보며 머리를 치고 있었는데, 도리나가 조용히 그의 곁으로 가 공기의 마나를 사용하여 함몰되어 있는 바위들을 부유시켜 밖으로 치우기 시작했다.

통로를 이루고 있는 부분이 크게 함몰되었다고는 하지만 파편이 막고 있었던 때와 비교한다면 나아진 모습이다.

도라나의 모습을 보며 나와 이스트는 그녀를 도와 바위를 밖으로 집어 던졌다.

다시 한 시간여 정도의 작업이 끝나자 통로를 막고 있던 돌들을 모두 치울 수 있었고, 우리 앞으로 사람 한 명이 간신히 들어갈 정도의 입구가 생겨났다.

통로 안쪽으로 무한히 펼쳐져 있을 것 같은 어둠의 공간이 보이고 있었다.

봐렌은 드디어 드러난 던전의 입구를 보며 마른침을 꿀꺽 삼키고는 우리를 보며 말했다.

"자, 이제 들어가 보도록 할까요?"

에드워드는 이미 준비해 놓은 횃불을 이스트와 봐렌, 페드로에게 건네주고는 말했다.

"던전에 들어가기 전 반드시 지켜야 할 사항을 말씀드리겠습니다. 첫째, 어떠한 것에도 손을 대지 마십시오. 벽, 물건들을 막론하여 자신의 물건 외에는 모든 것에 손을 대지 말라는 것입니다. 둘째, 트랩이 있는 곳을 말씀드리면 무조건 저의 지시에 따라주십시오. 셋째, 마물이나 그 밖에 생명을 위협할 무엇인가가 나타났다 해도 절대 경거망동하지 마십시오. 이 세 가지 사항만 준수하신다면 어떠한 문제라도 목숨을 보전할 수 있을 겁니다. 선두는 제가 맡으며 저의 뒤로 블러드 씨, 페드로 씨, 봐렌 씨, 도라나 양, 그리고 제일 마지막 후위는 이스트 씨가 맡아주십시오."

에드워드의 설명에 일행들은 모두 고개를 끄덕였고, 우리들의 모습에 그는 자신의 배낭을 짊어 메고는 던전의 입구로 들어갔다.

블러드 소드의 에고의 봉인을 풀 수 있는 마도사 라지베헤루의 던전으로의 탐험이 시작된 것이다.

오랜 시간 동안 지하에 모습을 감추고 있던 던전이었지만 안에 있는 공기는 그리 탁하지 않았다. 이렇게 본다면 던전 어느 부분인가 외부로 통하는 환풍구가 있다는 뜻이다.

던전에서 가장 힘든 것은 공기의 흐름이 원활하지 않은 곳이 있어 활동하기 어렵다는 것이었지만, 이곳은 다행히 호흡에는 아무런 문제가 없었다.

안으로 계속 들어가자 계단이 드러났다. 계단의 통로는 두 사람 정도가 지나갈 수 있는 넓이였기에 일행들이 걷는 것에는 별문제가 없었지만, 만약 장애물이 나타난다면 대처하기가 힘들 정도로 좁은 크기였기에 에드워드는 상당히 신중하게 주위를 둘러보고 있었다.

약 십 분 정도 계단을 내려가자 바위를 작게 진동하는 물소리가 들려왔다.

에드워드는 물소리를 듣고 잠시 벽을 훑어보고 귀를 대어 살펴본 후 우리를 보며 말했다.

"아무래도 가까운 곳에 수맥이 있는 듯합니다. 수맥이 있는 던전은 물을 이용한 함정이 있을 확률이 높으니 조심하시기 바랍니다. 만약 수맥을 이용한 함정이 발동되었다 해도 당황하여 벽을 부수지 마십시오. 그렇게 되면 기관을 해제하지도 못한 채 수장을 당할 수도 있으니까 말입니다."

일행은 그의 말에 소름이 끼치는 듯한 표정을 지었다. 대륙의 많은 고대 유적지를 찾아다닌 에드워드는 당연하다는 듯이 이야기하고 있었지만, 일행들은 거의 대부분 던전 모험을 제대로 해본 적이 없는 초보자였기 때문이다.

그의 설명을 들으며 우린 다시 계단을 내려갔고, 다시 어느 정도 시간이 지난 후에야 계단의 끝이 보였다.

내려온 거리와 계단의 각도를 추정해 보면 거의 지하 200미터 정도의 깊이까지 내려온 것 같았다.

계단은 거의 앞으로만 이어져 있었기에 이미 우리가 있는 곳은 가우레시스 왕궁의 터를 벗어났다고 볼 수 있었다.

"아무래도 왕실에서 탈출 통로로 만든 것을 던전으로 확장시킨 듯하군요."

계단을 모두 내려온 에드워드는 우리가 알아들을 수 있게 설명을 해 주면서 말했다.

"이곳이 탈출 통로를 개조하여 만들었다면 저희가 내려온 입구 외에 또 다른 출구가 있다는 뜻이니 뒤쪽의 입구가 막혔다고 해도 당황하지 마시길 바랍니다."

던전 탐험에서 가장 위험한 것은 초보자와 같이 동행하는 것이다.

물론 대륙에 이러한 탐험을 하는 숙련자가 그렇게 많을 리는 없겠지만, 초보자는 던전의 위험을 알지 못하고 함부로 행동해 함정으로 일행 모두를 위험에 빠지게 할 수 있기 때문이다.

초보자의 위험도를 잘 알고 있는 에드워드는 무엇이 나타날 때마다 우리에게 설명해 주는 것을 잊지 않았고, 그 뒤에는 반드시 주의 사항을 덧붙였다.

이스트의 경우에는 유온 족 자치령의 마신의 던전에서 한번 실수할 뻔한 적이 있었기 때문에 에드워드의 말에 연신 고개를 끄덕이고 있었다.

얼마 정도 복도를 따라 들어가자 우리들의 앞에는 세 개의 다른 복도가 드러났고, 에드워드는 품에서 봐렌에게 받은 지도를 꺼내 들어 살피고는 얼굴을 일그러뜨리며 말했다.

"같은 곳으로 가는 통로가 두 개입니다. 둘 모두에 함정이 있을 수 있고 한 군데만 있을 수도 있습니다."

지도를 보며 중얼거린 에드워드는 한쪽의 통로에 표시를 하며 말했다.

"일단은 연결되어 있는 두 개의 통로 중 왼쪽으로 들어가 보도록 하지요. 블러드 씨와 페드로 씨는 만약의 경우를 대비해 검을 꺼내고 경계를 늦추지 마십시오. 그리고 봐렌 씨는 두 분의 뒤로 너무 바짝 붙지 마시고 2미터 정도의 거리를 두고 따라오도록 하십시오. 복도가 그렇게 넓지 않기 때문에 어느 정도 몸을 피할 수 있는 거리는 있어야 하니까요."

왼쪽으로 방향을 정한 그는 주의 사항을 전달해 준 후 천천히 걸음을 옮겼고, 그의 말에 따라 나와 페드로는 검을 뽑아 들었다.

바닥과 벽을 주의 깊게 살피며 가고 있는지라 진행 속도는 자연히 느릴 수밖에 없었다.

그 때문에 뒤에 있던 이스트는 연신 투정을 부리며 중얼거리고 있었는데, 한참 동안 그 투정을 듣고 있던 에드워드도 더 이상 참지 못하겠다는 듯이 몸을 돌려서는 이스트를 보며 말했다.

"이스트 씨."

"왜요?"

"조금 조용히 좀 해주시겠습니까?"

"……."

에드워드의 말에 이스트는 아무 말도 못하고 입을 다물 수밖에 없었는데, 에드워드는 다시 바닥과 벽을 훑어보면서 이스트를 향해 말했다.

"이스트 씨."

"……."

이스트는 조금 기분이 상했는지 아무 말도 안 하고 있었지만 에드워드는 아무것도 아닌 듯 자신의 할 말을 해 나갔다.

"보통 로맨스 소설에서는 던전 탐험이 하루도 되지 않아 그 끝에 도달하곤 합니다. 하지만 실제로 마도의 던전 탐험은 그렇게 쉬운 일이 아닙니다. 저 같은 던전 탐험의 전문가들만으로 팀을 이룬다고 해도 던전 하나를 완전히 탐험하기 위해서는 보통 한 달 이상의 시간이 소비됩니다. 급한 마음에 서두르다가는 함정에 걸려 탐험가 전부가 몰살될 수도 있으니까요."

"……."

그 말에 이스트는 자신이 투덜거리던 게 그가 이야기하던 것과 다르지 않은지라 흠칫하는 모습을 취했다.

"다행히 이번의 던전에는 지도가 있어 다른 곳보다 월등히 빠르게 나갈 수 있으리라 생각됩니다만 트랩의 표시가 없기 때문에 주의를 기울여야 합니다. 이러한 지도는 일부러 틀리게 표시함으로써 던전 내의 침입자를 제거하려는 일도 있기 때문입니다."

"하지만 그 지도는 가우레시스 왕가의 표식이 있는 걸요?"

에드워드의 지도가 틀릴 수도 있다는 말에 도리나가 왕가의 지도가 틀림없다고 이야기했지만 그는 고개를 저으며 말했다.

"물론 이 지도는 진품입니다. 하지만 이 지하 통로를 만든 것은 왕가일지 모르지만 던전으로 개조한 사람은 마도사 라지베헤루입니다. 즉, 진짜 필요한 지도는 왕가의 지도가 아니라 라지베헤루가 만든 지도라는 것이지요."

그의 말에 도라나는 어느 정도 이해가 가는지 고개를 끄덕이고 있었다.

그렇게 이야기를 나누며 어느 정도의 길을 가자 에드워드는 무엇인가를 발견한 듯 우리 쪽을 향해 손을 들어 멈춰 서게 하고는 말했다.

"함정이 있는 듯합니다."

함정을 확인한 에드워드는 배낭에서 작은 망치와 함께 나팔 비슷한 것을 꺼내어 귀에 대고는 망치로 바닥과 벽을 치며 그 소리를 듣기 시작했다.

어느 정도 그런 작업을 계속하던 그는 한 부분을 손으로 짚어보고는 단검을 꺼내어 벽돌의 틈을 파기 시작했다.

마나를 돋운 단검은 쉽게 벽돌 틈으로 들어갔고, 삼 분여 정도의 시간이 지나자 에드워드는 갈고리 같은 것을 사용하여 틈 사이 벽돌을 끄집어낼 수 있었다.

그러자 벽돌이 빠져나온 곳에는 작은 공간이 드러났다.

횃불을 안으로 집어넣어 그 공간을 들여다본 그는 고개를 빼내고는 앞의 복도에 손가락 셈을 하며 거리를 잰 후 품에서 주머니를 꺼내어 자신이 짐작한 부분에 주머니 안에 들어 있는 것을 바닥에 뿌리기 시작했다.

그가 뿌리는 물체는 어둠 속에서 빛을 내는 모래였는데, 그는 그것을 이용하여 바닥에 표시를 하고 있었다.

모든 작업이 끝나자 에드워드는 우리를 보며 말했다.

"던전에서 가장 흔한 트랩입니다. 제가 표시한 바닥을 밟으면 벽의 공간에 있는 기계 장치가 움직이며 일순간에 함정을 발동시키는 것입니다. 던전에 사람이 지나다닌 흔적이 있는데 유독 함정의 바닥만은 다른 곳과 달라 살펴본 것이지요. 이곳을 지날 때 제가 표시한 흔적은 절대 밟지 마시기를 바랍니다. 또 그것을 피해 간다고 옆에 있는 벽을 짚진 마십시오. 트랩의 발동 장치가 벽에도 장치되어 있는 듯했으니까 말입니다."

과연 모험왕이라 불리는 만큼 에드워드는 던전의 모든 것에 대해서 완전히 파악하고 있는 듯했다.

만약 그가 없었다면 우리 중 누군가는 영락없이 함정을 밟았을 것이기에 식은땀이 흐르지 않을 수 없었다.

우리가 들어온 통로에는 십여 개의 함정이 깔려져 있었지만 다행히 에드워드는 그것을 간파하고 쉽게 해체할 수 있었기에 우린 안심할 수 있었다.

하지만 안심하는 우리와 달리 에드워드는 무엇인가 마음에 걸리는 듯한 표정을 짓고 있어 물어보지 않을 수 없었다.

"에드워드 씨."

"예."

"이상한 것이라도 있습니까?"

나의 물음에 그는 잠시 망설이는 듯하더니 한숨을 내쉬며 말했다.

"그렇게 물으시니 말씀드리지요. 지금까지 이야기를 하지 않은 것은 여러분들이 긴장하실까 봐였습니다. 휴… 사실 이곳의 트랩이 너무 쉽습니다."

"예?"

도라나는 에드워드의 말에 황당함을 느낄 수밖에 없었다.

트랩이 쉬운데 무엇 때문에 걱정하는지 알 수가 없었다. 하지만 이어지는 그의 말을 들으며 그가 말하는 바를 이해할 수 있었다.

"여러분들도 아시다시피 이곳은 대마도사 라지베헤루가 만든 던전입니다. 하지만 지금까지 보통 던전에서나 나올 법한 트랩만이 보였기에 쉽게 처리할 수 있었습니다. 이상하지 않습니까? 대마법사라는 사람이 만든 던전의 트랩이 이렇게 흔한 것일 리가 없지 않습니까?"

그렇다. 우린 단순히 지금까지의 트랩이 쉽다고만 생각해서 안심하고 있었지만, 이 트랩을 만든 사람이 마도사 라지베헤루라면 결코 쉬운 트랩만이 나올 리가 없었던 것이다.

"분명 이런 간단한 트랩 뒤에 무엇인가 엄청난 것이 하나 나올 것 같았기 때문에 도저히 안심을 할 수가 없었습니다."

에드워드의 말을 듣고 우린 그가 쉽게 함정을 처리하며 왔기에 가지게 된 방심을 없앨 수밖에 없었다.

한순간이라도 방심한다면 지금까지와는 전혀 다른 함정이 우리를 덮칠 것이기 때문이다.

이런 생각으로 천천히 에드워드의 뒤를 따라가고 있을 때 갑자기 통로의 뒤편에서 엄청난 굉음이 들려왔다.

쿠구궁!!

이 굉음은 연쇄적으로 던전 내부를 크게 흔들고 있었기에 에드워드를 비롯한 우리 모두는 크게 당황하지 않을 수 없었다.

"뭐야, 함정이라도 건드린 건가?"

이스트는 자신이 실수라도 한 것은 아닐까 걱정된 목소리로 소리쳤는데, 그때 에드워드가 일행들을 진정시키기 위해 말했다.

"저희가 함정을 움직인 것이 아니니 진정해 주십시오."

"젠장, 그럼 저 소린 뭐냐고!!"

이스트는 계속 울리는 굉음과 대지가 흔들리는 듯한 진동에 참지 못하고 소리를 지르고 있었기에 앞에 있던 페드로가 천천히 뒤로 걸어가서는 소리를 지르고 있는 이스트의 복부를 주먹으로 후려쳤다.

"큭!!"

갑자기 페드로의 주먹에 복부를 강타당한 이스트는 허리를 숙이며 고통스러워하는 표정을 지었다. 그런 그의 어깨에 페드로가 손을 올리며 조용히 말했다.

"진정해라."

"젠장! 이 새끼가!!"

이스트로선 갑작스럽게 복부를 맞은지라 고통스럽게 무릎을 꿇으며 페드로를 죽일 듯이 노려보았지만, 한 대 맞고 나니 어느 정도 진정이 되는지라 에드워드가 했던 말도 생각이 나 이를 악물며 참는 모습이 보였다.

이스트가 조용해지자 페드로는 아무런 표정 없이 자신의 자리로 돌아갔고, 그 모습에 다행이라는 듯이 에드워드는 안도의 한숨을 쉬더니 얼굴을 굳히며 말했다.

"이런 경우 두 가지를 생각해 볼 수 있는데 첫째, 제가 지금까지 처리했던 함정 처리가 잘못되어 장치가 풀려 가동이 됐을 경우가 있습니다. 그 경우에는 부서진 함정 처리가 조금 어렵긴 하지만 별문제없고, 두 번째 경우가 조금 문제군요."

"두 번째 경우가 뭐죠?"

도리나가 궁금한 듯한 얼굴로 묻자 에드워드는 잠시 머뭇거리는 듯한 표정을 짓더니 말했다.

"저희 외에 다른 자들이 던전으로 들어와 함정을 건드렸을 경우입니다."

"예?"

현재 이곳에 던전이 있다는 것을 알고 있는 사람은 임시 가우레시스 왕국의 중요 요인들과 이곳에 있는 사람들밖에 없기 때문에 도리나는 놀라지 않을 수 없었다.

우리가 이러고 있는 사이에도 계속적으로 함정이 격발되고 있었고, 그 굉음 소리는 점점 가까이로 다가오고 있었다.

"일단은 앞으로 가도록 하지요. 여기에 가만히 있다가는 뒤따라오는 이들이 발동시킨 함정의 여파에 우리까지 쓸려갈 수도 있으니까요."

에드워드의 말에 모두 고개를 끄덕였다.

다시 지도를 보며 길을 갔지만 뒤에서 따라오는 녀석이 있다고 판단한 에드워드는 통로에다 직접 표시하는 것을 멈추고 양피지를 꺼내어 자신만이 알 수 있게 기록하며 길을 더듬어갔다.

야광 모래로 함정의 격발 장치를 표시하는 것도 멈추었으니 벽면에 자신만이 알아볼 수 있는 표식을 해놓고는 우리들에게 격발 장치의 위치를 가르쳐 주어 피해 다니게 하며 길을 진행했다.

최대한 빠르게 들어가자 굉음은 조금 멀어지는 듯한 느낌이 들었고, 그 소리에 에드워드는 안도의 한숨을 내쉬며 말했다.

"다행히 저들에게는 지도가 없는 모양이군요. 지금까지는 제가 땅에다 해놓은 표식을 보고 따라왔겠지만 처음 소리가 들린 시점부터 지나왔던 통로를 표시하지 않았기 때문에 다른 방향으로 간 듯합니다. 자,

우린 계속 길을 가도록 하지요."

또다시 좁은 통로를 한 시간 정도 지나간 후에야 우린 넓은 원형의 방으로 들어설 수 있었다.

물론 이곳은 우리가 찾는 봉인지가 아니었다.

지도에 있는 열두 개의 원형의 방 중 서북쪽에 위치한 방으로 끝과 끝의 넓이가 40미터 정도 되는 방이었다.

에드워드는 주머니에서 돌멩이와 비슷한 것을 꺼내어 공중으로 던졌고, 그 순간 그가 던진 물체는 공중에서 발화하며 방을 환히 비추었다.

"음."

원형의 방의 바닥을 본 에드워드는 작은 신음을 내질렀다. 바닥에는 오망성의 문양과 함께 룬 어가 쓰여 있는 마법진이 그려져 있었기 때문이다.

"아무래도 함정인 것 같은데 도저히 뭔지 알지를 못하겠군요."

에드워드는 생전 처음 보는 듯 고개를 갸우뚱거리고 있었는데, 마법진이란 말에 봐렌이 앞으로 나와 배낭에서 무슨 책인가를 꺼내어 훑어보고는 마법진을 조합해 보기 시작했다.

그가 꺼낸 책은 칠인회에서 가져온 마법책인 듯했다.

"음… 형식으론 소환진의 일종입니다. 종류는 마계의 마물인 듯한데, 그 발동 방법이나 마물의 정확한 종류에 대해선 알 수가 없습니다. 4원소(불, 물, 바람, 대지) 2성(신성, 마성) 외에도 상당히 복잡한 수식으로 되어 있는 걸 보아 적어도 8서클 이상 급으로 생각됩니다. 그 외에도 몇 가지 마법이 섞여 있는 듯한데 그것은 알아볼 수가 없군요"

한참을 마법진의 형태를 보며 그 종류를 찾아보던 봐렌은 어느 정도 알아낸 후 책을 덮으며 일행에게 마법진에 대해 설명해 주었다.

"역시 라지베헤루의 소환진이로군요. 음… 이것을 어떻게 피해 나가야 할지 모르겠군요."

발동 방법이 어떻게 되는지 알 수 없기에 함부로 나아갈 수 없었는데, 에드워드는 한참을 고민하다가 어쩔 수 없다는 듯이 배낭에서 화살 비슷한 것을 꺼내고는 나에게 건네주며 말했다.

"블러드 씨, 이 화살을 방의 끝 편에 있는 입구의 윗부분까지 박아 넣을 수 있겠습니까?"

마나를 제대로 다룰 수 있는 사람이라면 화살을 쏘아 벽에 박아 넣는 것은 그리 힘든 일이 아니었고, 용병이 되기 전에는 사냥을 주 업으로 삼은 적도 있었던지라 고개를 끄덕이며 말했다.

"정확히는 자신없지만, 원하는 곳에서 삼십 센티미터 안쪽의 공간에는 박아 넣을 수 있으리라 생각합니다."

"그럼 부탁드립니다."

그렇게 말한 에드워드는 나에게 활을 건네주었다. 그가 건네준 활은 크기가 30센티미터 정도의 단궁으로 재질이 미쓰릴로 이루어진 아름다운 활이었다.

하지만 그 크기와는 달리 시위는 단단하여 웬만한 힘을 가진 이가 아니면 당길 수 없을 만큼의 강궁이었다. 이 정도의 강궁이라면 화살을 벽에 박아 넣는 것은 그리 어려운 일이 아니리라 생각했다.

화살의 중간 부분에 끈을 고정시키는 것이 있는 걸로 보아 원래부터 이런 용도로 사용되는 활인 듯했다.

화살의 중간 부분에 끈을 고정시킨 에드워드는 화살을 나에게 건네주었고, 그가 건네준 화살을 장전시킨 난 안력을 돋우어 반대쪽 통로의 윗부분에 활을 겨누었다.

텅!!

미쓰릴 활에서 벗어난 화살은 푸른색 마나의 기에 휩싸여 일직선으로 날아갔고, 쿵 하는 소리와 함께 입구에서 약 50센티미터 정도의 윗부분에 박혔다.

화살이 박히자 에드워드는 끈을 당겨 단단히 박혔는지를 확인한 후에 고개를 끄덕이고는 우리가 있는 입구에서 벽의 틈을 잡아 올라가서는 망치를 들었다.

그리고는 우리 쪽 벽에도 정을 박은 그는 화살에 연결해 놓았던 줄의 끝에 튼튼한 밧줄을 이어놓는가 싶더니, 그것을 끌어당겨서는 화살에 묶여 있던 얇은 줄을 단단한 밧줄로 바꿀 수 있었다.

그 밧줄을 다시 잡아 정에 연결시킨 그는 이마에 흐르는 땀을 닦으며 말했다.

"일단은 마법진이 몸이 닿지 않게 하는 것이 가장 좋을 듯한 것 같아 준비했습니다."

에드워드의 말에 일행들은 줄을 타고 가야 한다는 것을 알 수 있었다.

"제가 먼저 반대쪽으로 가도록 하지요."

에드워드는 줄이 튼튼하다는 것을 안심이라도 시키려는 듯 자신이 먼저 가겠다는 말을 하고는 가죽 장갑을 끼고 밧줄을 잡은 몸을 튕겨 간단히 밧줄에 매달렸다.

두 발을 꼬듯이 밧줄에 얹어 두 손을 이용하여 미끄러지듯 앞으로 능숙하게 나아가던 그는 잠시 후 반대쪽 입구에 도착할 수 있었다.

에드워드가 간단하게 통과하는 것을 보며 페드로와 이스트 역시 밧줄에 매달려 천천히 반대쪽 입구로 갈 수 있었고, 도라나의 경우에는 공기의 마나를 다룰 수 있었기에 밧줄에 천천히 부유하듯 올라가서 걸어가는 듯한 모습으로 통과할 수 있었다.

하지만 문제는 봐렌이었는데, 마법사라는 직종의 특성상 체력이 약한 그가 밧줄을 타고 건넌다는 것은 상당히 어렵게 보였다.

하지만 의외로 봐렌은 자신있는 표정을 짓고 있었다.

"전 마법사입니다. 이렇게 보이는 거리라면 충분히 텔레포트를 사용해서 건널 수가 있지요."

그 말에 다른 이들도 고개를 끄덕이며 수긍을 했고, 봐렌은 문득 안 좋은 예감이 들었으나 조용히 주문을 읊조리기 시작했다.

"텔레포트!!"

드디어 모든 주문을 다 외운 봐렌이 시동어를 외치고는 방의 반대쪽 입구를 향해 텔레포트를 시전했는데, 푸른색의 빛에 휩싸인 봐렌의 몸이 사라졌다고 생각할 즈음 갑자기 원형 방의 마법진이 푸른색의 빛을 내며 기동하기 시작했다.

그리고 텔레포트의 마법으로 사라졌던 봐렌의 몸이 마법진의 정가운데에 나타나고 말았다.

"텔레포트 방해장?!"

봐렌은 자신의 몸이 입구에 도착하지 못하고 마법진의 중앙에 있자 놀란 표정으로 소리쳤다.

텔레포트 방해장은 한 공간 내에서 마법사들이 텔레포트를 할 경우 그것을 차단하는 마법장을 말하는 것인데, 봐렌이 텔레포트로 빠져나가려 하자 마법진에 있던 마법 주문이 발동하면서 그를 마법진의 공간으로 끌어들인 것이다.

마법진의 정가운데 떨어진 봐렌은 급히 자신의 머리 위에 있는 밧줄로 부유 마법을 사용해 올라갔지만, 마법진은 이미 방해장의 시동과 함께 같이 움직이기 시작했다.

마법진은 푸른색의 빛에 휩싸이기 시작했고, 잠시 후 서서히 정체를 알 수 없는 물체를 소환했다.

봐렌은 소환물이 나타나자 다시 플라이 마법을 사용하여 입구 쪽으로 빠른 속도로 날아갔는데, 그 순간 마법진에서 무엇인가가 튀어나오며 그의 발목을 휘어 감고는 끌어당겼다.

마법을 사용하여 피하던 봐렌은 그것에 끌려 와서는 그대로 땅에 처박히고 말았다.

"윈드커터!!"

봐렌은 재빠르게 뒤로 돌아서는 자신의 발목을 휘어 감고 있는 물체를 향해 윈드커터 마법을 사용했는데, 놀랍게도 그의 마법은 물체에 닿자마자 푸른 빛과 함께 산산조각으로 깨져 버렸다.

마법이 깨져 버린 그는 당황한 모습이 역력했고, 곧 자신의 발목을 휘어 감고 있는 물체의 정체를 확인하곤 놀란 얼굴로 소리쳤다.

"퀸 오브 데몬 트리?!"

퀸 오브 데몬 트리는 마계에서만 자라난다는 식인수의 일종으로 데몬 트리 중에서도 가장 강하다고 알려져 있는 종류였다.

마계에서도 그 수가 별로 없다고 알려져 있는 퀸 오브 데몬 트리는 보통 데몬 트리들이 불에 약한 반면 마법에 대한 저항력이 높기 때문에 보통의 마법으론 녀석을 죽일 수 있는 방법이 없었다.

오로지 물리력으로만 파괴가 가능한 종류였는데, 일반적인 데몬 트리와 비교해 세 배 이상의 크기에 촉수의 스피드 또한 빠르기 때문에 녀석을 물리력으로 죽인다는 것은 어려운 일이었다.

이 퀸 오브 데몬 트리는 마령의 일부 고위 마족들이 몇 그루의 데몬 트리와 함께 마령의 국경 일부에 키웠던 것으로 마령이 신성제국에게 무너져 퀸 오브 데몬 트리가 있던 숲이 제국의 영역에 들어가면서 알려졌다. 제국에서는 퀸 오브 데몬 트리를 없애기 위해 많은 노력을 했지만 엄청난 마법 저항력과 힘으로 숲을 거의 장악해 버려 제국령이 된 지 상당한 시간이 지났지만 없애지 못했고, 지금은 그것이 있는 곳을 죽음의 숲이라 부르며 사람들이 지나다닐 수 없게 통제하고 있다.

그런데 제국의 대군으로도 감당하지 못한 이 퀸 오브 데몬 트리가 마도사의 던전에 그 모습을 드러낸 것이다.

봐렌은 자신의 발목을 휘어잡고 있는 촉수가 퀸 오브 데몬 트리의 촉수라는 것을 알고는 마법 사용하는 것을 멈추고 품에서 미쓰릴로 만든 단검을 꺼내어 촉수를 자르려고 했는데, 이지를 가진 마수는 자신의 촉수를 자르려고 하자 다른 촉수를 사용하여 그의 목을 향해 촉수를 뻗었다.

"끄아악!!"

마법사인 봐렌의 단검 실력으로는 촉수를 막을 수 없었기에 비명을 지르며 얼굴을 가렸는데, 그가 죽는 것을 보고만 있을 수 없는 나였기에 몸을 날려 목을 노리고 날아오는 촉수를 블러드 소드로 잘라 버릴 수 있었다.

꾸에에엑!!

퀸 오브 데몬 트리는 귀를 찢어버릴 듯한 괴음을 내며 촉수를 발버둥치듯이 꿈틀거리곤 초록색의 체액을 토해내며 떨어져 나갔다.

난 이어서 그의 발목을 잡고 있는 촉수마저 잘라 버렸다.

"봐렌, 정신 차리고 입구를 향해 뛰어라!!"

정신을 못 차리고 있는 봐렌의 뒷덜미를 잡고 일행들이 있는 입구를 향해 집어 던지자 그는 간신히 정신을 차려 뛰어가기 시작했다.

나 역시 그의 뒤를 따라 이곳을 빠져나가려 했지만 퀸 오브 데몬 트리는 자신의 촉수를 잘라 버린 나를 놓아줄 생각이 없는지 촉수를 날려 공격해 오기 시작했다.

"찻!!"

수십 개의 촉수가 일제히 밀려들어 오자, 난 녀석의 촉수를 피해 몸을 날려 간신히 공격에서 벗어날 수 있었지만 일행이 있는 입구 쪽에선 조금씩 멀어져 버렸다.

"먼저 떠나라! 어떻게든 따라갈 테니!!"

이대로 일행들을 기다리게 할 수만은 없었기에 그들에게 먼저 도주하라 소리치고는 녀석을 향해 몸을 날렸다.

나의 말에 일행들은 망설이는 듯했지만, 자신들이 있음으로 해서 더 방해가 될 수도 있다는 것을 알고 있는 에드워드는 고개를 끄덕이며 소리쳤다.

"저희들이 나가는 방향은 표시해 둘 테니 따라오시기 바랍니다!!"

그렇게 말한 에드워드가 일행들과 함께 사라지는 것을 보며 검을 두 손으로 움켜잡고 본격적인 퀸 오브 데몬 트리와의 대결을 준비했다.

꾸어어억!!

퀸 오브 데몬 트리를 상대하기 힘든 가장 큰 이유는 퀸 오브 데몬 트리가 드래곤 피어와 같이 강렬한 정신 파장이 섞인 괴성을 지를 수 있기 때문이었다.

보통 사람으로서는 대항할 용기마저 꺾어버리는 괴성과 함께 촉수를 내뻗는 것을 보며 난 급히 온몸에 마나를 집중하여 블러드 에이리어를 만들어 녀석의 정신 파장을 막는 동시에 빠른 발놀림으로 촉수를 피하기 시작했다.

블러드 에이리어 역시 일종의 정신 파장 공격이 가능한 마나장이었기에 녀석의 괴성을 어느 정도 막아줄 수 있다고 생각했기 때문이다.

나의 예상은 맞아떨어져 괴성에 섞인 정신 파장이 블러드 에이리어 안에서 그 힘을 잃어버리고 단순한 괴성으로 변했기에 난 녀석이 뻗고 있는 촉수를 피하며 반격할 순간을 찾기 시작했다.

하지만 수많은 촉수로 이루어진 녀석은 공격은 물론 방어까지 완벽했기에 좀처럼 파고들 틈이 나오지 않았다.

이렇게 가다가는 마나가 떨어져 그대로 당할 판이었기에 답답할 수밖에 없었다.

피하기만 해서는 녀석의 촉수를 피해 공격할 기회가 생기지 않을 것이란 생각이 들자 이를 악물며 블러드 소드에 마나를 집중하여 소드 브레이커 기술인 진동검을 시전하여 녀석의 촉수와 대적해 나갔다.

녀석은 진동검의 정체를 모르고 있었기 때문에 수십 개의 촉수를 뻗었고, 급히 촉수를 피하며 몇 개의 촉수에 진동검을 날렸다.

꾸에엑!!

진동검에 맞은 녀석의 촉수는 순식간에 산산조각으로 분쇄되어 푸른색의 체액으로 일대를 흠뻑 적시기 시작했다.

일부분이 분쇄된 촉수는 빠른 속도로 녀석의 몸으로 빨려 들어갔기에 그 순간을 놓치지 않고 쇄도해 들어갔다.

"하압!"

검에 모든 마나를 집중하여 녀석의 몸체에 진동검을 시전하려고 했는데, 그 순간 얼굴을 향해 녀석의 몸속으로 들어갔던 촉수가 원상태가되어 빠른 속도로 뻗어 나왔다.

"큭!"

급히 몸을 숙여 녀석의 갑작스런 공격을 피할 수는 있었으나 이마부위로 촉수가 스쳐 지나가면서 길게 상처가 생겨 버렸다.

뒤로 몸을 날린 후 이어지는 녀석의 공격을 피하면서 간신히 촉수가닿지 않는 안전지대로 몸을 피할 수 있었다.

촉수로 찢어진 이마에서는 피가 흘러내려 눈을 가리고 있었기에 급히 옷을 찢어 이마에 매고는 상처에서 흐르는 피가 눈을 가리는 것을막았지만, 촉수에 닿았던 부분에서 격렬한 통증이 밀려오는 것으로 보아 아무래도 촉수에 독이 있었던 듯했다.

"과연 신성제국조차 손을 대지 못했던 마수란 말인가."

결코 상대하기 쉽지 않은 녀석이란 것은 알고 있었지만 직접 상대해보니 이야기로 듣던 것보다 더 강한 마물이었다.

도대체 이런 녀석을 기르는 고위 마족들이란 어떤 녀석일까라는 생각이 들 정도였지만, 지금은 잡생각을 할 때가 아닌지라 이어질 녀석의공격에 대비해서 검에 마나를 주입했다.

몸 전체를 움직일 수 있는 마물이었으나 빠른 움직임을 지닌 촉수와전체적인 움직임은 상당히 느렸지만 녀석의 몸 크기를 생각한다면 약간만 움직여도 촉수 공격의 사정 범위에 도달하기 때문에 긴장을 늦출수가 없었다.

쌔에엑!!

느린 몸을 움직여 공격할 수 있는 범위에까지 이르자 바람을 가르는소리와 함께 수십 개의 촉수를 뻗었고, 이미 녀석의 공격에 대비하고 있었기에 검을 휘둘러 녀석의 공격을 막아 나갔다.

"블러디안 댄스!!"

오른발을 축으로 빠른 속도로 회전을 하며 반원형의 검기를 날리는 기술인 블러디안 댄스가 펼쳐지자 녀석이 뻗는 촉수는 검기에 의해 체액을 쏟으며 잘려 나가기 시작했다.

블러디안 댄스는 그 움직임만큼이나 많은 기운을 소모하는 기술이기에 방어만으로 일관할 수 없어 검기를 녀석의 본체에까지 날리려고 해봤지만, 검기는 녀석의 본체에 닿자마자 산산조각으로 부서져 나갔다.

녀석의 공격 무기인 촉수는 모르겠으나 본체에는 상당한 강도의 마나 보호장이 쳐져 있어 검기를 효과적으로 방어하고 있었기 때문이다.

직접 공격이 아니면 녀석의 몸에 상처를 낼 수 없다는 것을 깨달은 난 마나를 많이 소비하는 블러디안 댄스를 멈추고 빠른 속도로 녀석의 주위를 돌기 시작했다.

인간이라면 이런 속도로 자신의 주위를 돌면 몸을 움직이며 사각을 없애려 하겠지만 마수인 녀석에게 그런 사각은 존재하지 않는 듯했다.

'나의 움직임을 파악하는 눈이 어디엔가 존재할 것이다!'

분명 녀석이 나의 움직임을 정확하게 파악하는 것으로 보아 어디엔가 눈이 있거나 상대의 움직임을 알게 하는 기관이 있을 거라는 걸 알수 있지만 좀처럼 그것이 어느 곳에 위치해 있는지 알 수가 없었다.

끼기기기긱!!

일단 녀석에게서 나의 움직임을 감추어야 한다는 생각에 블러드 소드로 벽을 그으며 움직이기 시작했다.

마나를 주입한 검으로 벽을 긁어 나가자 희뿌연 돌 가루가 밑으로 떨어지며 먼지를 일으키기 시작했다. 어느 정도 바닥에 돌 가루가 쌓인 것을 확인한 후 검풍을 사용하여 일순간에 바닥의 돌 가루를 날린 후 급히 눈을 감았다.

공기의 파공음과 상대의 기운으로 눈을 감아도 어느 정도 녀석의 공격이나 위치를 파악할 수 있기 때문에 이 방법을 사용한 것이다.

하지만 나의 이런 행동은 아무런 소용이 없었다. 다른 감각 기관이 존재하는지 돌 가루로 인해 한 치 앞도 보이지 않음에도 불구하고 녀석은 내가 있는 곳을 향해 정확하게 촉수를 뻗으며 공격해 들어왔기 때문이다.

할 수 없이 눈을 감고 주위에 흐르는 기운으로 녀석의 촉수 공격을 감지하며 피해 다닐 수밖에 없었는데, 그때 어디선가 웃음소리가 들려오기 시작했다.

"크하하하하!"

큰 웃음소리를 듣는 순간 난 이곳에 다른 사람이 있다는 것을 알 수 있었는데, 녀석에게서 전혀 기척이 느껴지지 않아 등에서 식은땀이 흘러내렸다.

나의 능력으로도 그 기척을 감지할 수 없다면 한 수 위의 실력을 가지고 있다는 뜻이기 때문이다.

"크크크, 재밌는 던전이로군. 퀸 오브 데몬 트리까지 있다니 말이야!"

웃음을 터뜨리며 말하는 그는 자욱한 돌먼지 속에서도 마물의 정체를 정확하게 파악하고 있었다.

도대체 녀석은 누구란 말인가? 이런 생각을 하고 있을 때 놀랍게도 그는 나에게 녀석을 해치울 수 있는 방법을 말해 주었다.

"어이, 도망 다니는 친구. 퀸 오브 데몬 트리는 몸에 있는 촉수로 열을 감지할 수 있는 감각 기관이 있다네. 인간의 뜨거운 피를 가지고 있는 이상 이런 먼지 속에서도 녀석의 촉수를 벗어날 수는 없을 것이네."

"열!!"

그제야 녀석이 이 자욱한 먼지 속에서도 나를 찾아냈던 이유를 알 수 있었다. 인간의 몸을 비롯하여 거의 모든 생물에게는 어느 정도 체열이 존재한다.

이러한 체열을 감지하는 능력을 가지고 먹이를 잡아먹는 존재들이 없는 것은 아니었기에 금세 그가 하는 말을 이해할 수 있었다. 하지만 도저히 이 난국을 타개할 방법이 떠오르지 않았다.

어떻게 인간의 몸에서 나오는 체열을 막을 수 있단 말인가?

녀석의 촉수 공격을 피해가며 체열을 막을 방법을 생각하던 난 어느 정도 먼지가 가라앉았다는 것을 깨닫고 눈을 떴다.

원형의 방에 가득하던 먼지는 대부분 가라앉았고, 마물의 감각 기관에 대해서 가르쳐 준 자의 모습도 확인할 수 있었다.

하지만 그의 정체를 확인한 순간 퀸 오브 데몬 트리가 나왔을 때보다 더 놀라지 않을 수 없었다.

머리 위에 두 개의 뿔, 등 뒤로 뻗어 있는 두 장의 날개와 함께 길게 기른 손톱, 보라색 머리카락과 눈동자를 가지고 있는 녀석은 바로 마족이었기 때문이다.

녀석이 마족이라는 것을 확인한 순간 다크 솔루션의 열두 명의 고위 마족 중 한 녀석이라는 것을 유추할 수 있었다.

그리고 전에 있었던 함정의 발동 소리가 이자들 때문에 들려왔다는 것 역시 알 수 있었다.

퀸 오브 데몬 트리와 싸우고 있는 것을 보며 그는 검투장의 게임을 보고 있는 듯 흥미로운 표정으로 지켜보고 있었는데, 퀸 오브 데몬 트리는 나 외에 다른 자가 있음에도 단 한 번의 촉수도 내뻗지 않고 있었다.

'마족은 냉혈이라는데 그것이 사실인 모양이군.'

들려오는 말에 의하면 마족은 인간보다 차가운 피를 지녔다고 알려져 있었는데 그것이 사실인 듯했다.

그렇지 않다면 열을 추적하는 퀸 오브 데몬 트리가 그를 발견하지 못할 리가 없었기 때문이다.

이런 생각이 들자 만약 퀸 오브 데몬 트리를 처치한다고 해도 지켜보고 있는 고위 마족이 기회를 놓치지 않을 것이란 생각에 암담할 수밖에 없었다.

먹잇감이 지치기를 기다리는 맹수의 모습의 마족이었기 때문이다. 순식간에 먹잇감이 되어버린 나였지만 이렇게 당하고 싶은 생각은 없었다.

"하앗!!"

난 나의 몸으로 찔러오는 녀석의 촉수를 진동검으로 잘라내며 빠른 속도로 고위 마족이 있는 쪽으로 움직였다.

"응?"

내가 갑자기 자신이 있는 쪽으로 달려오자 녀석은 당황한 듯한 얼굴을 보였는데, 이내 검을 들어 나의 어깻죽지를 찔렀다.

"큭!!"

검은 어깻죽지를 뚫고 빠져나왔고, 상처에서는 붉은 피가 솟구쳐 나왔다.

피가 터져 나오자 난 그것에 당황하고 있는 마족을 향해 마나를 섞어 흩뿌렸고, 순식간에 녀석은 피로 뒤덮이고 말았다.

"큭!!"

많은 피를 흘리자 어지러운 감을 느끼고 무릎을 꿇고 말았는데, 그때 머리 위로 빠른 속도로 퀸 오브 데몬 트리의 촉수가 뻗어 나갔다.

약간의 차이로 운 좋게 녀석의 촉수 공격에서 벗어난 것이다. 하지만 이어진 공격은 나에게만 향한 것이 아니었다.

"젠장!!"

고위 마족 역시 퀸 오브 데몬 트리의 공격을 받기 시작한 것이다.

내가 녀석에게 뜨거운 피를 뿌린 것은 퀸 오브 데몬 트리의 시선을 돌리면서 고위 마족 녀석을 처리하기 위해서였다.

마나가 서린 피는 쉽게 열기가 가시지 않기 때문에 피를 둘러쓴 고위 마족의 몸에선 열이 방출되기 시작했고, 그것이 퀸 오브 데몬 트리의 감각 기관에 걸려 버린 것이다.

"이 건방진 식물이 감히!!"

고위 마족인 그는 퀸 오브 데몬 트리가 자신을 공격하자 얼굴을 일그러뜨리고는 촉수를 손톱으로 산산이 잘라 버리기 시작했는데, 그가 휘두르는 손톱의 위력과 스피드를 보며 역시 나보다 한 단계 위의 실력을 가진 존재라는 것을 알 수 있었다.

자신의 촉수를 마구 잘라 버리는 적이 나타나자 퀸 오브 데몬 트리는 모든 촉수를 들어 그를 공격하기 시작했기에 나에 대한 공격은 크게 줄어들었고, 그 틈을 타 일행이 빠져나갔던 입구를 향해 빠른 속도로 몸을 날렸다.

"건방진 인간 자식, 죽여 버리겠다!!"

나의 행동에 퀸 오브 데몬 트리의 공격이 바뀐 것을 안 고위 마족은 노기를 터뜨리며 소리 질렀지만, 그런 말에 일일이 토를 달 필요가 없었기에 난 아무 말도 하지 않고 입구 쪽으로 빠져나갔다.

"하압!"

입구 쪽에 닿자 마나를 집중하여 원형 방 입구의 천장에 검을 휘둘렀고, 굉음이 일어나며 돌들이 아래로 무너져 입구를 가렸다.

일단 녀석의 추적을 막기 위한 조치였다.

입구를 무너뜨린 후 급히 옷을 찢어 어깨에서 흐르는 피를 지혈하고는 일행들이 사라진 방향으로 뛰기 시작했다.

내가 가지고 있던 햇불은 원형 방에 놓아두고 왔기에 길은 어둡기 그지없었지만, 마나를 돋우어 본다면 이 정도의 어둠은 문제가 없었다.

한참을 들어가자 복도는 세 개로 나누어져 있었기에 근처를 둘러보았는데, 역시나 에드워드의 표시가 눈에 띄었다.

"합!"

표시가 있는 방향을 확인한 난 표시가 있던 부분을 검으로 부서뜨렸고, 이어서 나머지 두 개의 복도에도 똑같은 곳을 부서뜨렸다.

고위 마족이 에드워드의 표식을 보고 찾아오는 것을 막기 위해서였다.

다시 복도를 뛰어가자 한참 후 멀리서 불빛이 보이기 시작했고, 드디어 일행들에게 도착했다는 것을 알 수 있었다.

"블러드!!"

"블러드 씨!!"

내가 나타나자 일행은 반가운 얼굴로 소리쳤지만 어깨 부분과 이마가 피로 흠뻑 젖어 있는 것을 보고는 크게 놀란 표정을 지었다.

"상처가!"

봐렌은 나의 상처를 보며 다가와서는 천천히 치료 주문을 외우기 시작했다.

푸른색의 빛이 상처를 감싸자 피는 조금씩 멎어져 가기 시작했지만 마법 주문으로써 완전하게 치료할 수 있는 것이 아니어서, 이마의 상처에는 퀸 오브 데몬 트리의 독 때문에 쓰라려 왔다.

페드로에게 횃불을 받아 뒤를 확인했는데 다행히 피가 떨어지지 않게 상처를 몇 겹으로 감싼 덕에 혈흔은 보이지 않았다.

"도대체 무슨 일입니까?"

에드워드는 내가 돌아온 후에도 황급하게 움직이는 것을 보며 퀸 오브 데몬 트리 외에 다른 일이 있다는 것을 알아채고는 물어보았다.

"빨리 목적지로 가야 할 것 같소. 다크 솔루션의 고위 마족이 우리의 뒤를 쫓아오고 있소."

"고위 마족!!"

고위 마족이란 말에 사람들은 크게 놀란 표정을 보였다.

선천적으로 전투에 능숙한 몸을 타고난 고위 마족들은 인간의 수배에 달하는 괴력과 함께 강한 마법의 능력은 드래곤에 버금갈 정도여서 상대하기 어려운 종족들이기 때문이다.

"녀석의 능력은 나보다 위! 이대로 녀석에게 추적당한다면 여기의 어느 누구도 살아서 돌아가지 못할 것이오."

나의 말에 에드워드의 얼굴은 시퍼렇게 변하기는 했지만 잠시 후 안정을 되찾고는 일행을 보며 말했다.

"지금부터 조금 위험하기는 하겠지만 속도를 빨리하도록 하겠습니다. 제가 지시한 사항을 준수해 주시기 바랍니다."

상황이 급했기 때문에 모두들 에드워드의 말에 고개를 끄덕이며 수긍을 했고, 그는 횃불을 들고 입구를 향해 걸음을 옮겼다.

그 후로 스무 개가 넘는 함정과 세 개의 원형 마법진 방을 지났지만 다행히 전과 같은 실수는 하지 않았기에 안전하게 지도에 따른 길을 갈 수 있었다.

에드워드는 빠른 속도로 진행하고 있으면서도 사소한 함정 하나 놓치지 않는 정확성을 보이고 있었기에 모두들 그가 명성만큼이나 뛰어난 실력을 가지고 있다고 생각하게 되었다.

한 시간여가 더 지난 후에야 우린 지도에 표시된 우리의 목적지인 소울 브레이커의 봉인지에 도착할 수 있었다.

소울 브레이커의 봉인이 있는 곳은 전에 지났던 원형 마법진과 같은 형태로 만들어져 있었다.

다른 것이 있다면 지금까지 지나왔던 방에선 마법진만이 그려져 있는 반면 이곳에는 마법진의 한가운데에 검을 놓아두는 검 받침대가 원통형의 바위 위에 올려져 있었다는 것이다. 그곳에는 소울 브레이커, 즉 블러드 스톰의 진짜 검집이 놓여져 있었다.

"저것이 봉인의 검집입니다."

"봉인의 검집?"

"예, 전해져 내려오는 이야기에 따르면 라지베헤루님은 오리하르콘을 섞은 마나 메탈로 저 검집을 만든 후 소울 브레이커의 에고를 봉인시켜 두었다고 합니다.

하지만 진정한 주인이 오리하르콘의 검집에서 소울 브레이커를 꺼내는 날 봉인은 풀릴 것이라고 하셨지요."

"음… 왕세자는 진정한 주인이 아니었기에 검을 뽑았음에도 소울 브레이커의 에고가 깨어나지 않았다는 것인가?"

"예."

도리나의 설명에 난 고개를 끄덕일 수 있었다. 하지만 문제는 마법진을 지나 어떻게 저 검집까지 가는가였다.

검을 꺼내왔던 왕세자는 이 마법진을 막을 수 있는 방법이 있었을지 모르겠지만, 우리로서는 마법진을 피해 갈 방법이 없었기 때문이다.

마지막 마법진이라면 분명 고위의 감지 마법이 걸려 있을 것이 분명했다.

이런 이유로 봐렌은 책을 꺼내 한참 마법진을 해석해 보고 있었지만 상당한 고난이도의 마법진이었는지 이내 고개를 저었다.

"소울 브레이커의 에고가 깨어난다면 어떤 일이 벌어지는가?"

"진정한 검의 주인이라고 할 수 있는 마족 킬리스의 정신이 되살아나게 되면 지금까지 검이 머금은 피가 그의 힘과 동화되어 검의 위력이 지금보다 수십 배, 아니, 수백 배로 증폭될 것입니다."

"음……."

고민되지 않을 수 없었다. 검의 위력이 증폭이 되는 것은 나쁘지 않은 일이었지만 문제는 블러드 소드가 신검이 아니라 마검이라는 것이었다.

마검은 인간의 정신을 지배하며 자신을 들고 있는 자의 영혼을 파괴한다.

그것은 에고가 있는 경우에 더 심하다고 할 수 있는데, 만약 검의 위력이 증폭되어 그것을 제어하지 못한다면 마검의 먹이가 될 수도 있었다.

하지만 이런 고민조차 하지 못하게 하는 존재가 우리들에게 다가서고 있었다.

쿠구궁!!

가까운 곳에 들리는 함정의 발동 소리, 이것으로 퀸 오브 데몬 트리의 방에서 만났던 고위 마족이 다가오고 있다는 것을 알 수 있었다.

우리로서는 고위 마족을 상대할 방법이 없어 녀석이 도착하면 어느 누구도 살아남지 못한다는 것을 알고 있었기에 마지막 모험을 결심하게 되었다.

"모두 뒤로 물러서라."

나의 외침에 일행들은 모두 뒤로 물러섰고, 가볍게 심호흡을 한 후 온몸에 마나를 돋우어 빠른 속도로 검집을 향해 몸을 날렸다.

파아앙!!

그 순간 원형의 마법진은 푸른색의 빛을 토해내며 밝게 빛나기 시작했다. 드디어 마지막 소환 마법진이 발동한 것이다.

크아앙!!

하지만 전에 봤던 소환 마법진과는 달리 이번 마법진은 사람들의 간담을 서늘하게 하고 있었다.

마지막 소환진에서 나온 마물의 정체는 바로 마계에서 서식하는 유일한 드래곤인 데몬 드래곤이었기 때문이다.

"드, 드래곤이다!!"

어느 정도 강한 존재가 이 소환진에서 소환될 것이라고는 생각했지만, 설마 그 존재가 드래곤일 것이라고는 아무도 생각하지 못하고 있었다.

그도 그럴 것이, 라지베헤루가 아무리 뛰어난 마법사라곤 해도 지상계 최강의 생물체인 드래곤을 소환할 순 없었기 때문이다.

[흠! 라지베헤루와의 계약 소환이로군.]

무슨 일을 하고 있을 때 소환된지는 몰라도 데몬 드래곤의 거대한 입은 시뻘건 피가 묻어 있었고, 날개와 몸에 상당한 상처를 입고 있었다.

하지만 그런 상처를 입고 있음에도 그가 우리에게 뿌리고 있는 위압감은 상상을 초월할 정도였기에 일행들은 단 한 사람도 발을 떼지 못하고 있었다.

쿠구궁!

그때 던전의 뒤로 함정의 발동 소리가 들리며 지하 던전을 뒤흔들기 시작하자 데몬 드래곤은 함정을 발동시킨 존재의 기운을 느꼈는지 미간을 찌푸리며 중얼거렸다.

[고위 마족인가? 음, 외부에도 한 명의 고위 마족이 더 있는 것을 보니 두 명의 고위 마족이 이곳으로 온 게로군.]

외부의 기운을 감지하여 마족의 숫자를 확인한 데몬 드래곤은 잠시 후 푸른 빛에 휘감겨지기 시작했고, 얼마 지나지 않아 원형의 방을 가득 채우던 거대한 몸이 바뀌어 검은색 머리카락에 드래곤의 날개를 가진 아름다운 여인으로 변했다.

검은색의 갑주를 입고 허리에는 같은 색의 롱 소드를 차고 있는 모습이었는데, 그녀의 몸에서 느껴지는 기운은 지금까지 어느 누구에게도 느끼지 못했을 정도도 강렬한 기운이었다.

그녀 역시 마음만 먹는다면 이곳에 있는 모든 이를 눈 깜짝할 사이에 없앨 수 있는 힘을 보유하고 있다.

데몬 드래곤이 변한 여인은 일행의 앞으로 가서 미소를 지으며 말했다.

"두려워하지 마라. 난 라지베헤루와의 계약에 의해 소울 브레이커의 주인 될 자를 평가하는 자일 뿐이니 너희들에게 어떠한 해도 끼치지 않을 것이다."

일행을 보며 조용히 말을 한 그녀는 누군가를 찾는 듯하다가 고개를 갸우뚱거리며 이상하다는 표정으로 물어보았다.

"이상하군. 소울 브레이커를 가지고 있지 않은 존재가 이곳으로 들어오면 소환진은 시동이 되지 않는데 소울 브레이커의 느낌이 느껴지지 않는구나. 누가 소울 브레이커를 가지고 있는가?"

그녀는 일행을 보며 물었고, 겨우 마음을 진정시킨 봐렌은 떨리는 손으로 뒤에 서 있던 나를 가리키며 말했다.

"소울 브레이커는 저분이 가지고 있습니다."

"응?"

봐렌의 말을 들은 그녀는 나를 보며 다가왔고, 그제야 나의 손에 들려 있던 소울 브레이커를 발견했다. 하지만 무엇이 그녀의 기분을 상하게 했는지 미간을 찌푸리고는 나에게 손을 내밀며 말했다.

"자네가 들고 있는 소울 브레이커를 볼 수 있겠는가?"

대항할 수 없는 존재, 그녀가 말하는 대로 손에 들려 있던 블러드 소드를 건넸다.

검을 받아 쥔 그녀는 검의 여기저기를 살펴보는가 싶더니 고개를 저으며 다시 검을 건네주고는 말했다.

"그동안 상당한 피를 머금었던 모양이군. 라지베헤루가 정화했던 힘이 모두 사라진 데다가 처음 봤을 때에 비해 피 냄새가 너무 짙어졌으니 알아보지 못하는 것은 당연하겠지. 아마 자네에게도 그 이유가 있을 듯하군. 대륙에서 보기 힘든 피의 마나를 지니고 있으니 말이야."

"예."

"피의 향이 너무 짙어 에고를 개방시켰다간 오히려 네 녀석이 마물이 되어버릴 위험이 있다. 포기해라."

"……."

하지만 그녀의 말에 따라 포기할 수는 없는 노릇이었다.

도리나와의 약속은 둘째 치고라도 레비나가 잡혀 있는 시점에서 에고의 힘을 얻지 못한다면 던전을 들어오고 있는 고위 마족은 물론 나머지 마족 역시 상대할 방법이 없었기 때문이다.

난 그런 이유로 그녀의 말에 고개를 저었고, 나의 모습에 데몬 드래곤은 한숨을 내쉬며 말했다.

"자네가 만약 에고의 힘을 얻게 된다면 살심만이 가득한 마물이 될 것이네. 물론 어느 정도 견딜 수가 있다면 그 힘의 십 분의 일 정도는 사용할 수 있을지 모르겠지만 그렇게 되면 자네의 남은 수명은 반 이하로 줄어버릴 것이네. 지금 자네의 검의 단계는 소드 오버러 같은데 적어도 나이가 60은 넘은 듯하군. 그렇다면 남은 생명의 시간은 60년 정도겠지만 애석하게도 자네는 정신을 폭주시킨 적이 몇 번 있는지라 그중 반은 이미 소실된 상태이니 기껏해야 30년 정도의 시간만이 남았을 뿐이네. 이 힘을 얻게 된다면 또다시 반으로 수명은 줄어버리니 앞으로 15년 정도밖에, 아니, 어쩌면 십 년도 살지 못할 수도 있을 텐데 그래도 좋은가?"

십오 년이나 십 년, 그렇게 되면 내가 죽을 때 레비나는 열다섯 살에서 스무 살의 나이가 될 것이다.

그 정도의 나이라면 스스로 자신의 몸을 간수할 수 있는 나이이기에 충분하다 생각해 고개를 끄덕이며 말했다.

"나에게는 지켜야 할 아이가 있습니다. 지금 당신이 말하는 그 힘을 얻지 못하면 전 그 아이를 지키지 못하게 될 것입니다. 십 년도 되지 않는 생의 시간이 남을지라도 지금의 전 소울 브레이커의 에고를 해방시켜 그 힘을 얻을 수밖에 없군요."

"지킨다라……."

나의 말에 무엇인가를 생각하는 표정으로 중얼거린 그녀는 잠시 후 할 수 없다는 표정으로 고개를 끄덕이고는 천천히 검집이 있는 원형 방의 중앙으로 걸어갔다.

"자네도 알다시피 소울 브레이커는 자신의 고향인 마계에서 버림받은 마족 킬리스라는 자가 만든 검일세. 수많은 피를 머금은 그가 자신의 모든 것을 응축시켜 만든 마검이지. 그만큼 이 검에는 엄청난 사념이 들어 있네. 그 사념이 에고의 해방과 함께 자네의 정신을 흔들게 될 것이네. 드래곤과 같은 생명체라면 모를까, 인간의 정신력으로써 이것을 견디는 것은 어쩌면 죽음보다 더 큰 고통으로 다가올 수 있네만 그것을 견딜 수 있겠는가?"

"자신은 없습니다. 하지만 할 수밖에 없군요."

"음… 결심이 그렇다면 어쩔 수 없지."

그렇게 말한 그녀는 받침대에 있던 검집을 들어 올렸고, 나에게 손을 내밀어 검을 요구했다.

검을 건네주자 그녀는 블러드 소드를 검집에 집어넣은 후 조용히 눈을 감으며 무엇인가 주문을 외우기 시작했다.

그 순간 검은색의 마나가 그녀의 몸에서 엄청난 기세로 터져 나오며 블러드 소드를 꽂은 검집으로 빨려 들어가기 시작했다.

그 엄청난 마나의 소용돌이 때문에 원형 방에는 강렬한 지진이 일어날 지경이어서 일행들은 놀라지 않을 수 없었다.

그런 지진은 일 분여 정도의 시간이 지나자 조금씩 잠잠해져 가기 시작했고, 데몬 드래곤인 몸에서 검으로 빨려 들어가던 흑기도 점점 사라져 가기 시작했다.

흑기가 모두 사라지자 그녀는 천천히 눈을 뜨고는 검을 나에게 건네주며 말했다.

"이 검집은 킬리스의 에고를 봉인하기 위함도 있지만, 봉인이 풀렸을 때의 사념을 막아주는 효과도 있네. 하지만 자네가 검의 힘을 얻기 위해 검집에서 검을 뽑는 그 순간, 킬리스가 이 검을 만들 때의 사념과 함께 자네와 그 이전의 사람들이 이 검으로 수많은 자를 죽음으로 몰았을 때의 사념 역시 같이 방출될 것이네. 다시 한 번 물어보지, 기어코 에고의 힘을 얻겠는가?"

"예."

나의 단호한 대답에 그녀는 아무 말 없이 검을 나에게 건네주고는 천천히 일행이 있는 곳으로 걸어가서는 말했다.

"자네가 사념에 패해 마물이 된다면 난 이들을 던전의 밖으로 텔레포트시키겠네. 내가 자네에게 해줄 수 있는 마지막 선물이지."

"감사합니다."

일행들을 안전하게 밖으로 피신시켜 주겠다는 그녀의 말에 고개 숙여 감사의 인사를 하곤 소울 브레이커를 쳐다보았다.

검집에서 검을 빼내는 순간 마물이 되거나 에고의 힘을 얻게 될 것이다.

과연 두 개의 상황 중 어떤 것이 될는지는 모르겠지만 레비나를 구하기 위해선 도박을 감행할 수밖에 없었다.

난 조용히 몇 번의 심호흡을 하여 마음을 안정시킨 후 천천히 블러드 소드를 검집에서 뽑기 시작했다.

「후우욱!」

　검을 검집에서 약간 뽑아 들었음에도 엄청난 기운이 그 틈을 타서 빠져나오기 시작했고, 사념은 몸속으로 빨려 들어가기 시작했다.

「끄아악!!」

　사념이 몸속으로 빨려 들어감과 동시에 나의 눈에는 수많은 환영과 환청이 나타나기 시작했다. 무릎 위까지 차 올라오는 피의 늪, 그곳에서 수많은 사람들이 고통스럽게 허우적거리며 나를 향해 비명을 지르고 있었다.

　약간의 사념이 빠져나온 것만으로도 난 온몸에 소름이 돋는 것을 느꼈다.

　썩어 문드러진 몸으로 서러운 고통의 신음을 내지르는 이들은 나에게로 다가오고 있었고, 그들은 나의 몸에 붙어 온몸의 살점을 뜯어 먹기 시작했다.

"크윽!!"

　환영과 환청이라는 것은 알고 있었지만, 그들이 나의 몸을 뜯어 먹을 때의 고통은 실제와 똑같았고, 난 고통을 느끼며 무릎을 꿇지 않을 수 없었다.

　소울 브레이커를 든 나의 손은 고통에 의해 검을 뺄 힘조차 점점 사라져 가 이 이상을 지체했다가는 검을 뽑지도 못하고 사념에 온몸의 힘이 빠질까 두려워하며 검을 검집에서 뽑았다.

　그리고 검이 완전히 빠져나옴과 동시에 엄청난 기운이 폭발하듯 터져 나왔다.

"끄아악!!"

소드 오버러의 단계에 오른 나의 몸은 보통 사람의 수십 배에 해당하는 마나를 저장할 수 있게 신체가 변해 있었지만 검 속에서 나온 기운은 몸에 저장할 수 있는 마나 양을 수십 배, 아니, 수백 배는 초과하는 듯했다.

온몸이 찢어질 듯한 고통이 느껴져 왔고, 끝까지 버티려 하던 나의 정신은 조금씩 무너져 가기 시작했다.

"아악!!"

제18장 **마검 소울 브레이커**

마검

소울
브레
이커

"여긴……."

간신히 정신을 차렸을 때 난 라지베헤루의 던전이 아닌 다른 곳에 와 있음을 알 수 있었다.

익숙한 모습의 숲, 멀리 보이는 산의 모습으로 이곳이 어느 곳인지 알 수 있었다.

"사념의 환상이로군."

검을 뽑았을 때 나의 몸을 산산조각으로 찢어내는 듯한 사념의 덩어리, 그것은 나를 최악의 장소로 몰아넣었다.

죽음을 원하여 용병의 세계로 빠지게 한 장소, 사랑하는 사람이 살고 있던 고향, 내가 사냥꾼이던 시절의 숲에 있었기 때문이다.

밟히는 풀의 느낌은 마치 실제와 같이 전해지고 있었기에 환상이라고는 믿을 수 없을 정도였다.

주변의 모습을 보며 사념이 나에게 보여주려 하는 것이 무엇인지 알 수 있었다. 더러운 귀족의 손에 희생된 사랑하는 딸의 모습을, 그 처참한 모습을 보여주고자 함이라는 것을……

망설여졌다. 이 숲에서 내가 살고 있던 집은 10분 정도밖에 걸리지 않는 짧은 거리에 있었다. 물론 그 당시 보통의 사냥꾼이었던 내가 가는 속도였기에 지금의 나라면 1분도 되지 않아 도착할 수 있는 거리였다.

만약 다시 그 모습을 본다면 올바른 정신을 유지할 수 있을까 고민이 될 수밖에 없었다. 나를 죽음과도 같은 고통으로 몰아넣은 기억.

어떠한 선택을 해야 할까.

이런 고민을 하고 있을 때 숲에서 한 무리의 사람들이 다가오는 것을 느낄 수 있었다. 수는 대략 20여 명 정도, 느껴지는 기운으로 그리 강하지 않은 집단이라는 것을 알 수 있었다.

그러나 그들이 숲에서 모습을 드러내었을 때, 그들의 사이에서 말을 타고 있는 자의 모습을 보고는 놀라지 않을 수 없었다.

귀족 특유의 오만한 웃음을 날리며 사병 집단들의 사이에서 말을 타고 움직이고 있는 자, 그자는 바로 나를 고통의 세월 속으로 몰아넣게 만든 자였기 때문이다.

그것을 보며 그들이 향하고 있는 방향이 나의 집이라는 것을 알 수 있었다.

이들이 이곳을 지나 홀로 남아 있는 나의 딸에게 무슨 짓을 할 것이라는 걸 잘 알고 있는 나로선 도저히 참을 수가 없었다.

"으아악!!"

블러드 소드를 든 나는 집으로 향하고 있는 그들을 향해 쇄도해 들어가며 검을 휘둘렀다.

"끄아악!!"

"헉!!"

갑작스럽게 난입한 나의 검에 의해 공격당한 그들은 제대로 된 반항조차 하지 못한 채 검에 베여 피를 흘리며 쓰러져 갔고, 그들 모두를 쓰러뜨렸을 때 오만한 귀족은 겁에 질려 덜덜 떨고 있었다.

"하아압!!"

블러드 소드의 모든 마나를 돋우어 그대로 녀석을 향해 검을 휘둘렀고, 녀석은 정수리에서부터 말과 함께 두 동강이 되어 쓰러져 갔다.

"허억, 허억……."

보통의 때라면 모르겠지만, 지금 이들을 죽일 때 난 나도 모르게 보통 때의 수배의 마나를 돋우었기 때문에 온몸은 지칠 수밖에 없었다.

하지만 나의 딸을 욕보이며 죽이러 가는 자들을 쓰러뜨렸기에 어느 정도 안심은 할 수 있었지만… 그것은 착각이었다.

"아……."

나의 검에 쓰러진 귀족들과 그들의 시체들이 서서히 일어나기 시작했기 때문이다. 온몸에 피를 흘린 모습으로 치명적인 상처를 입었음에도 마치 언데드와 같이 일어서고 있는 그들은 무엇에라도 이끌린 듯한 방향으로 계속 몸을 움직이고 있었다.

"으앗!!"

난 그들이 가는 방향이 딸이 있는 곳이라는 것을 알았기에 계속 그들을 공격하지 않을 수 없었지만, 녀석들은 산산조각으로 찢어져도 어느새 피를 흘리는 모습으로 자리에서 일어나 딸이 있는 방향으로 몸을 움직여 갔다.

나로서는 필사적으로 그들이 집으로 가는 것을 막을 수밖에 없었다.

이것이 환상이라 해도 또다시 레비나에게 더러운 손길을 닿게 하고 싶지 않았기 때문이다.

"으아악!!"

괴성을 지르며 일행들에게 검을 휘두르는 블러드 스톰을 부르며 그들은 그가 사념을 억누르는 것에 실패했다는 걸 알 수 있었다.

마치 자신과 한곳에 설 수 없는 원수를 상대하는 것처럼 짙은 살기를 내뿜으며 블러드 스톰은 일행들을 향해 검기를 날리고 있었기 때문이다.

다행히 데몬 드래곤이 일행들의 곁에 있어 공격을 모두 막아낼 순 있었지만 그녀가 없다면 일행들은 모두 미쳐 버린 블러드 스톰에 의해 죽음을 면치 못했을 것이다.

"실패로군요. 그렇게 말했는데⋯⋯."

드래곤이 변한 여인은 블러드 스톰이 발광하는 모습에 씁쓸한 표정을 지으며 중얼거리고는 일행들을 보며 말했다.

"당신들의 계획은 실패했군요. 어디로 가시겠습니까? 제가 텔레포테이션 게이트를 열어드리도록 하지요."

그녀는 블러드 스톰과 약속했던 대로 일행들은 외부로 빠져나가게 해주기 위해 말했는데, 그때 이스트가 천천히 뒤로 빠지더니 일행들에게 미소를 지어주며 말했다.

"난 가지 않겠어."

"이스트 씨?"

도라나는 이스트의 말에 놀라서 물었는데, 그는 발광하며 자신들에게 검기를 날리는 블러드 스톰을 가리키면서 말했다.

"아무래도 저 친구 혼자 저승으로 보내면 심심해할 것 같아서 말이야. 어차피 이렇게 세상에 나가도 할 일도 없을 텐데……."

그렇게 말한 이스트는 뒤로 물러나 원형 방의 벽에 기대어앉고는 말했다.

"어이, 드래곤 아가씨. 가기 전에 이 원형 방을 완전히 허물어주면 안 될까? 저 친구 탈진해서 보내는 것보다 압사시키는 게 나을 것 같아서 말이야."

"……."

드래곤인 그녀로선 이스트란 자의 선택을 도저히 이해할 수가 없었는데, 그런 것들은 다른 일행들 모두 마찬가지였다.

페드로는 자리에 주저앉은 이스트를 보며 말했다.

"넌 용병이다. 뭣 때문에 이런 곳에서 목숨을 버리려 하는 거지?"

"후후. 맞아, 난 용병이었지. 그런데 빌어먹을 돈도 안 되는 일에 목숨을 버리려고 하다니… 아무래도 용병으로선 낙제인 것 같군."

페드로의 물음에 이스트는 자조 어린 미소를 지으며 말하곤 아무 말도 없이 고개를 숙여 눈을 감았다.

"아무래도 자다가 죽는 게 덜 고통스러울 것 같으니까 조용히 좀 해줘."

페드로는 이스트의 그런 모습을 한참 동안 지켜보고 있다가 입가에 작은 미소를 짓더니 돌아서서 드래곤을 보며 말했다.

"저 역시 이곳에 남도록 하겠습니다."

"페드로 씨."

"블러드 스톰 씨는 지금까지 많은 어려운 일을 하셨습니다만 죽음전에 반드시 빠져나오곤 하셨습니다. 전 그 마지막의 한순간을 믿고 싶군요."

그렇게 말한 페드로는 천천히 이스트의 곁으로 가서 앉아 검을 벽에 세워놓고는 발광하는 블러드 스톰을 뚫어지게 쳐다보기 시작했다.

한 치의 의심없는 모습은 블러드 스톰이 사념을 누르고 정신을 찾으리란 것을 믿고 있는 듯했다.

두 사람의 확고한 의지를 본 드래곤은 한숨을 쉬더니 나머지 사람들을 보며 말했다.

"당신들은 어떻게 하시겠습니까?"

드래곤이 변한 여인의 말에 봐렌은 가지 않겠다는 두 사람의 모습을 쳐다보고 있다가 말했다.

"저희 역시 저 두 사람을 따르고 싶지만 애석하게도 살아서 하지 않으면 안 되는 일이 있군요. 텔레포테이션 게이트를 열어주시기 바랍니다."

그 말에 드래곤은 알았다는 듯이 고개를 끄덕이며 텔레포테이션 게이트를 열기 위해 용언을 말하려고 하는데 그 순간 엄청난 기세의 보라색 기운이 빠른 속도로 쇄도해 들어왔다.

"합!!"

다행히 그 기운을 눈치 채는 것이 빨랐기 때문에 간신히 손을 움직여 쳐낼 수 있었지만, 강한 기운이었기에 그녀의 손은 찢어져 피가 흐르고 있었다.

"누구냐!!"

드래곤인 그녀는 자신을 공격해 온 방향을 보며 소릴 질렀는데, 잠시 후 어둠 속에서 음침한 웃음소리가 들려오기 시작했다.

"흐흐흐흐, 이거 상당히 의외로군. 나의 공격을 튕겨 버릴 수 있는 자가 있다니 말이야."

어둠 속에서 천천히 그 모습을 드러낸 자, 그는 두 개의 뿔과 함께 한 쌍의 날개를 가진 모습이었기에 일행들은 쉽게 그가 누구인지 알 수 있었다.

"마족!!"

일행의 뒤를 쫓고 있던 마족이 드디어 모습을 드러낸 것이다.

데몬 드래곤인 자신을 공격한 마족을 보며 조금 긴장한 듯한 표정을 짓고 있다가 옆에 있는 봐렌을 보며 조용히 말했다.

"텔레포테이션 게이트를 열어줄 테니 당신들은 이곳을 빠져나가도록 하세요."

"예."

그녀의 말에 봐렌은 마족을 경계하며 마나를 돋우어 대답했지만, 이들의 계획을 알고 있는지 상대는 크게 웃으며 말했다.

"하하하하, 한마디 해두지만 여기에 있는 자들은 모두 나의 손에 죽어줘야겠어. 이미 이곳 전체에 암흑장을 펼쳐 놓았기 때문에 텔레포테이션으로 도망갔다간 그 안에서 영원한 시간을 지내야 할 것이다. 뭐, 공간 속에 갇혀서 보내고 싶다면 가도 상관은 없지만 말이야."

"젠장!!"

마족의 말에 일행들은 이곳을 빠져나갈 방법이 없다는 것을 알 수 있었다.

"그나저나 네년은 누구지? 내가 알기론 나의 공격을 막을 수 있는 인물은 블러드 스톰이란 녀석 외에는 없다고 알고 있는데?"

"흥! 오랫동안 마계에서 떠나 있었더니 나의 얼굴마저 잊은 것 같군,

루비드."

"나의 이름을 알고 있다니… 마족은 아닌 것 같고… 설마?"

"이제야 눈치 챘는가?"

"그렇군, 데몬 드래곤 세이레리아. 마계의 배신자였군."

루비드란 마족은 자신의 공격을 튕겨낸 여자의 정체가 데몬 드래곤이란 것을 알고는 상당히 기분이 나빠졌는지 웃고 있던 표정이 사라지며 미간을 눈에 띌 정도로 찌푸렸다.

배신자라는 그의 말에 세이레리아는 콧방귀를 뀌며 말했다.

"마계의 배신자? 홍! 배신자는 바로 네 녀석이다. 루덴스님의 유명을 어기고 지상계의 인간들에게 들러붙었으니 말이다!"

"루덴스? 인간 출신의 라스타님의 대리자 말인가? 홍! 마계에 크나큰 은총을 얻었음에도 마족을 버리고 인간의 하찮은 운명을 따른 자의 유명 따위를 지키는 것이 오히려 이상한 것이겠지!"

두 사람이 서로를 살기 어린 눈으로 바라보며 한 치의 틈이라도 생긴다면 당장 목줄이라도 뜯을 기세로 대치하기 시작했기에 일행들은 엄청난 살기의 소용돌이 속에 긴장하지 않을 수 없었다.

마계의 고위 마족 급은 그 능력 면에서 웜 급 드래곤을 넘어서는 힘을 가진 존재이다. 물론 지상계로 올라오면 그 힘이 어느 정도 감소되기는 하지만 그렇다고 턱없이 약해지는 것은 아니기 때문에 웜 급에 버금가는 힘을 유지할 수가 있었다.

데몬 드래곤 세이레리아의 경우에는 그 크기나 마나의 기운으로 보면 웜 급 정도의 드래곤이었지만, 드래곤의 가장 강력한 무기인 브레스를 못 쓸 뿐만 아니라 강한 마법을 사용하기에도 비좁은 방이었기에 검술로 싸울 수밖에 없는 처지였다.

"하압!!"

먼저 선공을 가한 것은 루비드였다. 마족 중에는 검이나 창 같은 무기를 사용하는 이들도 없지 않았지만 거의 대부분의 마족 무기는 두 손에 날카롭게 자라나 있는 손톱이었다.

마족의 손톱 강도는 드래곤 본과 버금가는 정도로, 웬만한 무기와 맞부딪친다고 해도 밀리지 않았다.

이런 이유로 투사 계열의 무인들이 쓰는 크러우라는 무기 중 고가의 무기에는 날카롭게 선 마족의 손톱을 사용하는 예도 적지 않았는데, 손톱 자체에 이차 가공을 하지 않아도 어둠의 기운이 서려 있기 때문에 미쓰릴보다 효과적인 무기라고 할 수 있었기 때문이다.

보통 마족들의 손톱은 자신의 뜻대로 날카롭게 세울 수 있는데, 길이는 10센티미터에서부터 30센티미터까지의 사이가 보통이었다.

루비드 역시 보통의 마족들과 마찬가지로 자신의 손톱을 무기로 사용하고 있는 마족이었는데, 그가 양손을 펴자 20센티미터 정도의 손톱이 검푸른 기운을 뿌리며 세워졌다.

"차압!!"

챙!!

루비드가 자신의 손톱을 세우며 빠르게 공격해 들어오자 세이레리아는 용들의 대인전투 형태인 드래코니안의 형태로 폴리모프해서는 왼팔로 그의 손톱을 막고 오른쪽 손으로 재빠르게 허리에 차고 있는 검을 빼어 그의 복부를 향해 찔러갔다.

드래코니안의 형태에선 본체의 외피의 강도를 그대로 지니고 있을 수 있는 데다가, 마나를 마음대로 움직일 수 있었기 때문에 보통의 피부라도 검과 같은 무기의 방어가 가능했다.

그녀의 왼팔은 효과적으로 루비드의 손톱 공격을 막을 수 있었지만 검은색의 연기가 나며 타 들어갔다.

마족 특유의 어둠의 마나가 빠져나와 세이레리아의 외피를 녹이고 있는 것이다.

"합!!"

어둠의 마나가 외피 녹이는 것을 방치한다면 큰 상처로 이어질 수 있었기 때문에 세이레리아는 마나를 돋우어 몸속으로 스며든 루비드의 어둠의 마나를 배출하며 공격해 들어가기 시작했다.

한편 소울 브레이커의 사념에 의해 제정신을 차리지 못하고 있는 블러드 스톰은 자신의 앞에 두 개의 존재가 마나를 일으키며 싸움을 시작하자 본능적으로 적이라 판단하기 시작했다. 환상에 잡힌 채 딸을 해하려는 존재로 느끼고 있는 것이다.

루비드와 세이레리아는 상당한 공방전을 이루며 한 치도 밀리지 않고 겨루고 있었기에 이런 블러드 스톰의 움직임에 대해서 눈치 채지 못하고 있었다.

"크아악!!"

엄청난 사념에 의해 보통 때 힘의 몇 배나 되는 능력을 가지게 된 블러드 스톰은 괴성을 지르며 두 존재를 향해 검기를 날렸고, 그 순간 자신들을 향해 날카로운 기운이 날아오고 있다는 것을 간파한 두 사람은 급히 상대에게서 떨어져 검기를 피할 수밖에 없었다.

쿠구구궁!!

도저히 인간의 힘이라곤 생각되지 않을 정도의 검기가 원형 방의 한 쪽 벽을 무너뜨렸다.

"하찮은 인간 따위가 감히!!"

루비드는 블러드 스톰이 자신을 공격하자 노기를 일으키며 손톱을 세워 그를 향해 공격해 들어갔는데, 블러드 스톰은 그가 일으킨 어둠의 마나에 주눅 들지 않고 쇄도해 들어오는 루비드에게 검을 날렸다.

챙!!

사념에 의해 상당한 힘을 얻게 된 블러드 스톰은 고위 마족 루비드에게 검을 맞댔으면서도 밀리지 않고 대치하고 있었다.

갑작스럽게 실력이 늘어난 그를 보며 루비드는 조금 당황한 표정을 지었으나 이내 정신을 차리고는 녀석을 공격해 들어갔다.

"다크 그래비티!!"

엄청난 힘에 자신이 밀린다는 것을 깨달은 루비드는 암흑 계열의 중압 마법을 사용하여 블러드 스톰을 짓누르며 뒤로 몸을 날렸는데, 놀랍게도 보통의 인간이라면 엄청난 중압에 몸이 터져 나갔을 것임에도 불구하고 그는 아무렇지도 않았다.

오히려 순간적으로 블러드 에이리어를 내뿜어 루비드가 펼친 중압 주문을 밀어내며 위기를 빠져나가 버리니 루비드로선 황당할 수밖에 없었다.

루비드의 암흑 계열 마법을 인간의 수치로 미루어본다면 거의 8서클 마스터에 가까운 힘이었기에 놀라운 일이라 할 수 있었다.

"뭐야! 도대체 무슨 일이 있었는데 저 녀석이 이렇게 강해진 거지?"

루비드로선 블러드 스톰이 전에 봤던 것과 전혀 다른 힘을 보이자 당황하지 않을 수 없었는데, 블러드 스톰은 생각할 시간도 주지 않으려는 듯 빠르게 몸을 움직이며 공격해 들어왔다.

루비드와 블러드 스톰이 싸우기 시작하자 세이레리아는 잠시 몸을 뺄 수 있었다. 사념에 의해 지배되고 있는 블러드 스톰은 어둠의 마나로 살기를 강하게 내뿜고 있는 루비드를 공격하는 데만 정신이 없었기 때문이다.

"세이프티 에이리어!!"

고위 마족이 나타나자 경계를 풀지 못하는 일행들에게 간 그녀는 용언을 사용하여 루비드가 쳐 놓은 암흑장을 막을 수 있는 마법을 사용하고 다시 그곳에 텔레포테이션 게이트를 열며 말했다.

"세이프티 에이리어 내의 텔레포테이션 게이트라면 충분히 암흑장의 영향을 받지 않을 것입니다. 게이트의 문은 제국의 동부 국경에 있는 숲에다 열어놓았으니 이쪽을 통하여 빠져나가시기 바랍니다."

봐렌은 이들의 싸움에 자신들이 오히려 방해만 될 것이라는 것을 알 수 있었기에 고개를 끄덕인 후 게이트로 사라져 갔고, 에드워드와 도리나 역시 그의 뒤를 이어 게이트로 사라졌다.

하지만 페드로와 이스트는 병장기를 꺼내 경계를 하면서 루비드와 블러드 스톰이 싸우고 있는 곳을 노려보고 있었으니, 세이레리아는 한숨을 쉬며 천천히 열어놓은 게이트를 닫고 그들에게 다가가 말했다.

"블러드 스톰을 도와주기 위해서 방법이 없는 것은 아니지만 자칫하면 두 사람 모두 생명을 잃을 수도 있습니다. 한번 해보시겠습니까?"

"예?"

그녀의 말에 놀라 뒤를 보니 세이레리아는 한숨을 쉬며 말했다.

"제가 말씀드리는 이 방법은 암흑 계열 마법의 일종입니다. 보통은 당사자의 혈육들에게 사용하는 방법이지만 두 사람이라면 가능할 것 같기도 해서 말씀드리는 것입니다. 암흑 계열의 정신 마법에는 아더 마인드라는 것이 있는데, 이것은 피시험자의 정신에 다른 이의 정신을 넣는 마법입니다."

"음… 그렇다면 블러드 스톰님의 정신으로 들어가 사념에 의해 무너져 가는 정신을 도와주라는 것이군요."

"예, 물론 직접적인 도움은 불가능하지만 일단 정신이란 것은 작은 계기로도 크게 변화할 수 있는 미지수의 영역이기 때문에 해볼 만한 가치가 있다는 생각이 들어 말씀드리는 것입니다."

세이레리아의 말에 페드로와 이스트는 생각해 보지도 않고 고개를 끄덕이며 부탁했다.

"그렇다면 두 분 다 마음을 안정시키도록 하십시오. 명심하셔야 할 것은 그곳의 사념은 당신들마저 공격할 것이라는 겁니다. 그것을 견디지 못한다면 정신이 몸으로 돌아온다 하더라도 광인이 될 수 있습니다. 또, 블러드 스톰이 루비드란 자에게 죽임을 당한다면 두 분의 정신도 같이 파괴된다는 것을 명심하십시오."

"부탁합니다."

이스트와 페드로는 부탁한다는 말과 함께 자리에 앉아 정신을 집중하기 시작했고, 두 사람이 안정되기를 기다리던 그녀는 어느 정도 시간이 지난 후 조용히 주문을 외우기 시작했다.

"아더 마인드!"

한참 주문을 외우던 그녀가 시동어를 외치자 두 사람은 강한 암흑 마법의 기운에 휩싸이기 시작하더니 한순간 빠른 속도로 루비드와 싸우고 있는 블러드 스톰의 머리를 파고들었고, 그 순간 블러드 스톰은 큰 충격을 받은 듯 무릎이 꺾이고 말았다.

"죽어라!!"

블러드 스톰의 무릎이 꺾이자 루비드는 기회를 포착하고 그를 향하여 손톱을 내리그었다.

"다크 파이어 볼!!"

하지만 이런 것을 예측하고 있던 세이레리아는 루비드를 향해 마법을 날렸고, 그는 어쩔 수 없이 블러드 스톰을 공격하지 못하고 마법을 막을 수밖에 없었다.

"쳇!!"

두 손을 엑스 자로 만들어 어둠의 기운으로 장막을 만들자 굉음과 함께 검은색의 불꽃이 사방으로 터져 나갔고, 블러드 스톰은 그 여파에 날려가 원형 방의 벽에 부딪쳐서는 땅으로 곤두박질치고 말았다.

완전히 정신을 잃은 듯한 그는 움직일 생각을 하지 않고 있었지만, 세이레리아는 그것이 아더 마인드에 의한 영향이라는 것을 알고 있었기에 놀라지 않고 루비드를 향해 공격해 들어가기 시작했다.

"쳇! 언제나 나의 일을 방해하는군, 세이레리아!"

"방해라니, 너의 일을 막는 것이 나의 유일한 낙인걸!"

블러드 스톰이 쓰러지자 두 사람은 자신의 무기를 휘두르며 서로를 향해 공격해 들어가기 시작했다.

하지만 드래곤인 그녀는 검을 사용하는 것이 서투른 편에 속했기 때문에 손톱을 사용하여 싸워온 루비드에게 기술 면에서 밀릴 수밖에 없는 노릇이었다.

"큭!!"

어느 정도 시간이 지나자 그가 휘두른 손톱으로 인해 어깨에 큰 부상을 입은 그녀는 날개를 휘저어 뒤로 몸을 날렸지만, 루비드는 한번 생긴 기회를 놓칠 생각이 없는지 똑같이 날개를 휘저으며 압박해 들어갔다.

"디멘젼 패스!!"

하지만 그대로 당할 그녀가 아니었다. 세이레리아는 암흑의 힘을 가진 존재만이 할 수 있는 이동 주문을 사용하여 순식간에 루비드의 뒤로 이동해 가서는 녀석을 향해 검을 휘둘렀다.

　크게 놀란 그가 급히 몸을 돌려 그녀의 검을 막긴 했으나, 설마 그녀가 디멘전 패스의 이동 마법까지 알고 있으리라고는 생각지도 못했기에 놀란 표정으로 말했다.

　"암흑 신관들의 이동 마법을 알고 있다니 놀랍군."

　"루덴스님의 얼을 잇고 있는 신관들이라면 이 정도는 배워뒀어야지. 자! 루비드, 이차전을 시작해 볼까?"

　"크하하하하! 이거 점점 재밌어지는군!"

　마검의 힘에 서려 있던 사념이 블러드 스톰의 몸에서 점점 더 자신을 확장시켜 나가고 있었다. 처음엔 환상이란 것을 어느 정도 알고 있었던 그가 지금에 와서는 현실과 환상을 구분할 수 있는 능력을 잃고 자신의 딸을 범하러 가려 하는 귀족과 일단의 용병들을 베고 있는 데 정신이 없었다.

　하지만 수없이 베었음에도 다시 일어나는 그들을 보며 절망에 빠져 있었다.

　소울 브레이커의 사념은 블러드 스톰의 가장 취약한 부분을 노리고 오는 것이었다.

　이 순간은 그가 수십 년 동안 용병들의 세계에서 돌아다니며 생각했던 부분인 것이다.

　왜 자신은 딸을 구할 수 없었던 것인가. 지금의 자신이 그곳에 있었다면 딸을 구할 수 있을 것이란 생각을 하면서 말이다.

하지만 사념은 지금까지 생각해 왔던 생각을 무너뜨리며 그것을 공격하고 있었다.

소드 오버러의 힘을 얻은 지금의 순간에도 이들의 마수에서 딸을 구할 수 없다는 생각이 그의 정신을 사로잡기 시작했고, 그들이 점점 딸이 있는 집으로 향할 때마다 블러드 스톰은 큰 절망감을 느낄 수밖에 없었다.

"으아아악!!"

이제 검을 들 힘조차 남아 있지 않은 블러드 스톰이지만 절대로 그들을 보내줄 수 없다는 생각에 악을 쓰며 녀석들을 향해 검을 휘둘렀다. 하지만 완전히 지쳐 버린 그는 그들의 몸에 검을 적중시키지도 못한 채 자리에서 쓰러져 버렸다.

수없이 많은 검에 베인 후에도 일어선 귀족과 용병은 피투성이가 된 몸으로 좀비처럼 흐느적거리는 몸을 움직이고 있었기에 블러드 스톰으로선 좌절감에 사로잡힐 수밖에 없었다.

자신이 용병으로 배운 어떠한 기술로도 앞에 있는 저주받을 자들을 쓰러뜨리지 못하고 있었기 때문이다.

"크흐흐흑……."

원통함에 사로잡힌 블러드 스톰은 쓰러진 채 땅에 이마를 박고 눈물을 흘리고 있었다. 평상시의 그라면 이것은 절대 있을 수 없는 일이었지만, 사념에 의해 상당한 침해를 받은 그는 이제 정신력이 약해지고 있었다.

만약 이런 일이 계속된다면 그는 얼마 지나지 않아 사념에 의해 완전하게 지배되고, 그의 정신체는 자페아의 정신처럼 속박당한 채 살아야 할 것이다.

탈진한 몸을 간신히 끌며 걸어가는 그들의 다리라도 잡으려고 하던 블러드 스톰이었지만 고개를 든 순간 큰 충격을 받지 않을 수 없었다.

 그에게 보이는 작은 오두막, 그것은 바로 한때 자신의 딸과 자신이 살던 숲 속의 집이었기 때문이다.

 그리고 그 오두막의 문을 박차고 들어가는 것은 자신이 베었던 용병이었다.

 그동안의 상처는 어디로 갔는지 온전한 몸으로 걸음을 옮기고 있는 그들은 음흉한 웃음을 흘리고 있었다.

 "젠장! 끅!!"

 그 모습을 보며 블러드 스톰은 몸을 일으켜 그들을 막으려고 했지만 몸은 통증만을 낼 뿐 전혀 움직이지 않고 있었다.

 "까아악! 누구세요? 아아아악!!"

 그들이 지나간 후 얼마 지나지 않아 여자의 비명 소리가 그의 귀로 들려왔고, 블러드 스톰은 미칠 지경이었다.

 피로에 마비된 다리를 검으로 찌르며 일어나려고 했지만 쇳덩어리마냥 무거운 그의 다리는 전혀 움직일 기미를 보이지 않고 있었기 때문이다.

 "까아악! 살려줘요!! 아빠!!"

 "레비나!! 으아!!"

 자신을 부르며 비명을 지르는 레비나의 목소리를 들으며 그는 죽을 힘을 다해 몸을 일으키기 시작했다.

 온몸을 찢어버릴 듯한 통증이 몸을 자극하고 있었지만 지금 그에겐 자신의 몸의 통증 같은 것은 안중에도 없었다.

 떨리는 다리를 두 손으로 진정시키며 한 발씩 딸을 구하기 위해 옮기는 블러드 스톰은 귀족이 고용한 용병들에게 윤간당할 딸을 생각하며 어깨로 닫혀진 문을 부수며 들어갔다.

"큭!!"

문은 힘없이 부서지며 날아갔고 블러드 스톰은 그 여파에 몸을 가누지 못하고 앞으로 쓰러졌는데, 그 순간 자신이 쓰러진 바닥으로 진한 피가 고여 있는 것을 볼 수 있었다.

"아……!"

떨리는 가슴을 진정시키지 못한 블러드 스톰은 천천히 고개를 들어 바닥에 고인 피의 주인의 모습을 볼 수 있었고, 그 순간 피눈물이 그의 눈에서 흘러나오기 시작했다.

"아아아악!!"

자신이 떠나기 전에 만들어주었던 나무 탁자 위에서 두 손이 묶인 채 죽어 있는 레비나의 모습을 볼 수 있었기 때문이다.

사나운 용병들의 손길에 입고 있던 옷은 모두 찢어져 나체와 같은 모습.

아직 자라지 못한 딸아이의 가슴에는 흉측할 정도의 검상이 그어져 있었고, 그 사이로 오두막을 모두 적셔 버릴 듯한 시뻘건 피가 흘러내리고 있었다.

딸아이의 몸으로 보이는 시퍼런 멍들, 두 눈에 아직 마르지 않은 눈물이 맺혀 있었기에 그로서는 도저히 무슨 행동을 해야 할지 생각도 나지 않았다.

뒤로 젖혀진 딸의 얼굴은 간신히 몸을 일으키고 있는 자신의 눈을 보고 있었다.

마치 자신을 왜 구해주지 않았냐는 듯한 원망 어린 모습 같았기에 그는 더 큰 슬픔을 느낄 수밖에 없었다.

"허허허……."

웃음이 흘러나오고 있었다. 두 눈에 피눈물이 흘러내리고, 그의 입에서는 웃음이 흘러나오고 있는 것이다.

자괴 어린 웃음소리, 또다시 딸을 잃는 슬픔을 맛보게 된 블러드 스톰은 정신이 붕괴되어 가고 있는 것이다.

"크크크크."

웃음소리를 내며 블러드 스톰은 탁자 위에서 목숨이 끊어진 딸을 가슴 깊이 끌어안고는 오두막의 구석으로 기어갔다.

이제 더 이상 어느 누구에게도 딸의 몸을 더럽히게 하지 않으리라 다짐하며 그는 사랑하는 자신의 딸을 끌어안고 있는 것이다.

세이레리아의 아더 마인드에 의해 블러드 스톰의 정신 속으로 들어오게 된 페드로와 이스트가 처음 보는 숲에서 어디로 가야 할지 헤매고 있을 때, 어디선가 들리는 소녀의 비명 소리에 급히 뛰었고 곧 블러드 스톰의 오두막에 도착할 수 있었다.

하지만 그들이 블러드 스톰의 오두막에 도착했을 때는 이미 모든 것이 끝나 있었다.

부서진 문을 지나 오두막의 내부로 들어가자 바닥은 시뻘건 피로 물들여져 있었기 때문이다.

이스트는 바닥에 무엇인가가 질질 끌린 흔적이 있는 것을 보고는 그것을 따라가 보았는데, 그 흔적의 끝을 본 순간 크게 놀라지 않을 수 없었다.

"블러드 스톰?"

한 여자 아이의 벌거벗은 시체를 가슴에 안고 떨고 있는 청년의 모습, 이스트는 잠시 그가 정말 자신이 알고 있는 블러드 스톰일까 하는 의심이 들 수밖에 없었다.

눈앞에 보이고 있는 그는 무엇인가가 두려운 듯 온몸을 떨고 있는 것은 물론이요, 얼굴에 흐르는 두 개의 피눈물 밑에는 자괴감 어린 미소가 흘러나오고 있었다.

마치 무엇인가의 두려움에 시달린 자가 더 이상 그것을 참지 못하고 미쳐 버렸을 때의 웃음, 그렇게도 당당했던 그의 어깨는 이제 아무런 힘도 없어 보였다.

그가 바라보고 있는 것은 가슴에 긴 검상으로 붉은 피를 흘리고 있는 소녀의 얼굴뿐, 무엇이 근처에 다가오는지도 모르는 듯했다.

"젠장!!"

"늦었군……."

그 모습에 두 사람은 자신들이 한발 늦었다는 것을 알 수 있었다.

블러드 스톰, 그는 딸을 잃은 슬픔을 다시 한 번 겪음으로써 이제 마음을 완전히 닫아버린 자폐의 상태로 들어섰기 때문이다.

"젠장!! 이 자식아, 정신 좀 차려보라고! 정신 좀!!"

이스트는 더 이상을 참지 못하고 다가가서는 그의 몸을 잡고 흔들었지만 그는 정신을 차리지 못하고 있었다.

이스트의 손이 자신의 뺨을 사정없이 때리고 있음에도 아픔조차 느끼지 못하는 모습이었기에 그로선 답답하기 그지없었다.

"젠장!!"

이스트는 무슨 생각인지 그의 품에 안겨 있는 소녀의 시체를 잡아당겨서는 블러드 스톰의 품에서 빼앗았다.

"우어어어… 우어……."

말조차 제대로 하지 못하는 블러드 스톰은 자신의 딸의 시체를 빼앗은 이스트에게 기어가며 듣기 거북한 소리로 손을 내밀고 있었다.

"젠장!!"

차마 그 모습을 더 이상 볼 수 없었던 이스트는 그에게 다시 딸의 시체를 돌려줄 수밖에 없었고, 블러드 스톰은 딸의 시신을 안고 다시 오두막의 구석으로 기어가서는 아까와 똑같은 모습을 취하며 마음을 닫고 있었다.

"젠장! 페드로, 이것 좀 어떻게 해볼 수가 없는 거야?"

"이러한 증세를 학계에서는 자폐 현상이라 말하고는 있는데, 아직 사람의 힘으로 고칠 수 있는 것이 아니다. 자신의 정신을 스스로 닫아 버리기 때문에 스스로 빠져나오지 않는 한 타인은 어떻게 손을 써볼 도리가 없지."

"젠장!"

이스트는 페드로의 말에 억울한 듯 탁자를 주먹으로 치며 고개를 숙이고 있었는데, 페드로는 오두막의 주위를 둘러보며 불안한 목소리로 말했다.

"이스트, 마음을 굳게 가지는 게 좋을 것 같다."

"무슨 소리야?"

"이곳은 사념에 의해 지배되는 공간, 세이레리아 씨가 말했던 대로 사념이 우리에게도 닥칠 테니 말이다."

"헉……."

페드로의 경고에 이스트 역시 크게 당황하지 않을 수 없다. 만약 블러드 스톰이 제정신을 차린다면 자신들은 되돌아갈 수 있을 테지만, 자폐의 상태가 계속된다면 그들은 사념에 의해 지배된 블러드 스톰의 몸에서 그의 죽음과 동시에 목숨을 잃는 것이기 때문이다.

"이 자식아, 제발 정신 좀 차리라고!! 네가 이 모양이면 레비나는 어떻게 할 거냐고! 레비나는 말이야!"

이스트는 더 이상 참지 못하고 블러드 스톰을 보며 소리쳤는데, 그 순간 놀랍게도 그의 몸에서 반응이 일어났다.

흠칫하는 느낌을 이스트는 손으로 느꼈기 때문이다.

"레… 레비나… 레비나……."

"이스트! 계속 자극해라! 아무래도 레비나란 이름이 그의 닫혀진 자아에 자극을 주는 것 같다!"

페드로는 그 반응에 아직 가능성이 있다고 생각하며 이스트에게 소리쳤다.

"그래, 레비나!"

"레비나……."

블러드 스톰은 자신의 품에 안긴 레비나를 품에 꼭 끌어안았는데, 그것을 보며 이스트는 답답한 듯 가슴을 치면서 그의 멱살을 잡고 소리쳤다.

"이 자식아! 내가 양딸로 받아들인 레비나 말이야! 레비나! 레아가 죽은 뒤에 니가 맡은 레비나는 어떡하라고 이 모양이야, 이 새끼야!"

"레아… 레아……."

블러드 스톰이 그 말에 무엇인가 생각이 날 듯한 모습을 보이고 있었기에 이스트는 어느 정도 희망이 보이는 것 같았는데, 갑자기 오두막 밖에서 말발굽 소리가 들리기 시작했다.

"큭!!"

말발굽 소리가 들리자 페드로는 드디어 자신에게도 때가 왔다는 것을 깨달았다.

블러드 스톰의 정신 속으로 들어온 이상 자신에게도 사념의 함정이 다가올 것이라 생각하고 있었기 때문이다.

"이스트!"

"무슨 일이지?"

"어떠한 일이 있어도 나를 밖으로 내보내선 안 된다."

"응? 무슨 소리야?"

이스트는 페드로의 말을 이해할 수가 없었는데, 갑자기 그가 검을 뽑아서는 자신의 두 다리에 깊은 상처를 입히자 크게 놀라지 않을 수 없었다.

"무슨 짓이야!!"

놀란 이스트가 크게 소리를 지르며 뛰어갔는데, 상처로 인해 바닥으로 넘어진 페드로는 입술을 깨물어 고통을 참으며 말했다.

"아무래도 사념은 그 사람의 기억에서 가장 약한 부분을 공격하는 듯하다. 저 말발굽 소리… 저건 내가 기억하기 싫은 순간의 환상이 시작되는 소리다. 이스트, 얼마 지나지 않아 너에게도 그런 사념의 함정이 다가올 테니 그전에 블러드 스톰을 깨워야 한다. 서둘러라!"

도대체 이해가 안 가는 이스트였지만 사태가 심상치 않다는 것을 깨닫고는 고개를 끄덕이며 블러드 스톰에게 뛰어갔는데, 그때 오두막의 밖에서 사람들의 비명 소리가 터져 나오기 시작했다.

"까아악!!"

"끄어억!!"

"뭐야, 이 소린!"

이스트는 사람들의 비명에 당황하지 않을 수 없었는데, 그 소리에 페드로는 두 귀를 꽉 막으며 소리쳤다.

"이스트! 시간이 없다. 나 역시 언제 정신이 붕괴될지 모른단 말이다!"

페드로의 악에 찬 외침에 흠칫한 모습을 한 이스트는 다시 블러드 스톰에게 돌아가 레비나와 레아에 대해 말하며 그를 깨어나게 하기 위해 노력했다.

"페르디안 왕자님, 어서 피하십시오!!"

"왕자님!!"

오두막의 밖에서 들리는 소리에 이스트는 놀라지 않을 수 없었다.

"페르디안 왕자?"

분명 밖의 환상은 페드로의 기억의 일부일 텐데 그들은 모두 페르디안 왕자란 이름을 외치고 있었기 때문이다.

"젠장! 으아악!!"

페드로는 그 목소리에 광분하는 듯 괴성을 지르며 몸부림치고 있었다. 하지만 이미 검으로 자신의 다리에 큰 상처를 입히고 있었기 때문에 그는 밖으로 뛰어나가지 못하고 있었다.

그때 갑자기 오두막의 문으로 피투성이가 된 한 여인이 황급하게 뛰쳐 들어왔다.

"뭐야?"

이스트는 그 모습에 놀라지 않을 수 없었는데, 그녀는 쓰러져 발광하고 있는 페드로의 곁으로 가서 눈물을 흘리며 말했다.

"페르디안 왕자님, 빨리 피하세요! 황비의 군대가 닥쳤습니다."

"크으윽… 유모! 제발!!"

"왕자님, 빨리 피하세요. 이 유모가 군대를 유인하겠습니다."

"젠장!! 이스트, 빨리 하란 말이야!!"

페드로는 그녀의 말을 듣지 않기 위하여 귀를 막고 있었지만, 환영의 목소리는 페드로에게 똑똑히 들리고 있었기에 그는 도저히 참을 수가 없었다.

"왕자님, 제발 피하세요!!"

"젠장! 꺼져라, 악의 사념아!!"

더 이상 참지 못한 그는 검을 빼어서는 자신을 흔들며 도망가기를 강요하고 있는 그녀의 목을 베어버렸다.

"끼아악!!"

페드로의 곁에서 소리치던 여인은 그의 검에 목이 잘려져 나가 바닥으로 굴러 떨어졌다. 순식간에 여인의 목을 베어버린 그는 단 한 번 검을 휘둘렀음에도 상당한 힘을 소모했는지 가쁜 숨을 몰아쉬고 있었다.

"제길……."

그 순간 그의 눈에선 눈물이 흘러내리기 시작했다. 자신이 베어버린 여인의 얼굴을 보며 그는 검을 떨어뜨리곤 두 손으로 얼굴을 감싸며 통곡하기 시작했다.

"크흐흐흑… 젠장, 왜 나 같은 것 때문에 모두가 죽는 거야… 크흐흑……."

"페드로……."

이스트는 여인을 베어버린 후 페드로가 통곡을 하자 도저히 뭐라고 말을 할 수가 없었다. 지금까지의 모습을 보며 이스트는 그가 페르디안 왕자라는 것을 알게 되었는데, 왜 한 나라의 왕자가 용병이 되었을까란 생각을 했다.

또 황비의 군대라고 했는데, 대륙에서 황비의 칭호를 받고 있는 인물은 바로 로아냐드 제국의 황비뿐이었기 때문에 놀라움은 더욱 클 수밖에 없었다.

"와, 왕자님… 피하세요……. 황비의 군대가……."

"유, 유모……."

"와, 왕자님……."

그때 목이 잘려진 여인이 눈을 치켜뜨고는 피를 토하며 중얼거리기 시작했는데, 그 목소리를 들은 페드로는 놀란 표정을 짓더니 유모를 부르며 그녀의 목을 향해 기어가기 시작했다.

평상시의 페드로라고는 생각하지 못할 정도로 무너져 버린 모습에 이스트는 다급하지 않을 수 없었다.

이렇게 가다간 페드로 역시 얼마 지나지 않아 블러드 스톰과 같이 변할 것이란 생각이 들었기 때문이다.

"젠장, 이거 나한테도 들이닥치겠군!"

이스트는 블러드 스톰의 멱살을 잡고 뒤흔들면서 소리칠 수밖에 없었다.

"이 자식아! 네가 여기서 끝나면 어떻게 하겠다고! 페드로고 나고 너랑 같이 이곳에서 죽을 수밖에 없단 말이야!!"

"아……."

"젠장할! 이 자식아, 다크 솔루션과 불사의 염원의 더러운 자식들을 한 명이라도 더 죽여야 레비나가 편한 세상에서 살 것 아니야!! 네 녀석은 네 딸 레비나가 다크 솔루션의 손에 죽기를 바라는 거야!!"

이스트는 현재 레비나가 납치되었다는 것을 알지 못하고 있는 상태였다. 지금 그가 말한 내용은 다분히 원론적인 이야기에 지나지 않는 것이다.

다크 솔루션을 없애지 못한다면 그만큼 평화로운 세상은 멀어질 수밖에 없기 때문이다.

하지만 루드그레인으로부터 레비나가 한 집단에게 납치되었다는 이야기를 들어 알고 있는 블러드 스톰은 그 순간 큰 충격을 받을 수밖에 없었다.

막연하게나마 레비나를 납치한 자들이 다크 솔루션의 일당이 아닐까 의심하고 있었던 그는 자신의 양딸인 레비나가 그들에 의해 죽기를 바라느냐는 이스트의 말에 크게 반응을 한 것이다.

"레비나… 레비나……."

"그래, 이 자식아! 정신 좀 차리라고!!"

"레비나… 레비나를 구해야 해… 레비나를 구해야 해……."

"엥? 이건 또 무슨 소리냐?"

"아아아악!!"

갑자기 레비나를 구해야 한다는 말에 이스트는 알아듣지 못하고 있었는데, 갑자기 블러드 스톰이 자신의 머리를 감싸 쥐고는 괴성을 지르며 발광을 하기 시작하자 크게 놀라지 않을 수 없었다.

"뭐야!!"

놀란 이스트는 그의 멱살을 놓고 뒤로 물러섰고, 블러드 스톰은 땅에 머리를 박으며 크게 괴로워하기 시작했다.

"젠장! 이걸 어떻게 해야 하지."

도저히 방법은 알 수 없기에 이스트는 페드로를 쳐다볼 수밖에 없었는데, 그는 자신이 잘라 버린 여인의 머리를 잡고는 흐느끼고 있었기에 도저히 도움을 구할 처지가 아니었다.

"페드로도 저 모양이니 이제 내 차례구나……."

이스트는 도저히 방법이 없었기에 이제 자신에게 사념의 영향이 미칠 것이라 생각했는데, 얼마 지나지 않아 그의 생각이 실제로 다가왔다.

"이스트 오빠!!"

"이스트 형아!"

오두막의 밖에서 어린 소년, 소녀들의 목소리가 들려오고 있었고, 이스트는 그들의 목소리가 십수 년 전에 죽어간 자신의 어린 동생들이라는 것을 알 수 있었다.

신전의 고아원에서 자란 이스트에겐 같이 자란 동생들이 많이 있었기 때문이다.

"젠장! 역시 그 기억이로군!! 이 빌어먹을 델피르 사제!"

이스트는 그 기억이 어떤 것이라는 것을 깨닫곤 자신의 기억 속에서 영원한 증오의 대상으로 남는 한 사제의 이름을 외치며 오두막의 밖으로 걸어나가려 했는데 그때 한 사람이 그의 어깨를 잡으며 말했다.

"사념의 환상이다. 나가지 않는 편이 좋다."

"헉! 블러드 스톰!"

이스트는 자신의 어깨를 잡고 말한 사람이 블러드 스톰이란 것을 알고는 크게 놀라지 않을 수 없었다.

블러드 스톰은 이스트를 나가지 못하게 한 후 페드로의 곁으로 걸어갔다.

한 여인의 목을 부여잡고 서럽게 울고 있는 페드로를 보며 블러드 스톰은 발로 그의 복부를 후려갈겼다.

"크으윽!!"

갑자기 블러드 스톰이 발로 복부를 후려갈기자 페드로는 신음 소리를 내며 날아가 바닥에 처박혔다.

페드로가 나가떨어지는 것을 보며 블러드 스톰은 그가 잡고 울고 있던 여인의 머리를 두 손으로 잡아 그대로 박살 내버렸는데, 그 모습에 바닥에 나가떨어진 페드로가 크게 놀라는 표정을 짓더니 악을 쓰며 그에게 달려들었다.

"으아악!!"

시뻘게진 눈으로 달려드는 페드로, 하지만 블러드 스톰은 그런 그를 좋게 상대할 사람이 아니었다.

오른손을 들어 달려드는 페드로의 복부를 다시 한 번 후려친 그는 쓰러지려 하는 페드로의 머리카락을 잡고는 사정없이 뺨을 때리며 말했다.

"이제 조금 정신이 드는가?"

"하… 하악……."

그제야 페드로는 가쁜 숨을 내쉬며 자신의 앞에 있는 자의 눈을 안정된 눈으로 쳐다볼 수 있었다.

"블러드님……."

페드로가 자신의 이름을 정확하게 부르자 그는 움켜잡았던 페드로의 머리를 놓아주었다.

하지만 자신의 검으로 다리에 큰 상처를 입힌 상태였기에 페드로는 일어서지 못하고 자리에 주저앉고 말았다.

어느 정도 정신을 차린 페드로를 보며 안심한 블러드 스톰은 뒤에 있는 이스트를 보며 물었다.

"어떻게 이곳으로 들어왔지? 여긴 내 정신 속일 텐데?"

"아무래도 네 녀석이 실패한 것 같다고 그 데몬 드래곤이 아더 마인
든가 뭔가 하는 마법으로 우리의 정신을 집어넣어 준 거야."

"음… 고맙군. 그럼 어떻게 돌아가는 거지?"

"몰라, 네가 완전하게 사념을 정복하면 자연히 빠져나올 수 있다고
했는데 자세한 내용은 모르겠다고."

그 말에 블러드 스톰은 한참을 생각에 잠기는 듯하다가 오두막의 한
편에 떨어져 있는 블러드 소드를 보고는 알겠다는 듯 고개를 끄덕이며
천천히 걸음을 옮겼다.

나의 애검인 블러드 소드, 모든 환상의 원흉이 이 검을 뽑아 들었을
때부터 시작되었다는 것을 알고 있었기에 녀석이 나의 정신 세계를 붕
괴하려 하는 것임을 알 수 있었다.

"나와라……."

난 검에 이야기했고, 나의 모습에 페드로와 이스트는 그제야 무엇인
가 알겠다는 표정을 짓고 있었다.

블러드 소드에 잠자고 있던 에고인 버림받은 마족 킬리스가 사념을
조종하고 있으리라 짐작할 수 있었기 때문이다.

하지만 나의 말에도 녀석은 아무런 대답도 하지 않았고, 오히려 사
념의 파장을 더욱 크게 하려 하고 있었다.

"끼야악!!"

나의 뒤에서 비명 소리가 들려왔다. 바로 오래전에 죽은 나의 딸 레
비나의 비명 소리. 그곳에는 숨을 헐떡이고 있는 남자의 목소리가 들
려오고 있었기에 난 무슨 일이 일어나고 있는지 알 수 있었다.

"이 자식이!!"

이스트는 그 모습에 자신의 검을 들어 레비나를 강간하고 있는 자를 베어버리려고 했다.

"이스트!! 환상이다."

"하지만……."

"이제부터 어떠한 환상이 있다고 해도 거기에 관여할 생각은 하지 말아라."

난 이스트를 보며 이야기했지만 도저히 참을 수가 없었다. 하지만 내가 나의 딸을 강간하는 자를 베는 것은 킬리스가 원하는 일.

그런 일을 당하는 것은 한 번으로도 족하다고 생각한 난 입술을 깨물며 참을 수밖에 없었다.

비릿한 피의 내음이 입 안에 고이기 시작했다.

"킬리스… 이 정신 세계에선 상처의 고통이 그대로 느껴지더군. 다시 한 번 말하겠다. 당장 그 모습을 드러내라. 그렇지 않으면 나의 힘으로 이 검을 부러뜨려 버리지. 이 세계에서 너의 본체인 검이 꺾인다면 너 역시 온전하지 못할 것임을 알고 있다. 자, 이제 모든 환상을 지우고 모습을 드러내시지."

나의 이어진 말에도 블러드 소드에선 아무런 반응이 나오지 않자 난 두 손에 마나를 집중하여 검을 부러뜨리려고 했는데, 그제야 주위의 환상이 사라져 가기 시작했다.

나의 오두막의 모습도, 내가 살았던 곳의 숲도 차례대로 사라져 가며 이젠 아무것도 없는 어둠의 공간이 되어버린 것이다.

「크크크크, 보통 인간이 아니로군, 자네는.」

검에선 나의 머리를 울릴 듯한 음성이 나오기 시작했고, 얼마 지나지 않아 붉은색의 기운이 검에서 빠져나가며 나의 앞에 형체를 만들어가기 시작했다.

그리고 잠시 후 붉은색의 기운은 우리의 앞에 버림받은 마족 킬리스의 모습을 만들어갔다.

붉은색의 몸, 머리 위의 두 개의 뿔과 등 뒤의 날개는 전형적인 고위 마족의 모습이었지만 그의 등은 보기 흉하게 꺾여져 있었다.

꼽추, 버림받은 마족인 킬리스는 꼽추의 천형을 지니고 있었던 것이다.

지상계에서도 꼽추는 신에 의해 버림받은 자만이 가지고 있다고 생각하여 그들은 천민들보다 못한 대접을 받고 있었다.

할 수 있는 일이라곤 최하의 천민들이 하는 인분 치우는 일이 전부인 그들은 똥조차 못한 취급을 당하고 있었다.

킬리스가 살고 있는 마계, 그는 어쩌면 그곳에서도 지상계의 인간과 같은 취급을 받고 살아갔을 것이고, 그것이 그의 분노를 자아내게 만들었을 것이다.

「크크크, 소울 브레이커의 주인이 될 자는 마족 중에 있을 것이라 생각했는데 설마 그것이 지상계의 인간일 줄이야… 뭐, 블러드 소드도 네 녀석을 인정한 것 같으니 이 정도에서 그만두도록 하지.」

킬리스는 꼽추의 몸을 이끌고 천천히 블러드 소드를 살펴보더니 말했다.

「하지만 마족이 아닌 인간의 몸이니만큼 그 힘을 전부 얻을 수 없다는 것은 알고 있겠지?」

"물론이다."

「그럼 나가보라고. 전부는 아니지만 일부의 힘으로도 밖에서 데몬 드래곤이랑 설치는 마족 녀석쯤은 간단히 처리할 수 있을 테니 말이야.

크크크크.」

　그 말과 함께 킬리스의 몸은 서서히 사라져 가기 시작했고, 우리가 있던 공간도 서서히 그 모습이 희미해져 가기 시작했다.

　모든 것이 완전한 어둠으로 화했을 때 난 눈을 뜰 수 있었고, 내가 있는 곳이 블러드 소드를 겁집에서 뽑은 원형의 방이라는 것을 알 수 있었다.

　무슨 이유에서인지 나의 몸의 마나가 상당히 빠져나가 있었기에 온 힘을 다해 몸을 일으키려고 했는데 그때 누군가의 목소리가 나의 머리를 자극하며 울려왔다.

　「멍청한 녀석, 그대로 누워 있어라. 네 녀석의 몸은 사념에 사로잡혔을 때 거의 광전사와 같은 움직임을 보였기에 그대로는 일어설 수조차 없을 것이다. 소울 브레이커의 에너지를 너에게 보내는 것은 5분 정도면 가능할 것이다. 그때까진 계속 누워 있어라.」

　"그전에 저 마족에게 공격을 받는다면?"

　「크크크크, 그럼 죽어야지 별수있느냐? 이것도 다 너의 운을 시험해보는 것이니 잡말 말고 누워 있으라고. 크크크크.」

　힘을 얻지 못한 상태에서 마족을 상대한다는 것은 자살 행위와 같다는 것을 알고 있는 난 그의 말대로 운을 시험해 볼 겸, 일어서려고 했던 행동을 멈추고는 다시 자리에 누웠다.

　「크크크, 이제야 말귀를 알아듣는군. 지금부터 소울 브레이커의 힘을 너에게 전해주겠다. 하지만 이 과정에는 상당한 마나가 분출되기 때문에 저 마족은 알아챌 것이 분명하다. 네 녀석들이 믿는 오성신이란 잡신들한테 빌고나 있으라고. 크하하하하!」

　그 말과 함께 나의 오른손에 들려 있는 소울 브레이커에서 마나가

서서히 나의 몸으로 흘러 들어오기 시작했다.

"큭!!"

도저히 인간의 몸으론 받을 수 없을 것 같은 마나가 흘러 들어오고 있었기에 나의 몸은 찢어질 듯한 통증을 느낄 수밖에 없었다.

난 입술로 비릿하게 느껴지는 피 내음을 맡으며 눈을 뜰 수가 있었는데, 한참을 싸우고 있던 마족과 그와 비슷한 모습으로 변해 있던 한 여인이 잠시 싸움을 멈추고는 마나를 받고 있는 나의 모습을 멍한 모습으로 쳐다보고 있는 것을 볼 수 있었다.

한참을 싸우고 있던 루비드와 세이레리아는 갑작스럽게 느껴진 마나에 크게 놀란 표정을 지었다.

마나의 기운에 놀란 두 사람은 마치 합의라도 본 듯 서로에게서 떨어져 나가 엄청난 마나가 느껴지는 곳을 쳐다보았는데, 그곳에는 바로 소울 브레이커를 뽑은 후 광전사와 같이 변해서 날뛰던 블러드 스톰이 있었다.

"저건……."

"호호호, 루비드, 당신에겐 미안하지만 드디어 블러드 스톰이란 아이가 소울 브레이커의 봉인을 깨고 검의 힘을 얻기 시작한 것 같군요."

"소울 브레이커? 혹시 버림받은 마족 킬리스를 말하는 것인가?"

"호호호, 세상에 소울 브레이커란 검은 마족 킬리스의 검밖에 없다는 것을 당신도 아시지 않나요?"

"젠장!!"

그제야 루비드는 이곳에 이들이 모인 이유를 알 수 있었다. 다크 솔루션에서 이곳으로 올 때 정확한 사항을 듣지 못한 그는 이곳에 있는 자들을 모두 척살하라는 명만을 듣고 수행하려 하고 있었기 때문에 이곳에 킬리스의 검인 소울 브레이커가 있다는 것을 알지 못하고 있었던 것이다.

몸으로 느껴지고 있는 마나는 충분히 자신의 힘을 압도할 정도의 기세였기에 루비드로선 당황될 수밖에 없었다.

'젠장! 킬리스의 힘을 얻고 있는 중이란 말인가.'

버림받은 마족 킬리스는 마계에서도 그 피의 전설로 유명한 마족이었다. 꼽추라는 마족에서조차 버림받은 신체를 타고난 그는 그 울분을 동족에게 터뜨렸는데, 그 힘이 거의 2급 마신에 가까울 정도였기에 어느 누구도 그를 상대하지 못했다고 알려져 있는 자였다.

'녀석이 힘을 모두 얻기 전에 죽여야 한다!'

인간의 신체로 저 엄청난 마나를 얻는 것은 상당한 시간이 소비될 것이라 짐작할 수 있었던 루비드는 자신의 앞에 있는 세이레리아보다 블러드 스톰을 더 큰 적으로 간주하게 된 것이다.

"차압!!"

마음을 굳힌 루비드는 급히 몸을 날려 블러드 스톰을 향해 쇄도해 들어가기 시작했다.

"죽어라!!"

블러드 스톰과 그와의 거리는 약 10미터 정도밖에 떨어지지 않았기에 눈 깜짝할 사이 루비드는 누워 있는 블러드 스톰의 앞으로 쇄도해 들어가며 손을 들어 녀석의 심장을 뽑아버리려고 했다.

하지만 그 일은 쉽게 이루어지지 않았는데, 디멘젼 패스라는 이동 방법을 가지고 있던 세이레리아가 이미 그의 의도를 눈치 채고는 몸을 이동시켜 그의 손톱을 자신의 검으로 튕겨 버렸기 때문이다.

캉!!

강한 강철의 파쇄음이 들리며 푸른색의 불꽃이 작렬했고, 그녀의 검에 루비드의 손은 옆으로 튕겨 나갈 수밖에 없었다.

"젠장!!"

자신의 기습이 실패하자 루비드는 곧바로 세이레리아를 공격해 들어가기 시작했다. 블러드 스톰을 죽이기 위해선 먼저 자신의 앞에 있는 데몬 드래곤을 처리해야 가능하다고 생각했기 때문이다.

더 이상 시간을 끌 수 없다고 생각한 루비드는 자신이 가지고 있는 모든 힘을 개방하여 세이레리아를 공격하기 시작했기에 그녀는 루비드를 상대로 힘겹게 싸울 수밖에 없었다.

간간이 디멘전 패스를 사용하여 결정적인 순간에 몸을 피할 순 있었지만, 차츰 그 이동 방법에 익숙해져 가는 루비드는 마나의 흐름을 추적하여 정확하게 그녀가 피한 곳을 공격하고 있었기 때문에 그에게 당하는 것은 시간문제인 것처럼 보였다.

"악!!"

계속 그의 손톱 공격에 밀리고 있던 세이레리아는 얼마 지나지 않아 큰 위기에 봉착하게 되었다. 루비드의 손톱 공격을 막으며 몸을 피하고 있던 그녀가 계속 이어지는 공격을 막지 못한 채 발이 엉키고 말았기 때문이다.

물론 평상시라면 그런 일은 없었겠지만, 오랜 싸움 때문에 그만큼 심신이 지쳐 있었기에 이런 경우가 발생한 것이다.

루비드는 그녀를 죽일 수 있는 기회를 포착하고는 더욱더 거센 공격으로 밀어붙이고 있었기에 세이레리아는 쓰러진 채 일어서지 못하고 검으로 계속 그의 공격을 막으며 뒤로 기어서 피할 수밖에 없었다.

하지만 이런 자세로 계속 방어한다는 것은 불가능한 일이었기에 루비드의 암흑 마나가 섞인 공격에 들고 있던 검을 놓치고 말았다.

챙그렁!

검을 놓친 그녀는 루비드의 손톱을 맨손으로 막고 있었지만, 어둠의 기운이 용의 피부를 뚫고 팔을 부식시키고 있었기 때문에 큰 고통이 일고 있는 듯 안색은 시퍼렇게 변해가고 있었다.

"크크크, 죽어라!!"

점점 더 그녀의 반격 속도가 느려지자 루비드는 회심의 미소를 지으며 그녀의 눈을 향하여 오른손을 휘둘렀고, 피로가 누적된 그녀는 그의 손톱 공격을 막을 수가 없었다.

"끼야악!!"

세이레리아는 비명 소리를 지르며 눈을 감을 수밖에 없었는데, 루비드의 손톱 공격이 닿지 않자 이상하게 생각하고는 눈을 떴다.

그 순간 루비드는 얼굴을 일그러뜨리며 자신의 바로 앞에서 손톱 공격을 멈추고 있는 것을 볼 수 있었다.

"아!"

루비드의 등 뒤로 한 자루의 검이 그의 몸을 관통하여 복부를 뚫고 있었던 것이다.

"큭……!"

루비드의 등을 뚫고 검을 꽂은 인물은 바로 블러드 스톰이었다.

그는 킬리스가 주는 마나를 몸 안으로 받아들이며 움직일 수 있는 시간을 기다렸고, 그 모든 힘을 받아들이고 자리에서 일어났을 때 세이레리아가 위험에 닥친 것을 보고는 몸을 날려 루비드의 등에 일검을 꽂은 것이다.

"끄아악!!"

블러드 스톰의 검에 몸이 관통당한 루비드는 팔을 뒤로 젖히며 손톱으로 할퀴려 했지만 블러드 스톰은 왼손으로 휘둘러지는 루비드의 팔을 막고는 손목을 잡고 뒤로 꺾어버렸기에 그로선 고통을 느끼며 무릎을 꿇을 수밖에 없었다.

"크윽……."

검에 의해 내장에 큰 상처를 입은 루비드는 입에서 피를 흘리며 괴로워할 수밖에 없었다.

루비드가 무릎을 꿇고 쓰러지자 그의 몸을 관통한 검을 뽑은 블러드 스톰은 다시 검에 마나를 집중시킨 후 휘둘러 그의 두 날개를 잘라 버렸다.

"끄아악!!"

날개가 잘린 루비드는 고통스러운 비명을 지르며 괴로워할 수밖에 없었는데, 블러드 스톰의 검은 거기서 끝나지 않았다.

다시 한 번 검을 위로 쳐든 그는 루비드의 두 다리의 아킬레스건을 잘라 버렸던 것이다.

몸을 관통당한 데다가 날개와 아킬레스건까지 잘리자 이제 루비드는 더 이상 발광할 힘도 남아 있지 않은 듯 고통스러운 신음 소리를 내며 쓰러져 있을 수밖에 없었다.

앞에서 그 모습을 보고 있던 세이레리아는 블러드 스톰의 잔인한 행동에 크게 놀라지 않을 수 없었다.

인간이란 동물이 잔인하다는 것을 알고는 있었지만 지금 블러드 스톰의 행동은 마치 고문과도 같아 보였기 때문이다.

블러드 스톰은 자신의 손에 들린 검을 가볍게 휘둘러 피를 털어낸 후 루비드의 머리를 잡고는 뒤로 들어 올렸고, 루비드는 고통의 신음과 함께 몸이 들릴 수밖에 없었다.

"크으윽……."

"묻겠다. 이 던전 밖에 있는 마족은 누구고, 마족 외에 또 어떤 자들이 있지?"

루비드는 고통에 일그러진 얼굴로 블러드 스톰의 질문이 가소롭다는 듯 웃음을 흘리면서 말했다.

"크크크… 이, 인간… 이 잔인하다는… 것은… 알고 있었지만… 이 정도일 줄은… 몰랐군……. 하긴… 네 녀석의 딸년도… 네 녀석에게 당한 것 같은… 고통을… 당하고 있지만 말이야……."

"다시 한 번 묻겠다. 던전 밖에 있는 마족은 누구고, 마족 외에 어떤 자들이 있지?"

"크크크, 말해 주마… 던전 밖에는 나와 함께 이곳으로 온 마족인 샤브레와 회에 속한 인간의 기사 녀석들이 기다리고 있지… 크크크. 그리고… 네 녀석의 딸도 같이 말이야… 크하하하!"

블러드 스톰은 그의 말에 크게 놀라지 않을 수 없었다. 어느 정도 던전 밖에서 자신들을 기다리고 있는 자들이 없지 않을 것이란 생각은 했지만, 설마 납치되었던 레비나까지 이곳에 와 있으리라곤 생각을 하지 못했기 때문이다.

하지만 블러드 스톰보다 루비드가 하는 말에 더 놀란 사람은 이스트와 페드로였다.

그들은 지금까지 아이들과 헤레나가 리후드 백작의 영지로 갔다고 알고 있었는데, 다크 솔루션에서 왔다고 생각되는 고위 마족의 입에서 블러드 스톰의 딸에 대한 이야기가 나왔기 때문이다.

"잠깐, 블러드 스톰. 도대체 무슨 말이야? 레비나가 어떻게 되기라도 한 거야?"

이스트로선 그에게 도저히 물어보지 않을 수 없었는데, 잠시 고개를 돌려 이스트의 얼굴을 본 그는 고개를 끄덕이며 말했다.

"헤레나와 레비나, 레이드는 우리와 헤어진 날 아무래도 다크 솔루션의 일당에게 납치된 것 같다."

"헉!"

이스트는 그의 말을 들은 후 아무 말도 할 수가 없었는데, 블러드 스톰은 루비드를 바닥으로 내팽개친 후 앞에 있던 세이레리아를 보며 물었다.

"텔레포테이션 게이트로 밖에 있는 마족을 피할 수 있겠습니까?"

"안전 공간을 만들면 불가능한 것은 아니지만 마족의 말을 들으면 너의 딸이 잡혀 있는 것 같던데 그냥 가겠는가?"

그녀의 말에 블러드 스톰은 고개를 끄덕였고, 이스트가 깜짝 놀라며 달려와서는 그의 멱살을 잡고 소리쳤다.

"무슨 소리야! 밖에는 레비나가 잡혀 있다고! 레비나! 그 아이를 내버려 두고 가잔 말이야?"

"섣불리 레비나를 구하려 하다간 레비나의 목숨이 위험해질 수 있다. 상대는 이미 만반의 준비를 하고 있는 집단, 그런 곳에서 개죽음할 필요는 없다고 생각한다."

"이 자식! 네 녀석이 마족의 동료를 저 모양으로 만들었는데 다른 마족이 가만히 있을 것 같아?!"

이스트는 텔레포테이션 게이트로 이곳을 피했다간 동료의 죽음을 본 마족이 레비나를 해코지하지 않을까 걱정했지만, 데몬 드래곤인 세이레리아가 고개를 저으며 말했다.

"하위 급의 마물이라면 모를까, 고위 마족은 자존심이 높은 자들입니다. 그런 자들이 동료가 죽었다고 상대의 딸을 해코지하는 것은 자존심이 허락하지 않는 일이지요. 물론 그 외의 인간들은 뭐라 말할 수 없겠지만, 고위 마족인 샤브레만이라면 레비나의 목숨은 위험하지 않습니다. 오히려 블러드 스톰 씨를 끌어내기 위해 자신이 직접 레비나를 보호하겠지요."

"그렇지만……."

그녀의 말이 틀리지 않은지라 이스트는 무어라 반박할 말이 떠오르지 않았고, 그런 그에게 페드로가 다가와서 어깨에 손을 얹으며 말했다.

"진정해라. 지금 레비나를 구하고 싶은 마음은 블러드 스톰님이 더할 것이다. 하지만 지금 함부로 나섰다간 레비나는 물론 우리들까지 위험하기 때문에 도망가는 것을 택한다는 걸 너도 알고 있지 않은가."

물론 이스트 역시 그것을 알고 있었지만 도저히 레비나를 다크 솔루션 녀석들의 손에 잡혀둔 채로 돌아갈 수가 없었던 것이다.

블러드 스톰은 자신의 검을 뽑고는 고통에 신음하고 있는 루비드에게 다가가서는 말했다.

"죽겠는가?"

"크크크크, 아쉽군. 자, 자네 같은 자와 겨루어보고 싶었는데 말이야……. 블러드 스톰이라 했는가? 자넨 저, 절대 인간일 수 없네……. 마족… 자넨… 인간들 속의 마족과 같은 자."

그 말과 함께 루비드는 조용히 눈을 감았고, 블러드 스톰은 망설임 없이 검을 들어 그의 목을 벤 후 뒤로 돌아 세이레리아에게 걸어갔다.

"부탁하겠습니다."

그녀는 블러드 스톰의 말에 아무 말 없이 고개를 끄덕이고는 용언으로 안전 공간을 만든 후 그곳에 텔레포테이션 게이트를 만들었다.

마계에서만 살고 있는 데몬 드래곤인 그녀는 지금까지 살아오면서 던전으로 온 인간 외에 만난 자는 극히 소수에 지나지 않았다.

하지만 그들을 만나보면서 그녀는 인간에 대해 어느 정도 알고 있다고 생각하고 있었는데, 블러드 스톰이란 자를 만난 지금은 다시 인간이란 어떤 동물인가에 대해서 생각해 볼 수밖에 없었다.

세상 어떠한 동물들보다 잔인하며 이지적인 동물, 욕심을 위해 피를 나눈 자마저 죽이는 자들이면서도 어떨 때는 사랑하는 사람을 위해 자신의 목숨마저 바칠 수 있는 동물.

그들에게선 서로 합쳐질 수 없는 일들이 너무나 자연스럽게 합쳐지고 있었기에 그녀로선 인간이란 동물에 대해서 이해할 수가 없는 것이다.

텔레포테이션을 거쳐 나온 곳은 로아냐드 국경에 있는 작은 숲이었다.

블러드 스톰 일행이 게이트를 빠져나온 곳에서는 몇 명의 사람이 기다리고 있었는데 그들은 바로 던전에서 먼저 빠져나온 봐렌 일행들이었다.

"블러드 스톰?"

봐렌은 멀쩡한 모습의 블러드 스톰을 보고는 크게 놀란 듯한 표정을 지었다. 사념에 의해 광전사와 같은 모습이었던 그가 이제는 본연의 모습을 되찾아 있었기 때문이다.

제19장 **결전의 서곡**

결전의 서곡

"루비드가 죽었단 말인가?"

"그렇다, 인간이여."

"음……."

가면의 사나이의 거처로 찾아온 고위 마족 샤브레는 한 여자 아이의 손을 잡은 채 그를 보며 차가운 목소리로 이야기하고 있었다.

다섯 살 정도의 어린 여자 아이는 많이 탈진한 모습을 보이고 있었는데, 이들에게 이 아이의 그런 모습은 아무런 상관이 없는 듯했다.

"그래서 저 아이를 자네가 맡겠다는 것인가?"

"너의 말대로라면 이 아이는 루비드를 죽인 인간의 딸, 녀석을 끌어들이기 위해선 이 아이 이상의 미끼는 없다고 생각한다."

마족의 말에 한참을 생각에 잠겨 있던 가면의 사나이는 고개를 끄덕이곤 탁자 위에 있는 양피지를 손으로 집어 그에게 던져 주며 말했다.

"페로인 왕국의 지부에 대한 통솔권이다. 들어온 정보에 의하면 왕국과 적대하고 있는 멘트라 왕국은 녀석들의 주요 아지트 중 하나이니 약간만 흔들어주면 녀석은 너의 앞으로 그 모습을 드러낼 것이다."

그의 말에 고위 마족 샤브레는 알았다는 듯이 고개를 끄덕이고는 아이를 끌고 가면의 사나이의 거처에서 나갔다.

어느 정도 시간이 지난 후 벽에서 한 사람이 유령처럼 모습을 드러내더니 가면의 사나이의 앞에 무릎을 꿇고는 말했다.

"블러드 스톰이 새로운 힘을 얻은 듯싶습니다."

"그 힘의 정체는 알아내었는가?"

"가우레시스 왕가에 전해져 내려오는 전설에 따른다면 대마도사 라지베헤루가 하나의 검을 봉인하기 위해 지하에 던전을 만들었다고 합니다."

"음… 대마도사의 검의 봉인을 풀었단 뜻인가?"

"확실하진 않지만 그것 외에는 없다고 생각합니다."

그 말에 가면의 사나이는 한참을 생각하더니 말했다.

"루비드가 열두 마족 중에선 가장 약한 힘을 지녔다고는 하지만 윔급 드래곤에 버금가는 힘을 지닌 존재였다. 아무래도 샤브레란 녀석으론 마음이 놓이지 않으니 카오스 나이트들을 움직이게 하라."

"알겠습니다."

가면의 사나이의 말을 들은 그는 고개를 숙여 인사한 후 또다시 벽으로 안개처럼 사라져 갔고, 그가 완전히 모습을 감추자 가면의 사나이는 탁자 위에 놓인 찻잔을 들어서는 그 향을 음미하며 조용히 눈을 감았다.

마도사의 던전에서 빠져나온 우린 다시 빈센트 시에 있는 가우레시스 임시 왕국에 도착하여 휴식을 취했다.

성의 관료들은 다크 솔루션과의 일전을 치를 준비를 하기에 상당히 바쁜 움직임을 보이고 있었는지라 우리들은 성의 한편에 있는 숙소에서 조용히 시간을 때울 수밖에 없었다.

난 애검 블러드 소드에 깃들어 있는 에고인 킬리스와 이야기를 나누며 그 힘을 늘릴 수 있는 방법에 대해서 이야기하고 있었다.

"더 이상 힘을 증폭시킬 수 없단 말인가?"

「그렇다. 마족이라면 모를까 인간의 몸으론 네가 가지고 있는 힘이 그 한계라고 할 수 있지.」

나 역시 나의 몸에 깃들어 있는 마나가 그 한계치에 다다랐다는 것을 알 수 있었다. 만약 그랜드 소드 마스터에 이른다면 몸 안에는 적당한 마나만을 유지한 채 검에 그 대부분의 마나를 넣어 빌어 쓰는 형식을 취할 수 있었겠지만, 아직 깨달음을 얻지 못한 난 언제 분열할지 모르는 몸을 지니고 있을 뿐이었다.

"방법은 그랜드 소드 마스터의 경지에 오르는 것밖에 없는 것이로군."

「크크크, 아서라. 그랜드 소드 마스터는 자연의 마나를 다루는 자들만이 가능한 것. 너같이 추악한 일면을 가진 피의 마나를 가진 자가 그랜드 소드 마스터에 이를 수 있다고 생각하는가?」

"불가능한가?"

「물론이다. 그랜드 소드 마스터는 자연의 마나를 빌어 쓰는 자들을 말하는 것으로, 그 경지에 오르기 위해선 자연의 검술로 그 계통의 마나를 가지고 있는 자연 마나의 검사만이 가능한 것이다. 그렇지 않았다면 대류의 수많은 검사들과 마계의 검사들이 그랜드 소드 마스터에 이르지 못했겠는가?」

킬리스의 말에 난 어느 정도 수긍할 수 있었기에 고개를 끄덕일 수밖에 없었다.

"그랜드 소드 마스터에 이르지 않고 나의 힘을 증폭시킬 수 있는 방법은 없는가?"

「마족이 된다면 가능하긴 하겠지.」

"마족?"

「그렇다. 마계에는 마성의 포션이라는 것이 있는데 그것을 마신 자는 마신의 대리자가 되어 고위 마족을 넘어서는 신체를 얻을 수 있지. 하지만 그것은 극에 이르는 정신력과 분노가 없다면 어둠의 기운이 되어 그 자신이 소멸될 수도 있는 무서운 약이다. 네 녀석은 행여나 그런 기회가 온다 해도 마실 생각은 하지 말도록 해라. 크크크. 간만에 얻은 에고의 주인을 그 따위 약에게 잃고 싶은 마음은 없거든.」

"음……."

마성의 포션, 그것이 있다면 그 힘을 증폭시키는 것이 가능하겠지만 마계에나 있을 그런 약을 얻을 방법이 없기 때문에 마성의 포션이란 것을 포기할 수밖에 없었다.

하지만 힘은 반드시 더 키울 필요가 있었다. 루비드란 고위 마족을 한 명 죽이긴 했지만, 아직 고위 마족은 열한 명이나 남아 있었다.

루비드는 데몬 드래곤이라는 세이레리아라는 여인과 오랜 시간을 싸우고 있었던지라 그 힘이 많이 줄어 있던 상태였기 때문에 기습이 성공해 이길 수 있었지만, 다른 마족들에게 역시 그런 기습이 통할 것이란 생각은 버려야 할 것이다.

「깨달음을 찾아보도록 하지.」

"깨달음?"

「그렇다. 그랜드 소드 마스터는 말 그대로 자연계의 마나를 가진 검사가 얻는 최고의 경지. 그렇다면 분명 우리와 같은 피의 마나를 가진 자들이 얻을 수 있는 최고의 경지도 존재할 것이다.」

"음……."

「네 녀석은 전혀 다른 마나의 형질을 가진 녀석들이 좇는 그런 깨달음이 아닌 너만이 가질 수 있는 깨달음을 좇아야 할 것이다.」

킬리스의 말이 전혀 틀린 것이 아닌지라 난 고개를 끄덕이며 수긍했다. 하지만 도대체 어떻게 해야 나의 검술의 최고 경지를 다다를 수 있는지는 그 역시 모르고 있었기에 난 혼자서 생각할 수밖에 없었다.

나의 능력을 더 끌어올리기 위해 난 거의 대부분의 시간을 명상을 하며 보냈는데, 그러기를 보름 정도. 그날 역시 명상을 하기 위해 방 한구석에 자리 잡고 앉아 있었는데 갑자기 방문이 열리면서 이스트가 다급한 얼굴로 뛰어왔다.

"블러드 스톰! 큰일 났다!"

"큰일?"

법석을 떨고 있는 이스트를 보며 난 조용히 눈을 뜨고는 물었는데, 그는 나에게 다급한 목소리로 소리쳤다.

"레, 레비나가 어디 있는지 알아냈다고!!"

"레비나?"

"그래, 방금 전에 봐렌 왕자가 멘트라 왕국이 페로인 왕국에 의해 공격을 받고 있다는 소식과 함께 그곳에 있던 첩자가 근처에 붙어 있던 벽보를 하나 뜯어 왔다는데 보라고!"

난 흥분한 이스트에게서 벽보를 받아 읽었는데 순간 놀라지 않을 수 없었다.

그 소식, 그것은 바로 나에게 일전을 요구하는 내용이었다.

장소는 페로인 왕국의 검투장으로 날짜는 약 한 달 후로 되어 있었는데 내가 절대로 갈 수밖에 없게 하는 조건이 쓰여 있었다.

"블러드 스톰, 네 녀석이 결투에서 이긴다면 레비나를 돌려준다는 거야!"

"음……."

난 고심하지 않을 수 없었다. 만약 이곳이 공국이나 멘트라 왕국이라 해도 그 진의를 알아내기 힘든데 페로인 왕국은 거의 적지나 다름없는 곳이기 때문이다.

하지만 그 벽보를 읽은 이상 무엇이 있다고 해도 난 갈 수밖에 없었다. 레비나가 나의 손에서 떠난 지 한 달 이상이 지난 지금, 도저히 더 이상은 딸을 더러운 자들의 손에 맡겨놓을 수 없었기 때문이다.

"페드로에게 말해라. 페로인 왕국으로 간다."

"알았다구!"

하지만 방을 나가려던 이스트는 한 사람에 의해 빠져나가지 못하고 있었다.

"뭐야! 비키라고, 에드워드!"

하지만 에드워드는 이스트에게 길을 비켜주지 않고 있었다.

"무슨 일인가?"

난 그런 에드워드에게 물어보지 않을 수 없었는데, 그는 한숨을 내쉬며 말했다.

"이런 말 하기는 그렇지만, 이 주일 정도만 시간을 늦추는 것이 어떻습니까?"

"이 주일?"

"예, 그때쯤이면 공국의 병사들이 멘트라 왕국을 향해 출발할 수 있으니까요."

에드워드의 그 말은 나의 힘과 공국의 병사들, 그리고 멘트라 왕국의 병사들이 힘을 합쳐 일시에 페로인 왕국을 밀어붙이자는 이야기였다. 하지만 난 고개를 저으며 말했다.

"거절한다. 내가 할 일은 다크 솔루션을 상대하는 일. 페로인 왕국이 아무리 다크 솔루션에 의해 움직인다고 해도 난 군대를 향해 싸울 생각은 없다. 그들을 움직이는 주동자만을 벨 뿐이지."

난 가우레시스 왕국의 건국 전쟁이나 다른 이들의 영토 분쟁에 끼고 싶은 생각은 없었기에 에드워드에게 말했고, 나의 말에 그는 어쩔 수 없다는 듯이 이스트의 길을 비켜주면서 말했다.

"역시나 도리나 공주님의 말씀대로 직접적인 전쟁에 참여하실 생각은 없으시군요. 알겠습니다. 하지만 이번 여정엔 저 역시 동참하겠습니다."

"이유는?"

"일단은 왕가의 결정적인 힘이 될 당신이 딸을 되찾고 도망가는 것은 아닌지 감시하는 것이죠."

노골적인 그의 말에 이스트는 화를 내려고 했지만, 난 별로 상관없다 생각하고 있었기 때문에 고개를 끄덕이며 말했다.

"좋다, 감시를 하든 뭐를 하든 상관 안 하겠지만 우리의 일은 방해하지 말았으면 한다."

"물론입니다."

나의 말을 들은 에드워드는 입가에 미소를 지으며 대답을 했고, 또다시 방의 구석에 앉아 명상에 잠겼다.

과연 페로인 왕국에서 레비나를 구할 수 있을지 조금은 걱정이 되긴 했지만, 지금 이 순간 걱정으로 마음을 어지럽히는 것은 오히려 시간 낭비란 생각이 들었기에 모든 마음을 가라앉히고 조금이라도 레비나를 구할 수 있는 힘을 얻기 위해 명상에만 정신을 집중했다.

제발 내가 도착할 때까지 아무 일 없기를 빌면서 말이다.

얼마 지나지 않아 이스트는 페드로와 함께 여정 떠날 준비를 모두 마쳤고, 우린 말을 몰아 멘트라 왕국과 전쟁을 벌이고 있는 페로인 왕국을 향해 떠나갔다.

이 주일 정도 후 우린 페로인 왕국의 국경에 도착할 수 있었다. 국토 전체가 평야로 이루어져 있는 페로인 왕국은 농업이 국가 산업의 주를 이루고 있는 곳이었다.

그 때문에 왕국의 국민은 국경을 접하고 있는 멘트라 왕국에 비해 다섯 배 이상이나 많은 숫자를 가지고 있었지만, 대부분의 영지를 귀족들이 독점하고 있기 때문에 소작농이 대부분인 왕국의 국민들은 빈농을 면치 못하고 있었다.

국경을 같이하고 있음에도 불구하고 이 나라의 국민은 멘트라 왕국과는 전혀 다른 모습을 하고 있었기에 해마다 약 5만 명 이상의 난민들이 페로인 왕국을 떠나 다른 왕국으로 이주하고 있는 형편이었다.

왕국에선 이러한 소작농들을 잡으면 노예로 신분을 전락시키며 강수를 쓰고 있었지만, 귀족들의 수탈이 존재하는 한 이런 추세는 멈추지 않을 것이라 보고 있었다.

페로인 왕국을 빠져나가는 난민들의 삼 분의 일가량은 국경을 접하고 있는 멘트라 왕국으로 탈출하고 있었다.

이 정도가 되면 멘트라 왕국에선 난민들을 거부할 수도 있겠지만, 오히려 왕국에서 운영하고 있는 광산 한곳을 이들을 위해서 개방하는 자비를 베풀고 있는지라 멘트라 왕국으로 탈출한 난민들은 편안한 생활을 영위할 수 있게 되는 것이다.

이러한 이유로 페로인 왕국은 자신들의 나라에서 빠져나간 난민들을 돌려보내라며 멘트라 왕국에 압력을 가하고 있었지만, 멘트라 왕국 중신의 거의 대부분을 차지하고 있는 반 페로인 파와 네르젠드 가우레시스를 위시한 대상인 연합의 반발로 이루어지지 않고 있었다.

이것이 점점 커지면서 이번에 전쟁을 일으키게 된 것이다.

이번 원정에 동원된 페로인 왕국의 군대는 약 30만에 달하는 대군인데 반해 멘트라 왕국의 상주군은 10만이 넘지 않는지라 이 싸움은 페로인 왕국이 크게 우세한 듯 보여지고 있었지만, 전 국토가 산으로 이루어져 있는 멘트라 왕국은 도시 하나하나가 요새화되어 있는 데다 대상인 연합의 상인들이 상당수의 용병들을 고용하여 움직이고 있기 때문에 어느 누가 승리할지는 알지 못했다.

물론 군의 가장 중요한 군량이나 병사의 수에서는 페로인 왕국이 크게 앞서기는 하지만, 멘트라 왕국의 멸망을 바라지 않는 대상인 연합에서 얼마나 많은 용병들을 고용할지 모르는 상황이기 때문이다.

페로인 왕국의 국경은 멘트라 왕국과는 달리 그리 경계가 심하지는 않았다. 전체가 평야로 이루어져 있는지라 국경이라고 해봤자 그 전체를 다 지킬 수는 없는 노릇인데다가 적대하는 나라라고 해봤자 멘트라 왕국밖에 없었기 때문에 그 외의 국경에 대해선 소수의 경비대만을 배치하고 있기 때문이다.

페로인 왕국에서 도시는 전 국토에 왕도를 제외하고는 네 곳 정도에 지나지 않는다. 이것은 귀족들의 소작농이 대부분을 차지하고 있는 이곳에선 상인들이 활동하기에 좋지 않기 때문이다.

귀족들의 권력이 강하기 때문인지 상인들은 이곳 귀족들에게 상당량의 세금을 뜯겨야만 장사를 할 수 있었다.

이러한 이유로 상인들이 활동할 수 있는 도시는 왕가에서 지정한 네곳의 도시밖에 없었지만, 그곳 역시 다른 곳에 비한다면 작은 도시일 수밖에 없었다.

귀족의 성을 중심으로 그 주변에 분포하고 있는 것은 일반 평민들의 작은 마을이었는데, 이들은 가벼운 생필품을 판매하는 가게를 하거나 귀족들의 성에서 일을 하고 있는 사람들이 살고 있는 마을이었다.

대부분의 소작농은 농토에 혼자 떨어져 살고 있었고, 이들은 많아야 열 가구 이상이 넘지 않는 작은 촌락들을 이루고 있었다.

가혹한 세금으로 사람들의 인심 또한 각박한 곳이 페로인 왕국이었기에 여행자들이 머무를 수 있는 마을은 영주의 성이 있는 곳 외에는 전무하다고 해도 과언이 아니었다.

하지만 그곳에서조차 세금을 과하게 매기는 영주들이 많았기에 여행자들이 여행하기에 가장 좋지 않은 환경을 지닌 곳 또한 페로인 왕국이라 할 수 있었다.

우린 아스턴 자작의 영지가 있는 성 주변의 마을에 도착할 수 있었는데, 그 역시 자기 욕심만을 챙기는 귀족의 한 부류였기에 이곳의 물가는 주변 나라에 비해서 상당히 비쌌다.

여관에 도착한 후 이스트는 여관 주인인 여성과 실랑이를 벌일 수밖에 없었다. 하루 숙박비가 다른 곳에 비해 세 배 이상이나 비쌌기 때문이다.

"도대체 하룻밤 묵는 데 10실버라는 게 말이나 된다고 생각하는가?"

"글쎄, 페로인 왕국은 거의 대부분이 그 정도를 받는다니까요."

여관 주인인 여인은 이스트와 같은 여행자를 많이 경험했는지 흥정이 능한 이스트가 한참을 이야기하고 있었는데도 한 푼도 깎아줄 생각을 하지 않았다.

이스트로선 답답한 얼굴을 하고 있었지만, 일단 이곳을 벗어나 다음 영주의 마을로 가기 위해선 적어도 6시간 이상을 가야 하는지라 어쩔 수 없이 그녀가 말하는 액수에 돈을 치를 수밖에 없었다.

투덜대며 이스트가 여관의 일층에 있는 식당에 앉자 페드로가 나를 보며 말했다.

"들리는 소문에 의하면 왕도의 검투장으로 각지의 영주들이 모이고 있다고 하더군요. 블러드 스톰님과의 대결을 대대적으로 선전하고 있는 듯합니다."

"쳇! 귀족들이란 것들은 목숨을 건 싸움이란 것을 유희로밖에 생각 안 할 테니까."

이스트는 이곳 귀족들에 대해서 어느 정도 알고 있었기 때문에 기분이 나쁘다는 얼굴을 하며 퉁명스럽게 대꾸했다.

"사람이 모이는 것은 별문제가 없지만, 만약 상대를 쓰러뜨린다고 해도 탈출하기가 만만치 않을 것 같습니다."

"데몬 드래곤인 세이레리아란 여자의 말대로라면 고위 마족들은 자존심 때문에 비열한 짓은 하지 않는다고 하던데."

"하지만 블러드 스톰님과 결투를 할 샤브레가 죽는다면 녀석들이 어떻게 나올지는 모르는 일이지."

"음, 그렇겠군."

그제야 이스트 역시 페드로가 말하는 문제점을 이해한 듯 고개를 끄덕일 수 있었다.

"만약의 경우를 위해 어느 정도 탈출로를 만들어놓는 것이 우선이라고 생각합니다. 이스트, 페로인 왕국의 용병 길드 중 아는 곳이 있는가?"

"페로인 왕국이라… 전혀 없다고 해도 과언이 아니지. 이곳의 귀족들은 거의 다가 사병을 거느리고 있는 데다가, 상업 도시라고는 네 곳밖에 없고 물가는 턱없이 높으니 돈에 민감한 용병들이 이곳에 올 리가 없잖아."

"그렇다면 우리에게 도움이 될 사람은 거의 전무하다고 해도 과언이 아니군요."

그때 일행들의 말을 듣고 있던 에드워드가 하품을 하는 듯한 모습을 보이더니 우리들을 보며 말했다.

"뭐, 도움을 요청할 사람이 없는 것은 아니지."

"응? 무슨 소리야? 도움받을 수 있는 곳이 있단 말이야?"

이스트는 에드워드의 말에 놀란 표정을 하며 물어보았는데, 그는 고개를 끄덕이며 말했다.

"아무리 페로인 왕국이 귀족들에 의해 썩어 있다고 해도 모두 그런 귀족들만 있는 것은 아니야. 개중에 진정으로 왕국을 걱정하고 백성들을 위하는 귀족들이 없는 것은 아니지."

"사설을 대충 집어치우고. 도와줄 수 있는 사람이 있는 거야, 없는 거야?"

"그리피스 폰 렌돌 백작이라고 페로인 왕국에서 꽤 유명한 무장인데, 들리는 소문에 의하면 다른 귀족들에게 따돌림을 당해 이번 멘트라 원정에서 빠졌다는 소문이 있더라고. 나와는 어느 정도 안면이 있기 때문에 만나기는 그리 어렵지 않겠지만, 그에게 도움을 얻어내는 것은 자네들이 할 일이야."

페드로는 에드워드의 말을 듣고는 고개를 끄덕이며 말했다.

"그 정도면 충분하다 생각됩니다. 블러드 스톰님, 일단은 그리피스란 자를 만난 후 검투장으로 가는 걸 좋을 듯합니다."

나 역시 용병의 일 인이기 때문에 아무리 뛰어난 검사라고 해도 한 나라를 상대로 하는 것은 무리라는 걸 알고 있었다. 그런 이유로 어느 정도의 도움은 반드시 필요했기에 고개를 끄덕일 수밖에 없었다.

"어떻게든 그리피스란 자에게 도움을 얻어내야 한다."

"그렇습니다."

에드워드의 조언으로 모든 일이 끝난 후 우리를 빠져나가게 도와줄 수 있는 인물을 찾을 수 있었던 우린 그곳에서 하룻밤을 머무른 후 그리피스의 영지로 향했다.

약속했던 기한은 이 주일 정도의 시간밖에 남아 있지 않았기 때문에 우린 최대한의 속도를 내어 그리피스의 영지로 향할 수밖에 없었다.

그로부터 약 4일 정도 후 우리는 그리피스 백작의 영지에 도착할 수 있었다.

이곳으로 오는 동안에 우리가 들렀던 영지들과는 달리 이곳의 소작민들은 조금은 안정된 생활을 하고 있는 것이 보였다.

백작의 성에 도착하자 성문에서 한 기사가 일행의 앞을 막고는 말했다.

"여기는 렌돌 백작님의 성입니다. 말에서 내려 성함을 말씀해 주시겠습니까?"

성문을 지키는 기사의 말에 에드워드는 말에서 내려 그에게 하나의 황금 패를 건네주고는 말했다.

"난 에드워드라고 하네. 그리피스 백작님과는 안면이 있으니 이 패를 보여주면 될 것일세."

"아! 그렇습니까? 그럼 일단 안으로 드서서 대기실에서 기다리고 계십시오. 최대한 빨리 알아보도록 하겠습니다."

기사는 주군과 안면이 있다는 에드워드의 말을 들곤 공손하게 대답하며 한 병사에게 우리들을 대기실로 안내하게 하고는 자신은 황금 패를 들고 황급히 성의 안쪽으로 말을 몰아갔다.

병사의 안내를 받으며 대기실에서 30분 정도를 기다리고 있자 황금 패를 가지고 갔던 기사가 돌아오더니 에드워드에게 공손히 황금 패를 돌려주면서 말했다.

"백작님께서 지금 만나시자고 하시니 저를 따라오시기 바랍니다."

"알았소."

다행히 그리피스 백작이란 자는 조금 늦은 시간이기는 했지만 우리를 만나기 위해 불러들였다. 기사의 안내를 받으며 성안으로 들어간 우리는 이십 분 정도 후 한 방에 도착할 수 있었다.

이곳은 백작이 손님들을 접대하기 위해 만들어놓은 듯 화려하게 꾸며져 있었는데, 얼마 지나지 않아 파란 머리의 청년이 미소를 지으며 문을 열고 안으로 들어와서는 에드워드를 보며 두 손을 들고 소리쳤다.

"에드워드! 오랜만이군!"

"그리피스!"

두 사람은 꽤 친한 사이인 듯 서로를 보며 반갑게 포옹을 한 후 자리에 앉았고, 우리 역시 그들을 따라 접견실의 소파에 앉았다.

"대체 무슨 일이지? 자네 같은 사람이 이런 답답한 왕국엘 다 오고 말이야."

"뭐, 몇 가지 일이 있어서 들를 수밖에 없었네. 자네, 왕도의 검투장에서 열리는 결투에 대해서 알고 있는가?"

"결투? 아! 블러드 스톰과 왕가에서 나온 샤브레란 자의 결투 말인가?"

"그렇다네."

"뭐, 대충이야 알고는 있지만 아무래도 블러드 스톰이란 자는 이긴다 해도 살아서 빠져나오긴 어려운 곳이니 결투는 이루어지지 않을 거라 보는데. 왜, 관심이라도 있는가?"

그 말에 에드워드는 고개를 끄덕이며 말했다.

"공교롭게도 이번에 여행을 같이하는 사람이 결투의 주인공이 돼서 말이야."

"응? 주인공?"

"내 옆에 있는 사람이 특급용병인 블러드 스톰이라네."

"오!"

그리피스는 나를 보며 크게 놀라는 듯한 표정을 짓더니 말했다.

"초면에 실례인 것은 알지만 대련을 한번 청하고 싶은데 허락해 주시겠습니까?"

나로선 큰일을 앞두고 대련을 한다는 것이 마음에 들지 않았지만, 이자의 도움을 얻어내기 위해선 이 정도 요구는 들어줄 수밖에 없기에 고개를 끄덕이며 말했다.

"좋습니다."

"야호!"

그리피스는 내가 허락하자 갑자기 환호성을 지르며 기뻐하고 있었는데, 에드워드가 한숨을 쉬며 말했다.

"그리피스는 검술에 상당히 재능이 있습니다. 현재 소드 마스터 정도의 실력을 가지고 있으니 조심하시기 바랍니다."

에드워드의 말에 난 고개를 끄덕였다. 소드 마스터, 그 정도면 상대하기 조금 까다로울 수 있겠지만 던전에서 소울 브레이커의 사념의 힘을 흡수한 난 소드 오버러 중에서도 상위에 속하는 실력을 가진 존재가 되었기에 그와 나의 실력은 상당히 크다고 할 수 있었다.

그리피스 백작의 성 한쪽에 연무장이 꾸며져 있었는데, 상당히 검술을 좋아하는 모양인지 연무장 한쪽에는 거의 모든 종류의 무기가 갖추어져 있었다.

그중 가장 눈에 띄는 무기는 그레이트 소드의 일종으로 길이가 이 미터가 넘는 엄청난 대검이었다.

미쓰릴 도금 처리가 되어 있는 그레이트 소드는 빛이 반사되며 영롱한 은빛을 뿌리고 있었지만 크기가 크기인만큼 상당히 무거운 검이었다.

일단은 그리피스와 나의 검술은 상당한 차이가 있기에 난 그 검을 쓰기로 결정하고는 천천히 검을 들었다.

"음."

겉으로 볼 때는 몰랐지만 실제로 들어보니 검의 무게는 두 배 이상 무거웠다. 적어도 50킬로그램 이상 나갈 것으로 생각되었는데, 미쓰릴로 도금 처리 하기 전의 쇠가 무엇인지 궁금하지 않을 수 없었다.

"오호! 괜찮은 검을 고르셨네요? 조금 무겁기는 하지만 강도만큼은 순수 미쓰릴 검과 버금갈 정도지요. 그럼 전 이 검을 고를까요?"

그리피스는 내가 선택한 검을 보고는 감탄하더니 근처에 있는 검을 하나 들었는데, 그 검은 순수 미쓰릴 검으로 보였다.

그리피스 백작가의 재력을 어느 정도 알아볼 수 있었기에 그의 도움을 받는다면 검투장에서의 탈출은 그리 어렵지 않을 것이란 생각이 들었다.

천천히 내가 연무장으로 들어서자 그리피스는 두 손으로 검을 세우는 기사 특유의 기수식을 취하고는 정중하게 예의를 갖추었다.

그의 기수식을 보며 가볍게 검을 휘둘러 보고는 천천히 그를 향해 걸음을 옮겼다.

거대한 검 때문에 약간은 검의 스피드에 지장을 받을 수 있겠지만, 어느 정도 실력 차이가 있는 만큼 상대에게 핸디캡을 주어야 하기 때문이었다.

"그럼 선공합니다!!"

그리피스는 선공한다는 말과 함께 빠른 속도로 나의 정면으로 쇄도해 들어오기 시작했다. 상대가 중검을 가지고 있는 것을 감안한다면 정면으로 쇄도해 들어오는 것은 조금 무리가 있는 일이었지만, 소드 마스터쯤에 이르면 그러한 것은 알 정도의 실력이기 때문에 무슨 생각이 있을 것이란 생각이 들었다.

난 정면으로 쇄도해 들어오는 그리피스를 보며 대검을 들어 올리곤 그대로 내려쳤다. 만약 그리피스가 이것을 피하지 못한다면 양단을 면치 못할 기세였는데, 그 순간 그의 움직임이 변화를 보였다.

"응?"

녀석의 스피드를 보며 내려친 검이라 그의 움직임이 살짝 늦추어지자 검은 그를 베지 못하고 그대로 땅을 가격할 수밖에 없었고, 그리피스는 그 순간을 틈타 더욱 빠른 속도로 달려오며 검을 찔러왔다.

어느 정도의 속도에 이르면 그 속도를 조종한다는 것은 극히 어려운 일이었다. 하지만 그리피스의 경우에는 상당히 빠른 속도로 나를 향해 접근해 오다 근접 지점에서 갑자기 움직임을 달려오던 기세의 반 이하로 줄여 버렸던 것이다.

단지 일 초도 되지 않는 작은 차이였지만 그 작은 순간이 검격의 타이밍에는 상당히 중요하기 때문에 나의 검은 녀석을 베지 못하고 땅으로 내려칠 수밖에 없었던 것이다.

하지만 한차례의 검격에 실패했다곤 하나 일단은 그리피스와 나와의 실력 차이가 상당했기 때문에 그 정도로 놀라지는 않았다.

검이 땅바닥을 가격하기 전 난 마나를 돋우어 검의 반발력을 극대화시켰기에 충돌과 함께 검을 다시 위쪽으로 빠른 속도로 치솟아올렸다.

"헉!!"

예상보다 빠른 속도로 검이 솟아오르자 그리피스는 크게 당황해 속도를 줄여 간신히 나의 검의 공격에서 벗어날 수 있었지만, 그가 입고 있던 연습용 하프 플레이트 아머는 가슴에서부터 일직선으로 긴 검자국이 나 있었다.

"그레이트 소드 정도의 무기는 거의 대부분이 강타 위주이기 때문에 그 시간 차를 이용한 공격은 상당히 좋은 생각이었습니다."

그리피스가 가슴에 나 있는 검자국에 식은땀을 흘리고 있는 걸 보며 그의 공격에 대한 칭찬의 말을 던져 주었다.

"그렇습니까? 고맙군요."

나의 말에 그리피스는 미소를 짓더니 다시 검을 들어서는 자세를 잡기 시작했다.

　그의 몸에서 상당한 마나가 검으로 모이고 있는 것을 느낄 수 있었기에 난 그가 마나를 이용한 검기의 원거리 공격을 감행해 올 것이라고 생각했다.

　하지만 잠시 후 그런 나의 생각은 다시 수정될 수밖에 없었는데, 그의 검에서 붉은색의 불길이 치솟아올랐기 때문이다.

　"마법 검사?"

　"예, 저희 가문은 대대로 마법 검사의 혈통을 지니고 있으니까요."

　마법 검사는 대륙에서 흔히 볼 수 있는 자들이 아니었다. 마법사가 심장에 마나를 모은다면 검사들은 단전 부분에 그 마나를 모으고 있다.

　이러한 차이는 두 부류가 각기 다른 것을 익힐 때에 상당한 장애를 주게 된다. 마법사의 마나는 심장에서 혈맥을 통하여 온몸을 순환하게 되는데, 이런 이유로 격한 운동을 하게 되면 혈맥을 통해 흐르는 마나는 자연히 피가 운반하는 산소 때문에 마나가 움직일 수 있는 공간이 줄어들게 되어 강한 마법을 사용할 수 없게 되며 마나를 모으는 데도 장애를 겪게 되는 것이다. 이에 반해 검사들은 혈맥과는 다른 통로로 마나가 움직이는데 대륙에서는 이것을 기맥이라 부르고 있었다.

　단전을 중심으로 한 기맥을 통하여 마나가 움직이고 있기 때문에 격한 운동으로도 마나의 통로가 막힐 염려는 없었지만, 마법사의 마나만큼 자유로운 배열이 어려웠다.

　이런 이유로 검사와 마법사들은 서로 상대방의 기술을 익힐 수가 없었는데, 대륙에선 아주 드물게 이 두 가지를 같이할 수 있는 사람들이 존재했다.

그들이 바로 마법 검사로 그들은 심장의 혈맥과 단전의 기맥에 알 수 없는 하나의 통로가 더 존재함으로써 이 두 가지를 모두 가능하게 하고 있는 것이다.

하지만 이 경우에는 수준급에는 이를 수 있었지만 어느 하나 대성하기에는 모자른, 그런 신체를 가지고 있기 때문에 실제로 마법 검사로 이름을 날린 이들은 거의 없다고 해도 과언이 아니었다.

난 나의 앞에 있는 그리피스 백작이 마법 검사라는 것에 조금 놀라지 않을 수 없었는데, 분명 에드워드는 그가 소드 마스터에 달하는 실력을 가지고 있다고 했기 때문이다.

"마법 검사가 소드 마스터의 경지에 이르렀다라……."

난 나도 모르게 속마음을 중얼거리고는 천천히 검을 두 손으로 움켜잡았다. 마법 검사를 상대로 싸운 경험이 없는 나로서는 조금 주의를 할 필요가 있다고 생각했기 때문이다.

"갑니다!"

내가 검을 두 손으로 잡자 그리피스는 미소를 지으며 소리치고는 공격해 들어왔다.

전과 같은 방법으로 공격해 들어왔기에 나로선 조금 이상하다고 생각하지 않을 수 없었는데, 이번에는 놀랍게도 나의 검과 정면으로 마주치려 하고 있었다.

"찻!"

챙!!

그는 대검의 강타를 피하며 조심스럽게 접근해 오다 검을 휘둘렀고, 난 그것을 막을 수밖에 없었는데 갑자기 그리피스의 검에 서린 불길이 얼굴을 향해 강하게 밀려왔다.

"찹!"

불길을 피할 도리가 없던 난 검을 잡고 있던 왼손을 빼서는 바로 얼굴을 가렸고, 검에서 빠져나온 불길은 나의 팔에 부딪치고는 폭발해 버렸다.

쿵!!

근접에서 일어난 폭발인지라 뒷걸음질칠 수밖에 없었고, 그리피스의 경우에는 그 폭발을 예측하고 있었는지 이미 멀리 몸을 피하고 있는 상태였다.

왼쪽 팔뚝에 화상을 입기는 했지만 그렇게 심한 것은 아니었고, 막지 못했다면 두 눈을 상했을 수도 있었던 일인지라 화상 정도로 끝난 것을 다행이라고 생각했다.

"괜찮은 기술이군요."

"감사합니다."

내가 자신의 기술을 칭찬하자 그는 만족한 얼굴을 보이며 그 말을 받았다.

"이젠 제가 한번 공격해 볼까요?"

"예."

나의 말에 그는 고개를 끄덕이고 검을 들어 방어의 자세를 취했는데, 난 가볍게 한 걸음을 앞으로 내민 후 그대로 대검을 그리피스를 향해 던졌다.

"헉!!"

내가 대검을 던질 것이라는 것을 전혀 예상하지 못한 그리피스는 크게 놀라는 표정을 지었는데, 마나를 넣은 대검의 속도가 엄청나 제대로 피할 시간을 얻지 못해 그대로 자신의 손에 들고 있던 검을 휘둘러 날아오는 검을 튕겨내려고 했다.

"끄악!!"

마나가 서려 있는 검, 거기다가 이 미터가 넘는 대검이었기에 완전히 튕겨내지는 못하고 간신히 방향만을 어느 정도 바꿀 수 있었는데, 그의 어깨에는 검이 스치고 간 덕에 시뻘건 피가 흘러내리고 있었다.

난 검을 던짐과 동시에 빠른 속도로 쇄도해 들어갔기에 그는 내가 접근해 오는 것을 전혀 알아채지 못했고, 난 가볍게 검을 잡고 있는 그의 오른 손목을 꺾고는 왼손으로 그의 목줄기를 잡고는 말했다.

"끝났군요."

"그런 것 같군요."

완전히 패배했다는 것을 인정하는지 그는 나의 왼손에 목줄기를 잡혀 있는 채로 식은땀을 흘리고 있었다.

그의 얼굴을 보며 난 조용히 두 손을 거두었고, 그제야 그는 안도의 한숨을 쉴 수 있었다.

그도 그럴 것이 그전에 마법을 사용하여 얼굴에 불덩이를 날려 버린 것은 조금 심한 방법이었기 때문이다.

대련을 끝낸 그리피스와 우린 검투장에서 빠져나갈 계획을 짜기 시작했다. 나의 실력을 보며 그리피스가 흔쾌히 그 일을 허락했기 때문이다.

"블러드 스톰 씨의 일은 왕국의 실세 중 한 사람인 아일라스 공작 측에서 꾸며낸 일입니다. 저희 소에드 공작파가 모르는 사이에 꾸며진 일이지요. 폐하께서는 검투를 좋아하시는 분인지라 이 일을 중간에 멈출 수는 없는 일이지요. 하지만 현재 멘트라 왕국과 전쟁 중이기 때문에 아일라스 공작 측의 세력들은 거의 대부분 전장으로 향했기 때문에 왕도의 아일라스 측의 병사들은 많아야 천 명 정도에 불과할 것입니다."

"천 명이라면 충분히 탈출이 가능하겠군요."

"예, 일단은 왕도의 경비를 위하여 저희 측에서 약 5천 명의 병사들을 왕도 근처에 배치할 예정이니 왕도를 빠져나와 서북쪽 약 10킬로미터 정도의 지점인 오렌다 평원까지만 나올 수 있다면 그 후부터는 안전하다고 할 수 있지요."

"음······."

10킬로미터가 그리 짧은 거리는 아니었기에 과연 병사들을 뚫고 안전하게 빠져나올 수 있을까 걱정이 되지 않을 수 없었다.

나 혼자라면 모를까 레비나를 구출한 후라면 탈출하는 데 상당한 지장이 있을 것이기 때문이다.

"만약의 경우를 위해 저희 측의 기사 100여 명을 지원해 드리겠습니다. 물론 정체를 드러낼 수가 없기 때문에 변장을 해야겠지요. 장소는 왕도에서 3킬로미터 정도 떨어진 로든 자작령의 마을입니다. 일단 그곳까지만 나오셔도 탈출의 가능성은 높다고 할 수 있습니다."

"기사 100여 명이라면 그리피스 백작님의 손실이 너무 크지 않습니까?"

페드로는 자신들을 위해 100여 명의 기사들을 희생시키려는 그리피스를 이해하지 못하고 물어보았는데, 그 말에 그는 미소를 지으며 말했다.

"어차피 한번은 붙어야 할 자들입니다. 만약 멘트라 왕국의 침공이 실패하게 된다면 저희들은 대대적으로 아일라스 공작을 밀어붙일 생각입니다. 어차피 그 상황이 되면 그것보다 더 많은 희생이 일어날 것은 당연한 일이지요."

"음, 용병을 모집할 생각이시군요."

그제야 그리피스가 노리고 있는 점을 짐작해 볼 수 있었다. 용병들 사이에서 큰 명성을 지니고 있는 나를 이용한다면 상당한 실력을 가진 용병들이 자신들에게 몰려올 것임을 알고 있기 때문인 것이다.

100여 명의 기사를 희생시키면서까지 우리들을 탈출시켜 주는 것이라면 나로선 그 명성을 그리피스가 이용한다 하더라도 할 말이 없기 때문이다.

"좋습니다."

난 그의 생각에 고개를 끄덕이며 허락했다. 어차피 자신이 직접 싸우는 것도 아니거니와 레비나를 구하기 위해서 그 이상의 것도 생각하고 있었기 때문이다.

그리피스 백작에게서 협조를 얻어낸 우린 페로인 왕국의 왕도를 향해 발걸음을 옮겼고, 다시 일주일 만에 왕도에 도착할 수 있었다.

왕도는 현재 멘트라 왕국과의 전쟁 중이었음에도 마치 축제와 같은 분위기였다.

"젠장! 이거 전쟁 중인 나라가 맞는 거야?"

이스트는 좀처럼 이해하지 못하겠다는 얼굴을 하고 있었다. 나와 샤브레의 검투가 벌어지는 것을 빌미로 모여든 상인들과 인파들로 발 디딜 틈조차 없는 거리였기 때문이다.

각국에서 모여든 사람들 중에는 용병의 복장은 한 이들도 심심치 않게 눈에 띄고 있었는데, 특급용병인 내가 왕국 소속의 기사로 밝혀져 있는 샤브레와 검투 대결을 벌인다는 것에 흥미를 느끼며 많은 수의 용병들이 이곳으로 몰려든 것 같았다.

그리피스로선 왕도에 모여든 이 용병들을 끌어들인다 해도 상당한 전력을 증강시킬 수 있을 것이기에 그의 생각이 적중하고 있음을 알 수 있었다.

검투 대결이 벌어지기까지는 사흘 정도가 남아 있어 장소를 살펴볼 생각에 검투장으로 향했다. 이스트는 레비나의 소재지를 파악을 위해 우리와 헤어져 다른 곳으로 향했기에 현재 검투장으로 가는 사람은 나와 멘트로, 에드워드였다.

사흘 뒤의 대결이 벌어질 검투장에서는 경기장으로 들어설 수 있는 입장권을 팔기 위해 많은 사람들이 줄 서 있는 모습에 이 대결에 왕국에서 상당한 홍보를 하고 있었다는 것을 알 수 있었다.

"어느 쪽이 이기느냐에 따라서 페로인 왕국은 물론이요 주변의 왕국의 세력 판도까지 변할 수 있겠군요."

페드로는 이들의 모습을 보며 이야기했고, 나 역시 그의 의견에 동감을 표시했다.

현재 나와 싸울 샤브레란 고위 마족은 페로인 왕국의 기사로 이름이 나와 있었다. 중소 국가의 기사라는 것은 그리 이름난 존재들이 아니었기에 어찌 보면 특급용병보다 그 지명도에선 떨어진다고 할 수 있었다.

그런 상황에서 나와의 검투 대결에 그가 승리한다면 분명 나의 지명도는 그에게 넘어갈 것은 물론이요 상당수의 용병들이 샤브레의 이름으로 페로인 왕국에 들어갈 것이 분명했다.

전장에서 뛰어난 무장 한 사람의 존재는 군대의 사기를 좌우하는 중요한 요소이기 때문이었다.

현재의 용병들은 지명도가 떨어지는 페로인 왕국보다는 좀 더 많은 돈을 주는 멘트라 왕국의 상인들에게 넘어갈 확률이 높았기 때문에 만약 이 결투에서 승리하게 된다면 지명도가 오르는 것을 물론이요 멘트라 왕국으로 가는 용병들을 다수 끌어들일 수 있기 때문에 이번 전쟁에서 승리할 확률을 높일 수 있었다.

우리가 검투장 안으로 들어서려고 하자 몇 명의 병사들이 앞을 막으며 소리쳤다.

"경기 관람권을 사시려면 저쪽이오."

"우린 이번 경기의 상대자인 블러드 스톰의 일행이오."

페드로는 그 말에 손을 앞으로 내밀며 우리들의 정체를 말했고, 그 말에 그들은 크게 놀라는 듯하면서 급히 한 사람이 뒤쪽으로 뛰어갔다.

얼마 지나지 않아 병사는 한 기사를 대동하고 우리들에게 돌아왔는데, 그가 대동한 기사는 정중하게 인사를 한 후 말했다.

"페로인 왕국으로 오신 것을 환영합니다. 블러드 스톰님의 거처는 이미 준비되어 있으니 저를 따라오시지요."

기사의 말에 우린 고개를 끄덕이고는 그의 안내를 받아 갔는데, 점점 더 우리들의 주위에 붙는 병사들이 많아지자 이스트와 페드로는 인상을 찌푸렸다.

"아무래도 시합 전까지는 이런 호위를 계속 받아야 할 것 같은데요. 아무래도 이스트와의 연락이……."

페로인 왕국의 입장으로선 다크 솔루션의 암묵적인 말도 있거니와 멘트라 왕국과의 전쟁도 있기 때문에 만약의 경우를 생각할 수 없을 것이다.

그렇다면 시합전은 물론이요 시합이 시작할 때까지 이런 감시를 계속 받을 것은 분명했기 때문에 레비나의 소재지를 파악하는 것은 어렵다고 할 수밖에 없었다.

이런 상황으로선 이스트와의 연락도 어려울 것이란 생각이 들었는데, 옆에 있던 에드워드는 미소를 지으며 우리들을 향해 조용히 말했다.

"페로인 왕국의 상황은 저 역시 어느 정도 알고 있지요. 아마 조만간에 그리피스가 보낸 첩자가 우리들을 만나러 올 테니 그를 이용하면 이스트와 정보를 주고받는 것은 어렵지 않을 겁니다."

에드워드의 말에 어느 정도 안심을 하며 향한 곳은 왕도에 위치한 고급 호텔이었다.

보통 왕도로 오는 귀족들을 상대로 영업을 하는 호텔인지라 그 내부는 화려하기 그지없었고, 곳곳에 중요 인물들을 보호하기 위하여 호텔에서 고용한 사병들이 배치되어 지키고 있는지라 이 호텔 역시 왕도의 귀족들이 운영하고 있는 호텔이란 것을 알 수 있었다.

들어본 바에 의하면 페로인 왕국 내의 모든 사업은 귀족들이 80% 이상을 점유하고 있기 때문에 외부 상인들은 나머지 20%만을 나누어 상업 도시에서도 수입은 그렇게 크지 못하다고 알고 있었다.

호텔 안으로 들어서자 화려한 옷을 입은 금발의 남자가 우리를 안내한 기사를 보곤 미소를 지으며 다가와 말했다.

"오! 칼센 경이 아닌가?"

"미루타 남작님께 인사드립니다."

기사는 금발의 남자에게 정중하게 기사의 예를 취했는데 미루타 남작은 우리의 모습을 보고는 궁금하다는 듯이 물었다.

"혹시 이분들이 블러드 스톰의 일행인가?"

"예."

우리가 이번 검투 대결에서 싸우게 된 사람이라는 것을 알자 미루타는 크게 놀라는 표정을 짓고는 다가와 손을 내밀며 말했다.

"호오! 이거 대륙에서 이름을 날리는 특급용병을 보게 되었군요. 전이 호텔의 주인인 미루타 남작이라고 합니다."

"블러드 스톰이라고 합니다."

난 자신을 소개하는 남작을 보며 정중하게 고개를 숙여 인사했는데, 그는 그것을 보며 손을 내젓곤 말했다.

"하하하, 지나친 예의는 거북합니다. 특급용병이라면 중소왕국의 작위쯤이야 언제라도 딸 수 있다고 알고 있으니까요. 자, 안으로 드시지요."

그렇게 말한 그는 나의 손을 잡고는 안으로 안내했는데, 그 순간 그의 손에서 무엇인가가 나에게로 전해진 것을 알 수 있었다.

'응?'

일단은 그 진의를 알 수 없었기에 난 그가 전해준 것을 아무도 눈치채지 못하게 품 안으로 집어넣고는 안내하는 남작을 따라갔고, 우리들의 뒤로 칼센이란 기사와 함께 오십여 명 정도의 병사들이 따라왔다.

호텔의 삼층에 이르자 상당히 아름답게 꾸며진 객실이 드러나자 남작은 미소 지으며 말했다.

"여기가 시합 전까지 여러분들이 거처하실 곳입니다. 보통 백작 급이상의 귀족 분들이 왕도에 오시면 거처하는 곳이기 때문에 불편함은 전혀 없으실 겁니다."

남작은 방을 안내하면서도 미소를 잃지 않았다.

"감사합니다."

"별말씀을요. 뭐, 이것도 돈을 받고 하는 일인데요. 곧 시녀들을 몇명 올려 보낼 테니 간단히 몸을 씻으시기 바랍니다. 저녁 식사는 그 후에 올리도록 하지요. 그럼 이만."

남작은 우리들에게 간단히 설명을 한 후 천천히 계단을 내려갔다. 칼센은 남작이 내려가자 병사들에게 각 지점에서 근무를 서도록 지시했고, 우리들은 그 모습을 보면서 천천히 방 안으로 들어갔다.

"호오! 꽤 좋은 곳인데?"

에드워드는 화려하게 꾸며진 객실의 모습을 보고는 탄성을 자아내고 있었다. 고위 귀족들이 거처하는 곳인만큼 객실의 장식물은 정말 화려하기 그지없었기 때문이다.

간단한 가구에서부터 식기까지 온통 황금으로 도금되어 있는 것은 물론이요, 벽의 석재 장식물들은 대리석으로 만들어져 그 아름다움을 뽐내고 있었다. 왕도가 훤히 보이는 창문에 커튼은 붉은색 비단 위에 황금 실로 수가 놓여져 있는 고급품이었다.

"시합 전까지는 조금 편하게 지내겠군."

만족스러운 표정을 하며 근처의 의자에 앉는 그를 보며 페드로는 인상을 찌푸리고 있었다. 샤브레와의 검투 대결, 과연 누가 승리를 할 것인지는 나 역시 알지 못했다. 또, 그 결투에서 승리를 한다고 해도 나에게는 아직 다른 열 명의 고위 마족들과 다크 솔루션과의 대결이 남아 있었기 때문에 이번의 대결이 앞으로 있을 피의 대전의 서막이라는 것을 알고 있었다.

예상했던 대로 미루타 남작은 그리피스가 우리에게 배정한 아일라스 공작의 첩자였다. 그가 전해준 쪽지에는 우리를 시중들기 위해 올 시녀 중 시에나라는 여인이 우리들을 도와줄 것이니 그녀를 통해 서신을 전달하자는 이야기가 적혀 있어 이스트와의 연락이 가능하다는 것에 안심할 수 있었다.

시중을 들기 위해 온 시녀들 중 시에나라 이름을 밝힌 이십 대 중반의 남색 머리의 여인을 본 우리는 이스트의 인상착의와 함께 앞으로의 일을 적은 쪽지를 건네주었고, 그녀는 아무런 내색도 없이 쪽지를 받아 든 후 몇 가지 일을 처리하고 방을 나갔기에 우리를 감시하고 있는 기사나 병사들은 그것을 전혀 눈치 채지 못하고 있었다.

그런 식으로 외부에서 정보를 수집하고 있는 이스트와 의사를 전달하게 된 후 이스트가 보내온 쪽지를 시에나를 통해 받을 수 있었기에 우린 현재 레비나가 잡혀 있는 곳과 함께 공작 측의 움직임을 알 수 있었다.

레비나는 현재 아일라스 공작의 저택에 잡혀 있으며, 주변에는 약 20명 정도의 정체를 알지 못하는 기사들이 지키고 있다고 알려왔기에 그들이 다크 솔루션에서 파견한 기사들임을 알 수 있었다.

이스트가 보내온 정보에 의하면 한 명 한 명이 상당한 실력의 기사로 이곳을 빠져나가 왕도에 있는 아일라스 공작의 저택 안으로 들어가 레비나를 구하는 것은 어려운 일이라는 생각이 들었다.

그렇다면 레비나를 구할 수 있는 방법은 단 하나, 검투 대결을 하는 도중이랄 수밖에 없었다. 상당수의 병사들과 기사들의 눈을 피해 공작의 저택 안으로 잠입하여 레비나를 구하는 것, 그것은 에드워드와 페드로가 맡기로 했다.

두 사람의 검술 실력은 소드 마스터에 근접한 수준이었기에 두 사람이라면 충분하리라는 생각과 이스트 역시 외부에서 실력있는 용병들을 이십 명 정도 끌어들인 후였기 때문에 모든 시선이 검투장으로 쏠려 있는 시점이라면 충분히 공작의 저택으로 침입하여 레비나를 구할 수 있다는 판단이 들었다.

세세한 계획을 세우는 것은 상당한 시간을 요하는 일이었기에 결투 날까지 우리는 호텔 방 안에서 레비나를 구하기 위한 계획을 세우느라 여념이 없었고, 그런 식으로 시간을 흘러 어느덧 샤브레와의 검투 대결의 날짜가 다가왔다.

정오가 되자 칼센이란 기사는 20여 명의 병사들과 함께 우리가 머물고 있는 호텔 방 안으로 들어왔고, 난 어느 정도 준비를 하고 있었기에 고개를 끄덕이며 천천히 그를 따라 밖으로 나갔다.

호텔 밖으로 나가자 이미 검투장으로 가기 위한 마차가 준비되어 있었는데, 페드로와 에드워드는 마차에 타지 않고 병사들에 의해 다른 곳으로 안내되어 가고 있었다.

"저들은?"

두 사람에 대해서 묻자 칼센은 고개를 내저으며 말했다.

"저 역시 자세한 것은 모르고 있지만 아마 결투가 끝날 때까지 모종의 장소에서 기다리고 계실 겁니다."

그의 말을 들은 난 공작 측에서 저들까지 볼모로 잡아두려 하는 것임을 알 수 있었다. 하지만 이미 그 정도는 어느 정도 예측하고 있었기에 이스트와 그가 끌어들인 용병들에 의해 두 사람이 안전하게 빠져나갈 것이라 생각하며 천천히 마차에 올라탔다.

내가 마차에 올라타자 안으로 두 명의 기사가 더 오른 후 마차는 출발했다.

뒤쪽으로 들리는 소리들을 미루어보아 8명 정도의 기사와 30명 정도의 병사들이 마차의 뒤를 따르고 있음을 알 수 있었다.

내가 도망치거나 중간에 내려 다른 일을 저지르려는 것을 막기 위함이었다.

한참의 시간이 지났을까, 마차의 바퀴 소리가 내부의 벽에 튕겨 울리는 것을 들으며 검투장 안으로 들어섰다는 것을 알 수 있었다.

쥐고 있던 손바닥을 펴자 땀이 흥건히 배어 있었다. 어떻게 될 것인지 알지 못할 일이었기에 나도 모르는 사이에 긴장을 한 탓이었다.

"레비나."

난 조용히 눈을 감고 레비나의 모습을 상상해 보았다. 이제 얼마 안 있으면 딸을 구할 수 있다고 믿고 싶었지만 상대가 인간이 아닌 고위 마족이기에 확신할 수가 없었다.

「크크크, 피의 마나를 가진 자가 긴장을 하다니.」

킬리스는 내가 긴장한 것을 보며 오랜 침묵을 마치고 웃으며 말하고 있었다.

「피의 마나를 가진 자는 광인이어야 해, 광인.」

"무슨 소리지?"

난 녀석의 말을 이해할 수가 없어 되물을 수밖에 없었다.

「크크크, 피의 마나를 가진 이들은 절대 평범한 삶을 살 수가 없지. 그들의 운명은 피 외에는 어떠한 것도 거부하니 말이야.」

그의 말을 이해할 수 있었다. 지금까지 내가 사랑했던 모든 사람들은 피의 향기에 짓눌렸는지 평범한 삶을 살다 죽은 이는 단 한 명도 존재하지 않았기 때문이다.

킬리스의 말을 듣고 있을 때 마차는 멈추어 섰고, 칼센이 마차의 문을 열며 말했다.

"검투장입니다. 내리시지요."

칼센의 말에 고개를 끄덕이고는 마차에서 내렸다.

뒤쪽의 통로를 보자 쇠창살이 통로를 차단하고 그 뒤로 활을 든 열

명 정도의 병사들이 지켜 서고 있었다.

칼센의 안내를 받으며 통로로 들어서자 풀 플레이트 아머에 카이트 실드를 든 정규 기사들이 대기하고 있었다.

완벽하게 도망갈 수 있는 길을 차단하고 있었기에 쓴웃음이 나올 수밖에 없었다.

계속 걸음을 옮겼을 때 조금은 아래로 내려가는 듯한 기분이 들었기에 검투장의 지하로 향하고 있다는 것을 알 수 있었다.

지하의 공간에 도착하자 오십여 명 정도의 노예들이 족쇄에 묶여 원으로 된 도르래를 잡고 있는 모습이 보였고, 앞에는 지상으로 올라갈 수 있는 승강 장치가 있었다.

"검투장으로 올라갈 수 있는 통로는 모두 15개가 있습니다만 나갈 수 있는 통로는 모두 이런 식으로 만들어진 통로뿐입니다. 검투장과 관중석을 차단하고 있는 벽은 8미터 정도의 벽이니 다른 생각은 하지 않으시는 것이 좋을 것입니다."

칼센은 나를 보며 마치 협박 같은 말을 하고 있었다. 물론 그런 이야기를 하고 있는 그의 얼굴은 그리 밝지 않았다.

"이런 처사가 마음에 들지 않는가 보군."

나의 말에 그는 놀라는 듯한 표정을 짓더니 주위를 돌아보았는데, 다행히도 근처에는 아무도 없었기에 크게 한숨을 쉬며 말했다.

"물론입니다. 저 역시 검을 다루는 기사의 한 사람으로서 실력있는 사람을 존중하는 것은 똑같으니까요. 도대체… 휴!"

칼센이란 기사는 그리 나쁜 심성을 가진 자가 아니어서 조금 마음에 들었는데, 다시 한 번 주위를 훑어본 그는 조용히 가까이 다가와 나에게 말했다.

"어쨌든 사람도 없으니 해야 할 일은 해야겠군요. 잘 들으십시오. 이곳에서 평생을 싸운 검투사 중에 한 사람이 도망을 간 적이 있는데, 그는 북서쪽 통로가 다른 곳보다는 얇게 만들어져 있다는 것을 간파하고 도망을 갔습니다. 이곳의 담당자는 문책을 당할까 두려웠기 때문에 그 사실을 비밀로 하고 있으니 대결이 끝난 후 그곳으로 도망가시기 바랍니다."

그의 말에 놀라지 않을 수 없었다. 적이라고 생각한 그가 나에게 이곳에서의 탈출 방법을 말해 주고 있었기 때문인데, 말을 끝낸 그는 천천히 오른손의 건틀렛을 걷어 올렸다.

건틀렛의 밑에는 눈에 익은 문장이 새겨져 있었는데, 그것은 바로 가우레시스 왕가의 문장이었다.

"자넨?"

"후, 저의 조부는 가우레시스 왕가의 기사였지요. 물론 왕국이 멸망하면서 돌아가셨고, 나머지 가족들은 노예로 각지에 팔려 나가게 되었습니다. 아버지께서는 이곳에서 검투사로 약 15년을 살아오신 후 간신히 탈출을 하신 분이지요."

"설마 탈출했다는 그 검투사가?"

"예, 저의 부친이십니다."

그제야 그가 왜 나를 돕고 있는지 어느 정도 이유를 알 수 있었다.

"도리나 공주님의 배려로 현재는 신분을 속이고 이곳에서 기사로 있지만, 언젠 왕가가 다시 일어선다면 조부님과 같은 가우레시스 왕가의 기사가 될 겁니다."

"음……"

그의 자신있는 목소리를 들으며 난 무엇이라 말할 수가 없었다. 나와는 달리 큰 희망을 가지고 살아가는 사람이었기 때문이다.

"북서쪽의 통로를 부순 후 세 개의 통로 중 제일 오른쪽의 길을 따라 뛰십시오. 그곳에는 저와 같이 가우레시스 왕국의 출신으로, 신분을 속이고 이곳으로 온 병사들이 있을 테니 그들은 안전하게 블러드 스톰 님을 통과시켜 드릴 것입니다."

"고맙군."

"천만에 말씀입니다. 이것도 모두 가우레시스 왕국을 위한 일이니까요."

그렇게 말한 그는 나를 보며 미소 지어주었는데, 그때 한쪽에서 누군가가 큰 소리로 우리를 보며 소리쳤다.

"블러드 스톰을 검투장으로 올리라는 지시입니다!"

"알았다!"

칼셴은 그를 보며 큰 소리로 대답을 한 후 나에게 손을 내밀며 말했다.

"승리를 기원하겠습니다."

그가 내미는 손을 보며 가볍게 악수를 한 난 천천히 판자 위에 섰고, 노예들이 도르래를 돌리기 시작하자 천천히 판자는 위로 올라갔다.

천장의 두꺼운 석판이 서서히 열리기 시작하면서 강렬한 빛이 터져 나왔고, 수많은 관중들의 열광 어린 환호성이 지하의 공간을 뒤흔들듯 울리기 시작했다.

강렬한 태양의 빛이 눈을 자극하고 있었기에 눈을 감으며 천천히 올라가는 판자 위에 몸을 맡겼고, 약간의 시간이 지나자 온몸은 태양의 열기에 사로잡혀 갔다.

위로 올라서던 판자가 멈추어 선 후에야 천천히 눈을 떴고, 드디어 페로인 왕국의 왕도에 있는 검투장 모습을 볼 수 있었다.

흰백색의 높은 담장 위로 수많은 사람들이 열광하고 있는 모습, 단한 번도 이렇게 많은 사람들의 시선을 한 몸에 받아본 적이 없었던 나로선 조금 긴장되지 않을 수 없었다.

천천히 몸을 돌려 관중석 쪽을 살피자 다른 곳과는 달리 화려하게 꾸며진 자리를 볼 수 있었는데, 그곳에는 수십 명의 기사들이 열을 맞추어 경계를 서고 있는 것으로 보아 페로인 왕국의 왕이 있는 곳임을 알 수 있었다.

그의 모습을 관찰하기 위해 눈에 마나를 돋우어 쳐다보았는데 그 순간 난 크게 놀라지 않을 수 없었다. 페로인 왕국의 왕과 같이 있는 한 여인의 얼굴을 보았기 때문이다.

전혀 낯설지 않은 여인의 모습, 그녀는 왕의 옆 자리에 앉으며 나를 보고는 슬픈 눈빛을 하고 있었다.

"아리안느?"

아리안느, 순백의 기사 리후드 백작의 딸 아리안느가 중년의 나이인 페로인 왕의 비가 되어 자리를 잡고 있었던 것이다.

아리안느를 마지막으로 만난 것이 5년 전쯤인 것을 감안한다면 그동안 그녀가 결혼한 것은 당연한 것이었지만, 설마 페로인 왕국의 왕비로 왔을 줄은 생각하지 못한 일이었다.

잠시 아리안느의 모습에 멍해 있을 때 장내가 다시 크게 술렁이기 시작했다.

남서쪽의 입구에서 누군가가 올라오자 관중들은 환호성을 지르기 시작한 것인데, 난 그것이 샤브레라고 생각했지만 다른 곳에서도 몇 명의 사람들이 올라오는 것을 보며 무엇인가 이상하다는 것을 느낄 수밖에 없었다.

그들 모두는 철가면 비슷한 것을 얼굴에 뒤집어쓰고 중병기를 들고 있었는데, 온몸에 흉터 자국이 가득한 것으로 보아 검투사로 있는 노예인 것 같았다.

―왕국의 기사인 샤브레 경과의 대결에 앞서 여러분들에게 블러드 스톰의 능력을 선보일까 하여 이십오 명의 검투사와 대결을 벌이도록 하겠습니다.

마법으로 검투장 전체를 울리는 목소리가 이들의 출현에 대한 설명을 했기에 난 그들이 왜 샤브레가 나오기 전에 나의 앞에 모습을 나타냈는지 알 수 있었다.

'본격전인 대결 전에 나의 힘을 줄여보겠다는 것인가… 치졸한 방법이군.'

정정당당하게 나서지 않을 것이란 생각은 했지만 설마 이런 방법까지 쓸 것이라곤 생각하지 못했다.

대륙 용병 길드의 특급용병으로 명부에 올랐다면 이런 중소 국가에서 기사단장의 직위는 어렵지 않게 얻을 수 있었다.

오히려 페로인 왕국의 기사인 샤브레가 특급용병과 싸울 수 있는 자격이 있을까 의심하는 것이 보통이었으니 이런 방법은 누가 보아도 싸우기 전에 힘을 빼기 위함이라는 것을 눈치 채고 있었다.

하지만 대결을 구경하러 온 관중들에게 이러한 논리는 아무런 문제가 되지 않았다. 그들은 지금 피의 축제를 구경하러 왔을 뿐, 일반적인 논리는 아무런 가치가 없기 때문이다.

「크크크, 역시 인간들이 생각하는 것이라곤…….」

킬리스는 현재의 상황을 보며 웃고 있었다.

「어떤가? 원하는 대로 해주어야겠지?」

별달리 이들의 손에서 벗어날 방법이 없다면 그들이 원하는 대로 해주는 것도 나쁘지 않았고, 샤브레와의 대결에서 시간을 끌어야 했던 나로선 이들이 나타나 시간을 지체시키는 것을 오히려 고맙다고 해야 할 상황이었다.

잠시 후 징 소리가 장내에 울려 퍼지면서 검투사들이 몸을 움직이기 시작했다. 검투사들은 용병들과는 달리 철저하게 개인 간의 싸움을 위해 몸을 단련한 사람들이었다.

그런 이유로 그들의 무기는 다양하다고 할 수 있었는데, 중병기인 메이스나 프레일에서부터 검, 심지어는 그물까지 갖가지 무기가 그들의 손에 들려 있었다.

하지만 간혹 왕에 의해 반역으로 몰린 가문의 기사들이 이런 검투사 노예가 되는 경우도 적지 않았는데, 나를 향해 다가오는 검투사들의 뒤편으로 얼굴에 긴 흉터를 가진 검투사가 롱 소드와 방패를 들고 상황을 지켜보고 있는 모습이 보였다.

「호오, 이런 검투사 중에서도 소드 마스터 급의 인물이 있었다니 놀랍군.」

"아무래도 몰락한 가문의 기사이거나 다크 솔루션에서 보낸 자일 확률이 높겠군요."

상당한 기운을 내뿜고 있는 그는 구태여 나머지 검투사들과 행동을 같이할 필요가 없다고 생각하는지 모든 싸움이 끝나기를 기다리고 있었다.

"우와아앗!!"

드디어 검투사들이 나를 둘러싼 후 고함을 지르며 공격해 들어오기 시작했다. 이런 상대를 상대로 블러드 소드를 뽑을 필요는 없다고 생각한 나였기에 검을 뽑지는 않았다.

"죽어라!!"

처음 나를 향해 공격해 들어온 이는 철퇴를 휘두르는 인물이었다. 2미터가 넘는 거대한 몸을 가지고 있는 그는 얼굴만한 철퇴를 휘둘러 나의 머리를 부수려고 했지만 중병기인만큼 그 속도는 크게 떨어질 수밖에 없었기에 빠른 속도로 그의 가까이에 붙은 후 주먹으로 명치를 가격했다.

"끄윽!!"

나의 주먹에 큰 충격을 받으며 철퇴를 든 검투사는 무릎을 꿇고 쓰러졌고, 난 그의 왼손에 들린 방패를 후려찼다.

"끄으윽!!"

"우악!!"

나의 발에 한쪽으로 튕기어 날아간 녀석은 다른 세 명의 검투사와 부딪치며 나가떨어졌지만 많은 검투사들이 아직도 나를 향해 쇄도해 들어오는지라 쉴 틈도 없이 녀석들을 상대해야 했다.

등 뒤에서 창이 밀려들어 오는 것을 느낀 난 오른손을 뒤로 돌려 창대를 잡은 후 그대로 녀석을 들어 올려 던져 버렸고, 창을 거꾸로 쥔 후 마나를 사용하여 주위에 있는 검투사들을 모두 후려쳐 날려 버리자 어느 정도 공간을 확보할 수 있었다.

"움직임을 봉쇄해라!"

한 검투사의 외침 소리가 들리자 쇠 그물을 들고 있는 검투사들이 일제히 나를 향하여 그물을 던지기 시작했고, 순식간에 대여섯 개의 그물에 감싸여질 수밖에 없었다.

「크크크, 이제 더 이상 방법이 없겠군. 뭐 하나? 이제 그만 포기하고 다 죽이라고.」

킬리스는 내가 쇠 그물에 걸려들자 비웃음을 날리며 말하고 있었다. 그는 내가 칼센의 말 때문에 검투사들을 죽이지 않고 처리하려는 것을 알고 있었기 때문이다.

「수많은 피를 머금은 녀석이 검투사 따위를 죽이지 못해서 이렇게 당하고 있다니, 이거 대단한 주인을 만난 모양이군.」

녀석의 비아냥거림이 거슬려 오기 시작했다.

"하압!!"

온몸에 마나를 주입한 난 나를 감싸며 조여오는 그물에서 뜯어내기 시작했고, 그물은 둔탁한 소리와 함께 산산이 찢겨져 나갔다.

그물에 갇힌 나를 찌르기 위해 다가서던 검투사들은 그 모습에 크게 놀라는 표정이 역력했는데, 난 그 틈을 놓치지 않고 빠른 속도로 그들의 사이를 헤집으며 마나가 담긴 주먹으로 그들의 복부를 쳐 한 명씩 기절시켜 나갔다.

오 분 정도의 시간이 지났을 무렵 스물다섯 명의 검투사들은 그 반수 이상이 쓰러져 있었고, 남은 수는 열 명 정도에 지나지 않았다.

그들은 나의 능력에 질렸는지 섣불리 다가서지 못하고 있었기에 천천히 그들을 향해 걸음을 옮겼다.

"우우……."

내가 다가서자 그들은 겁을 집어먹은 얼굴로 뒷걸음질치더니 도망가기 시작했는데, 그 순간 검투장의 벽에서 궁병들이 나타나 일제히 도망가고 있는 검투사들을 향해 활을 쏘기 시작했다.

"끄아악!!"

"큭!!"

나에 대한 두려움으로 도망가던 검투사들은 궁병들의 수많은 화살에 의해 고슴도치가 되어야 했다.

「크크크, 참 재밌는 짓을 하는군.」

킬리스는 그 모습에 웃으며 인간들을 조롱하고 있었다. 검투사들은 어떠한 방법으로도 살아갈 수 없는 존재들인가……

죽을 때까지 싸워야 하는 존재들. 난 노기가 치솟아올랐지만 참을 수밖에 없었다.

"삶과 죽음의 갈림에서 그들은 죽음을 택한 것뿐입니다."

뒤쪽에서 들려오는 목소리에 돌아보니 지금까지 나와 나머지 검투사들 간의 대결을 살펴보고 있던 자가 다가오고 있었다.

그는 근처에 쓰러져 신음하고 있는 검투사를 보고는 말했다.

"차라리 당신의 손에 죽었으면 좋았을 듯합니다. 어차피 이들은 이번의 패배로 죽임을 당해야 하는 존재들이니까요."

그 말과 함께 한 걸음 앞까지 다가온 그는 미소 띤 얼굴에 오른손을 내밀며 말했다.

"헬스 드 아프라니안이라 합니다. 아! 이제 귀족의 명칭인 드는 빼야 하겠군요."

도대체 그가 무슨 생각을 하고 있는지는 모르겠지만, 일단 그에게서 악의가 느껴지는 것은 아니었기에 난 그의 손을 잡고 악수를 받아주었다.

우리 두 사람이 악수를 하자 주위에 있던 관중들은 크게 야유를 보내기 시작했는데, 그 모습을 보며 그는 오히려 사방으로 손을 흔들어주는 여유까지 보여주고 있었다.

"아무래도 일찌감치 저희 피를 보고 싶은 사람들이 많나보군요."

관중을 향해 손을 흔들어 보이던 그는 뒤로 돌아가더니 천천히 허리에 있는 검을 뽑아 들었다.

"부탁이 있습니다만 들어주시겠습니까?"

"부탁?"

"예."

그렇게 말한 후 검을 들어서는 한쪽을 가리켰는데, 그곳에는 놀랍게도 페로인 왕국의 왕비로 있는 아리안느가 있었다.

"저 여자를 죽여달라는 건가?"

나의 말에 그는 살짝 미소를 지어 보이고는 말했다.

"죽이는 것이 안 된다면 얼굴이라도 망쳐 주시면 좋겠습니다."

"이해할 수가 없군."

나의 말에 그는 하늘을 보며 크게 대소를 터뜨리고는 말했다.

"실례했군요. 처음 보는 분한테 무리한 부탁을 다 드리고 말입니다. 자, 시작해 볼까요?"

이해할 수 없다는 말에 그는 검을 뽑아 들고는 나를 보며 말했다. 그의 모습으로 보아 상당한 기사 가문의 출신이라는 것을 알 수 있었고, 어느 정도 실력도 가지고 있는 인물인지라 난 다른 검투사들을 상대할 때와 달리 검을 뽑을 수밖에 없었다.

도대체 소드 마스터에 이른 인물이 이곳에 갇혀 있는 이유를 알 수가 없었다.

이 정도의 실력을 지닌 인물이라면 검으로 쇠창살을 자르는 것은 쉽게 할 수 있는 일이었기 때문이다.

이해할 수 없는 인물, 하지만 그 자세한 내막은 알 수 없기 때문에 난 시간이 정해준 대로 그와 검을 통해 생과 사를 나눌 수밖에 없었다.

"하압!!"

내가 검을 쥐자 그는 기다리지 않고 나를 향해 쇄도해 들어왔다. 스피드를 중심으로 하는 검술을 익힌 인물인지 상당히 빠른 속도로 쇄도해 들어와서는 나를 향해 검을 휘둘렀는데, 그 순간 수십 개의 검의 잔형이 나를 향해 압박해 들어오기 시작했다.

하지만 검의 잔형과 실형을 구분하지 못할 실력은 아니었기에 난 마나의 느낌으로 녀석이 휘두르는 진검을 포착하고는 블러드 소드를 휘둘러 녀석의 검을 막았다.

챙!!

검의 길이 막히자 사방에서 작렬하며 들어오던 잔형들은 순식간에 사라졌는데, 그 순간 그는 미소를 지으면서 그대로 뒤로 몸을 날렸다.

몸을 날리는 순간 발로 바닥을 차 얼굴 쪽으로 흙을 날려 버렸고, 난 생각지도 못한 공격에 뒤로 물러설 수밖에 없었다.

다행히 흙이 눈에 들어가지는 않았지만, 녀석을 공격할 수 있는 기회를 놓치고 말았다.

"검투사를 하면서 배운 기술입니다. 기사 출신치곤 조금 비겁하긴 하지만 살아남자니 이런 기술이라도 익혀야 했지요."

"나쁘지 않은 기술이었다."

어차피 용병들에게 예의는 필요없었다. 사느냐 죽느냐에 따라서 돈을 받고 살아가는 자들이었기에 그의 기술은 비겁한 것이 아닌 정당한 기술일 뿐이었다.

이번에는 내가 먼저 그를 향해 쇄도해 들어가며 검을 휘둘렀는데, 나의 검을 힘겹게 막아내던 그는 미간을 찌푸리며 물었다.

"큭! 마나를 사용하지 않는군요!!"

"아직까지는……."

난 그의 말에 대답을 하면서 계속 공격해 들어갔는데, 그의 검에서 시퍼런 검광이 흘러나와 수십 개의 마나 검기가 찔러왔다.

마나의 검기는 빠른 속도와 강한 타격력을 지니고 있어 가까운 거리에서 막는 것은 쉽지 않아 뒤로 물러서서는 검을 휘둘러 검기를 튕겨내었다.

내가 모든 검기를 막아냈음에도 그는 쉬지 않고 검기를 날렸다. 마치 몸 안에 있는 모든 마나를 써버릴 것처럼 사용하는 검기의 공격이기에 이해할 수가 없었다.

「크크크, 죽음을 선택한 것 같군.」

"무슨 소리지?"

「멍청이! 저 녀석은 너를 돕고자 하는 놈이다. 무슨 연유로 너와 싸우지 않으면 안 되나 본대. 그런 이유로 무작정 마나를 내뿜어 너를 공격하는 척하면서 스스로 죽음의 길로 가는 것을 모르겠느냐?」

킬리스의 말을 들은 난 어느 정도 이해할 수 있었다. 검기의 공격, 이것은 때에 따라선 최대의 공격이 될 수도 있지만 지금 같은 경우는 자신의 마나만을 낭비할 뿐인 공격인 것이다.

물론 검기를 알지 못하는 자들에겐 검기로 인한 공격의 화려함에 뛰어난 공격이란 생각을 할 것이다.

나를 향해 엄청난 검기를 내뿜고 있는 그의 입가에는 미소가 흘러나오고 있었다. 마나의 소실로 인해 안색이 변해가면서도 짓는 미소엔 자조마저 서려 있었다.

과연 저자를 죽여야 하는 것일까, 살려야 하는 것일까.

"하압!!"

도저히 갈피를 잡을 수가 없었던 난 빠른 속도로 녀석의 검기를 피해 앞으로 쇄도해 들어갔다.

많은 수의 검기를 사용하고 있었기 때문에 녀석은 빠른 공격에 대처하지 못했고, 난 한순간 검을 녀석의 목에 가져갈 수가 있었다.

"후······."

검에 목이 닿아서야 헬스는 검기 쏘는 것을 멈추었기에 그를 향해 물어보았다.

"죽여달라는 것인가?"

"예."

서슴없이 나의 말에 대답하는 그를 보며 황당하지 않을 수 없었다. 도대체 왜 이자는 죽음을 원하고 있는 것일까?

나의 이런 생각을 알고 있는지 그 이유에 대해서 설명하기 시작했다.

"지금 이 나라에는 왕비가 두 명이 있습니다. 당신의 눈으로 본 아리안느 왕비와 테레이리아와 왕비님이죠."

"왕비가 두 명?"

"예, 전 테레이리아 왕비님을 호위하는 기사대의 기사대장이었습니다만 저 가증스러운 여자인 아리안느가 폐하의 눈을 현혹한 후 테레이리아 왕비님을 유폐시키고 말았습니다. 저희들은 왕비님을 구하기 위해 나섰지만 잡혀서 검투사의 신세가 되어버린 것이죠."

"그것이 죽으려고 하는 것과 무슨 상관이 있지?"

그 순간 헬스는 오른팔을 사용하여 목에 겨누어진 검을 내친 후에 자신의 검을 횡으로 휘둘러 옆구리를 공격했다.

나로선 급히 그의 검을 막으며 뒤로 물러설 수밖에 없었다.

"왕비마마는 정체를 알 수 없는 집단에 볼모로 잡혀 계십니다."

"정체를 알 수 없는 집단?"

그는 나의 질문에 가까운 거리에서 그대로 검기를 날렸다.

검기는 엄청난 모래먼지를 일으키며 나를 향해 밀고 들어왔지만, 그 기세와는 달리 속도는 그렇게 빠르지 않았기 때문에 어렵지 않게 피할 수 있었다.

"예, 검투사로 있으면서 전 사람들에게 연락하며 왕비마마를 찾았고, 그 소재지까지 알아낼 수 있었지만 그만 정체가 드러나고 말았지요."

빠른 속도로 들어오며 나의 목을 향해 검을 휘둘렀기에 고개를 숙이고는 그대로 어깨를 사용하여 그를 날려 버렸다.

쿵!!

강한 기세에 십여 미터를 날아가던 그는 땅에 처박혔지만, 아무렇지도 않다는 듯 다시 일어서서는 나를 향해 검을 들이밀고 들어왔다. 나 역시 그를 향해 검을 막으며 검을 내질렀다.

챙!

두 개의 검은 날카로운 쇳소리와 함께 마주쳤고, 우린 잠시간 대치 상태에 머무를 수 있었다.

"그들은 모든 일의 주동하는 인물이 나라는 것을 알고는 이렇게 당신과의 대결에 몰아넣은 것입니다. 제가 죽는다면 녀석들의 기사들에 대한 감시가 어느 정도 풀리겠지요. 그때를 시작으로 대대적인 왕비마마의 구출 작전이 시작될 것입니다."

"가능하다 여기는가?"

나의 말을 들은 그는 입가에 미소를 지으며 대치하고 있는 검에 힘을 주어서는 재빠르게 뒤로 물러섰다.

"구출 작전이라고는 하지만 사실 왕비마마의 서한만 얻는다면 모든 것은 끝납니다."

"서한?"

"예, 왕비마마는 소에드 공작의 외동딸이십니다. 현재는 확실한 증거를 잡지 못했기에 공작께서 움직이고 있지 않지만, 만약 아일라스 공작파에 의해 왕비마마가 비밀스러운 곳에 유폐된 것을 안다면 그 명분을 세워 대대적으로 페로인 왕정을 압박할 수 있을 것입니다."

"음……."

복잡한 정치적 이야기인지라 나로선 이해하기 어려운 이야기였지만, 왕비에 대한 그의 충성은 어느 정도 느낄 수 있었다.

"자, 이제부터 진짜로 해볼까요?"

헬스는 천천히 검을 들어서는 자세를 잡았고, 나 역시 그의 기세가 얕볼 것이 아니라는 생각에 천천히 자세를 잡았다.

"대충 블러드 스톰님의 손에 죽으려고 했는데 아무래도 그런 분은 아닌 것 같군요."

천천히 미소를 짓던 그는 순간 빠른 속도로 나를 향해 달려오기 시작했다.

"하압!!"

엄청난 마나가 담긴 검의 일격이었다. 그 속도와 스피드, 느껴지는 마나의 양에서 그가 상당한 실력을 숨기고 있다는 걸 알 수 있었다.

"하압!!"

쉽게 피하지 못할 기세인 것을 보며 더 이상 피하지 않고 그를 향해 한 발을 앞으로 내디뎌 검을 휘둘렀다.

쿠구궁!!

그가 휘두른 검에서 나온 검기는 일대를 뿌연 모래먼지로 가득하게 만들었다.

잠시 후 천천히 모래먼지가 가라앉으며 사라진 곳에 한 사람이 피를 흘리며 쓰러져 있는 것이 보였다. 나의 검에 복부를 베인 헬스의 시신이었다.

스스로 죽음의 길로 걸어간 왕비의 기사에 대해 예를 표하고 싶었지만, 애석하게도 나에게 그런 기회는 오지 않았다.

천천히, 천천히 인간이라고 보기 어려울 정도의 마나를 가진 존재가 느껴져 왔기 때문이다.

검투장의 한쪽 바닥이 드르륵 소리와 함께 서서히 열리기 시작했고, 그곳에서 한 명의 기사가 모습을 드러내기 시작했다.

푸른색의 머리에 부드러운 눈을 가진 이십 대 후반의 젊은 기사. 난 그가 내가 기다리고 있던 고위 마족의 한 사람 샤브레라는 것을 알 수 있었다.

샤브레는 승강대가 검투장으로 모두 올라가자 천천히 앞으로 걸어와서는 주위를 훑어보았다.

"지저분한 일을 했군."

그 말과 함께 가볍게 손을 내젓자 광풍이 일며 순식간에 바닥에 쓰러져 있던 검투사들을 날려 버렸다.

쿵!!

"끄아악!"

검투사들은 엄청난 바람에 순식간에 검투장의 벽 쪽으로 날려가 버려 살아 있는 사람은 비명 소리를 내며 땅바닥이나 벽에 처박혀 죽임을 당하고 있었다.

"하압!!"

더 이상 보고 있을 수 없었던 난 그를 향하여 빠른 속도로 검기를 날렸는데, 그는 왼손에 들려 있던 카이트 실드에 마나를 집어넣어 가볍게 나의 검기를 튕겨 버렸다.

카이트 실드에 튕겨 나간 검기는 관중석으로 날아가서는 이 경기를 보고 있는 사람들을 찢어발기고 있었다.

"끄아악!!"

"까아악!

순식간에 튕겨져 날아간 나의 검기에 의해 사람들이 죽임을 당하자 함부로 검기를 날릴 수가 없었다.

"루비드를 죽인 자라서 기대했는데 이거 실망인걸?"

그는 내가 날린 검기에 찢겨져 죽은 이들을 보곤 미소 지으며 말했는데, 그 미소를 보는 순간 소름이 끼칠 수밖에 없었다.

「마나를 끌어올려라. 고위 마족의 정신파다!」

내가 소름이 끼치는 것을 느끼고 있을 때 검에 있는 킬리스가 다급하게 나의 머리 속으로 소리를 질렀다.

"정신파?"

「그래, 고위 마족들은 일종의 정신파라는 것을 가지고 있는데, 마나를 가지고 있지 않은 인간이라면 그 정신파로 인해 두려움에 떨게 되지. 일종의 드래곤 피어와 같은 효과라고나 할까?」

킬리스의 말에 난 몸에 있는 마나를 내뿜었고, 피의 마나는 서서히 나의 주변에 블러드 에어리어를 만들어가기 시작했다.

"호, 마나의 영역을 가지고 있군."

"마나의 영역?"

「멍청한 녀석! 마나의 영역이란 것은 네가 만들어내는 블러드 에이리어 같은 것을 말하는 것이다. 투기를 지닌 마나가 밖으로 뻗어 나와 만들어지는 공간으로, 충분히 마나로 자신을 보호하지 못하는 자는 마나의 영역 안에서 투기에 정신이 짓눌리게 되는 것이지.」

그제야 난 블러드 에이리어를 고위 마족들이 마나의 영역이라 부르고 있다는 것을 알 수 있었다.

내가 영역을 만들어내자 그 역시 가볍게 몸에서 마나를 뿜어내었는데, 그가 만든 영역은 보라색의 안개와 같은 현상을 하고 있었다.

「보라색이라… 황혼의 마신 계열에 속한 고위 마족이로군.」

"황혼의 마신?"

「고위 마족들은 자신이 모시고 있는 마신의 믿음에 따라 마나의 색깔이 좌우된다.」

처음 듣는 소리였지만 일단은 그런 것을 신경 쓸 겨를이 없었다. 샤브레는 천천히 보라색의 영역으로 내 피의 마나의 영역을 압박해 가기 시작했는데 그의 영역에 닿자 내 마나의 공간은 산산이 부서져 나가며 사라져 가기 시작했다.

그와 나의 마나력 차이가 상당해 일어난 현상이라 생각되었기에 난 킬리스를 봉인에서 꺼냈을 때 얻은 마나를 사용하기로 결심하고는 다시 마나력을 극도로 끌어올렸고, 그제야 녀석과 내 마나의 영역은 불꽃을 내며 서로를 밀어내기 시작했다.

"하압!!"

어차피 영역의 좁고 넓음이 승패를 가르지 못한다는 것을 알고 있는 그를 향해 빠른 속도로 쇄도해 들어가면서 얼굴을 향해 검을 찔러갔다.

챙!!

끌어올린 마나를 카이트 실드로 가볍게 막은 그는 오른손에 들려 있던 블러드 소도를 그대로 허리를 두 동강 낼 정도의 기세로 자신의 검을 휘둘렀다.

급히 왼발에 힘을 주어 뒤로 튕겨져 나가며 녀석의 공격을 피할 수 있었다.

일단 녀석을 쉽게 상대하기 위해선 카이트 실드부터 깨야 되겠다는 생각이 든 난 실드 브레이커의 기술을 사용하기로 결심하고 블러드 소드에 마나를 집중해 가기 시작했다.

실드 브레이커는 백병전에서 중갑보병용으로 만들어진 용병만의 전형적인 기술이었다. 일렬로 방패를 세워 밀고 들어오는 중갑보병을 상대하기 위해선 일단 장애가 되는 방패를 제거해야 했기에 마나를 사용하는 용병이 앞으로 나서 방패를 부수는 데 쓰는 기술이었다.

중갑보병은 말 그대로 무게가 나가는 갑옷을 입고 있기 때문에 방패가 부서진다면 보통의 보병에 비하여 스피드가 느려 사제 갑옷을 입고 있는 용병들에게 밥이 될 수밖에 없어 상당히 유용하게 먹히고 있는 기술 중 하나였다.

전쟁 용병인 나였기에 이러한 실드 브레이커 기술을 몇 개 가지고 있었다.

대륙의 실드는 그 본체는 나무로 만들어지지만 병기의 발달로 인해 나무로 만든 방패는 효용도가 크게 떨어지고 있었다. 나무 방패는 중병기에 쉽게 부서지기 때문이다.

그런 이유로 기사들의 방패에는 완전히 금속으로 만들어진 방패와 나무로 만들어진 방패에 철판을 입히는 방패를 사용하게 된다.

샤브레가 쓰고 있는 방패는 금속으로 만들어진 방패였는데, 마나를 다루는 검사들의 경우에는 비싸긴 하지만 마나 전도율이 높은 방패를 사용하기 때문에 미쓰릴이나 은이 섞인 혼합 금속으로 만들어진 방패를 사용하는 것으로 알고 있어 그 역시 그런 종류의 방패라는 것을 알 수 있었다.

하지만 이런 혼합 금속은 마나를 사용하면 강도가 높아지기는 하지만 정면 방어도에 비해서 측면 방어도는 약하다고 할 수 있었다.

즉, 방패의 옆 모서리 부분에 병기로 강타당하게 되면 철 방패의 경우는 우그러지거나 이빨이 나가는 정도에 그치지만 혼합 금속의 경우에는 찢어지는 현상을 겪게 되는 것이다.

이런 것을 이용한 기술이 바로 실드 브레이커의 기술이다.

실드 브레이커 기술은 두 가지로 나눌 수 있는데 첫째는 방패 자체를 없애는 기술, 둘째는 방패를 잡고 있는 팔을 공격하는 기술이다.

"하압!!"

샤브레의 공격을 막으며 녀석의 방패만을 계속해서 강타해 가기 시작했다.

일단은 방패라고 하는 것이 상대의 검을 막기에 편하기는 하지만 그만큼 자신이 공격할 수 있는 공간도 잡아먹는 것이 보통이었기에 방패를 이용한다면 상대의 어중간한 공격은 쉽게 피할 수 있었다.

그런 것을 이용하여 방패를 연속적으로 강타하기 시작하자, 샤브레는 공격을 위해 방패를 옆으로 돌릴 수밖에 없었는데, 그때가 바로 실드 브레이커를 사용할 때였다.

보통의 중장갑 병사들이라면 실드 브레이커 기술은 중병기를 이용하여 방패를 잡고 있는 상대의 팔에 충격을 주는 것이다. 아무리 방패라고 해도 중병기의 위력을 해소시키는 것이 아니기 때문에 방패를 들고 있는 자의 움직임은 둔해질 수밖에 없었다.

샤브레는 중장갑을 입고 있지만 그들과는 완전히 다른 실력의 소유자였기에 방패는 그만큼 나의 공격을 쉽게 막을 수 있는 방어구였다.

일단은 유효타를 날리기 위해서 난 녀석을 계속적으로 공격한 것이고, 그 역시 나를 쓰러뜨리기 위해선 방패를 옆으로 돌릴 수밖에 없는 것이다.

"하압!!"

난 그 순간을 놓치지 않고 방패의 옆 모서리를 향해 빠른 속도로 검을 날렸고, 그 순간 그의 방패는 쩌억 하는 소리와 함께 반이 갈라지고 말았다.

방패가 갈라져 버리자 샤브레는 무표정한 모습으로 자신의 방패를 쳐다보고는 바닥에 던지며 중얼거렸다.

"역시 방패는 쓸 게 못 되는군."

그 말과 함께 들고 있던 검을 들고는 빠른 속도로 쇄도해 들어와서는 마나가 담긴 검을 내려치기 시작했다.

검기가 상당히 유용한 공격이라고는 하지만 그 파워 면에서는 검에 마나를 집어넣어 휘두르는 편이 더 높았다.

마나를 거의 대부분 검에 밀어 넣어서는 간신히 녀석의 검을 막고는 있었지만, 그의 파워에 밀려 손이 저려오고 있었다.

이대로 가다가는 검을 놓쳐 버릴 것 같았기에 급히 발을 들어서는 녀석의 무릎을 걷어찼다.

"크윽!!"

풀 플레이트 아머를 입고는 있다지만 무릎의 관절까지 보호가 되는 것은 아니었다.

나의 마나가 담긴 발에 걷어차인 그는 얼굴이 일그러졌고, 그 순간을 놓치지 않고 난 녀석의 목을 향해 검을 찔러갔다.

나의 공격을 제때 피하지 못하겠다고 생각한 그는 왼손을 들어 나를 향해 시동어를 외치고는 마법을 사용했다.

"다크 파이어 애로우!!"

"칫!!"

암흑 마법의 화염 계열 다크 파이어 애로우가 날아오자 급히 몸을 뒤로 눕히며 마법을 피할 수 있었는데, 그가 사용한 파이어 애로우는 관중석에서 큰 불길을 일으키며 사람들을 태워 버리고 있었다.

"나에게 마법을 사용하게 하다니 놀랍군."

샤브레는 인간인 나의 실력에 크게 감탄한 듯한 표정으로 이마에 흐른 땀을 닦고는 서서히 몸의 힘을 집중하기 시작했다.

"크와앗!!"

그 순간 그의 몸에서 엄청난 보라색의 기운이 폭발하듯 터져 나오더니 입고 있던 플레이트 아머를 모두 날려 버렸는데, 그 모습을 보며 관중들 사이에선 크게 놀란 목소리가 들려왔다.

샤브레, 그가 고위 마족의 본모습을 사람들 앞에 드러냈기 때문이다.

"까아악!!"

마족이 나타나자 사람들은 도망가기 시작했고, 어느새 관중석은 아수라장으로 변해가고 있었다.

"흐흐흐! 이제부터가 진짜다!"

두 개의 뿔과 함께 날개를 가지고 있는 샤브레는 검을 들고 빠른 속도로 나의 앞으로 날아왔는데, 그 스피드가 엄청난지라 단지 바람이 스쳐 지나가는 듯한 순간이었음에도 나의 팔뚝에는 긴 검상이 나 있었다.

「멍청이! 눈으로 좇지 말라고! 마나의 영역은 뒀다가 죽 쒀 먹을 생각인가!」

"마나의 영역?"

「그래, 마나의 영역은 자신의 몸과 같다. 그 안에선 녀석의 움직임에 빠르게 반응할 수 있다고!」

킬리스의 말을 들으며 난 천천히 눈을 감았다. 눈을 뜨고 있다면 녀석의 움직임을 눈에 의존할 수 있었기 때문이다.

"큭!!"

또 한 번의 습격, 간신히 이번에는 어느 정도 느낌이 있어 몸을 옆으로 피할 수 있었고, 검은 다시 왼쪽 어깨에 검상을 만들었다.

'천천히 정신을 집중해야 한다.'

난 흥분하면 안 된다는 생각에 상처의 고통 속에서도 천천히 정신을 집중해 갔다. 그때 나의 영역을 깨고 무엇인가가 날아온다는 느낌이 들었고, 난 빠른 속도로 몸을 날렸다.

쿠구궁!!

엄청난 폭발은 나를 날려 버렸다.

녀석은 내가 마나의 영역을 느끼고 있는 걸 보며 마법을 날려 공격했던 것이다.

"헉!!"

폭발로 인해 정신이 없을 때 갑자기 머리 위에서 무엇인가가 내려쳐 오고 있다는 것을 느낀 난 급히 검을 들어 막았다.

챙!!

푸른색의 불꽃이 튀기며 강한 쇳소리가 들렸기에 샤브레라는 것을 판단하고는 몸을 앞으로 날려 녀석의 공격에 대비했다.

아무런 소리도 없이 공격해 들어오는 녀석에게 정신이 없을 정도였다. 그는 나에게 무슨 감정이란 것도 없는 듯 보였다.

같은 마족 출신인 루비드란 자가 나의 손에 죽었다는 것을 알고 있을 그였음에도 아무런 말조차 없었다.

보통 사람이라면 자신이 우위에 있을 땐 상대방의 기를 죽이기 위해 협박과 같은 말을 하기라도 하련만, 아무런 말도 없이 어디선가 나에게 검을 날릴 뿐이었다.

눈에 보이지도 않는 스피드로 조용하게 나의 목을 노리고 있는 인물, 등에서 식은땀이 흐르고 있는 것을 느낄 수 있었다.

지금까지 싸워왔던 자들과는 완전히 다른 인물이었다.

하지만 여기서 죽을 수는 없었다. 어떻게든 녀석을 쓰러뜨리지 못한다면 지금까지의 모든 노력은 허사가 될 뿐만 아니라 납치되어 간 딸과 두 사람 역시 구하지 못할 것이기 때문이다.

'집중해라…….'

난 또다시 마나의 영역을 느껴가기 시작했다.

이번에는 반드시 녀석의 공격을 확실하게 느껴 반격을 가할 수 있기를 바라면서 말이다.

천천히 정신을 집중했다. 어느 정도 마음이 고요한 상태로 돌입하자 조금씩 사물의 모습이 그려지기 시작했다.

마나의 영역 안에 있는 존재들이 마치 눈에 보이는 것과 같이 드러나기 시작한 것이다. 하지만 눈으로 본 것과는 달랐다.

「마나는 신체와도 같은 것, 인간에겐 본능이란 것이 있다. 무엇인가 해가 되려 하는 것이 몸에 닿으면 본능적으로 움츠려지는 것과 같은 것이지. 넌 마나의 영역을 신체와 같이 만들어 적이 오면 움츠리는 것이 아닌 공격하는 자세의 본능으로 만들어야 한다.」

킬리스의 말을 들으며 난 천천히 마나의 영역에 눈이 떠가기 시작했다.

'저기닷!'

나의 주위에 살짝 무엇인가 스치고 지나가는 것을 느낄 수 있었다. 그것은 이질적인 기운, 결코 주위의 사물이 아니라는 것을 알 수 있었다.

빠른 속도로 난 녀석을 쫓아 움직였고, 그 움직임을 포착할 수 있었다.

"하압!!"

난 그 움직임을 따라 검을 휘둘렀지만 나의 신체는 감각의 스피드를 따라가지 못하고 있었기에 번번이 녀석의 신형을 놓치는 것은 물론이요, 허벅지와 허리 부분에 녀석의 검까지 허용하고 말았다.

하지만 몸이 따라가지 못한다고 해서 마나가 따라가지 못하는 것은 아니었다.

나에겐 아직 마나가 남아 있었기에 검에 모든 마나를 모았다.

녀석이 다시 한 번 다가온다면 빠른 속도로 검기를 날려 녀석을 쓰러뜨리기 위함이었다.

침묵의 시간, 블러드 에이리어를 통해 녀석이 나의 주위로 접근해 오기를 기다리고 있었고, 드디어 한순간 이질적인 기운이 나의 영역을 스치고 지나가는 것을 느꼈다.

녀석의 공간과 나의 공간이 마주치는 느낌, 아직은 더 기다려야 한다는 생각에 계속 마나를 검에 모아두었다.

그리고 강한 기운이 나의 온몸을 뒤덮어가고 있을 때, 에이리어를 형성하기 위한 마나까지 검에 투입한 후 그 기운을 향해 검기를 날렸다.

쿠구궁!!

"끄아악!!"

그 순간 비명 소리와 함께 얼굴로 차가운 액체가 뿌려졌고, 천천히 눈을 뜰 수가 있었다.

눈앞으로는 샤브레의 모습이 드러났다.

복부에 커다란 구멍이 뚫린 채 고통스러워하는 얼굴. 하지만 그 고통은 얼마 지나지 않아 사라져 버리고 있었다.

보라색의 영이 서서히 그의 몸에서 빠져나오기 시작했고, 그 영기는 서서히 소울 브레이커에게 빨려 들어가기 시작했다.

"이건……."

그 힘은 천천히 검으로 빨려 들어갔다.

「그것이 바로 소울 브레이커다. 녀석이 죽자 그 영이 검으로 빨려 들어간 것이지.」

"루비드 때는 이런 일이 없었지 않는가?"

「그때는 소울 브레이커의 힘이 많이 소비된 상태였기에 영혼의 흡입을 할 수가 없었던 것이다. 어느 정도 힘이 모여 있어야만 흡입도 가능한 것이지.」

"음……."

하지만 이럴 때가 아니었다. 관중석을 살펴보니 많은 사람들의 시신이 보였다.

고위 마족의 출현과 함께 검투장을 빠져나가려던 사람들이 죽은 것이다.

난 칼센의 말에 따라 다른 곳보다는 얇을 것이라 예상되는 북서쪽 통로를 찾기 위해 뛰었다.

제20장 **페로인 왕국의 쿠데타**

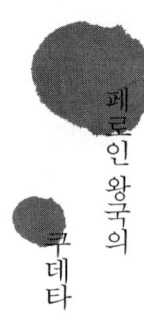

페로인 왕국의

쿠데타

"블러드 스톰이 탈출하려 한다! 쏴라!"

갑자기 내가 빠른 속도로 움직이자 왕국의 병사들은 그제야 눈치를 채고는 나를 향해 활을 쏘아대기 시작했다.

한꺼번에 수십 명의 궁병이 활을 쏟아 부었지만 나에게는 장난감 정도일 뿐이었다.

마나를 사용하여 몸에 두터운 막을 만들어 뛰고 있기 때문에 나의 몸에 적중한 화살은 모두 방향이 바뀌며 떨어지기 때문이다.

물론 이런 방법은 상당한 마나를 소비하고 있기 때문에 빨리 탈출구를 찾지 못하면 위험할 수 있었다.

칼센이 말해 준 곳을 찾아간 나는 검에 마나를 모아서 그대로 바닥을 향해 내려쳤다.

쿠구궁!!

다행히 그가 말했던 것이 틀리지는 않았던지 바닥은 허물어지듯이 무너졌고, 그곳으로 몸을 날렸다.

검투장은 노예 검투사들이 빠져나가지 못하도록 미로처럼 만들어져 있는 곳이고, 군데군데 철창이 복도를 막아서고 있었지만 이것이 도리어 병사들의 속도를 더디게 하고 있는지라 큰 도움이 되고 있었다.

칼센이 말해 준 통로를 따라 한참을 빠져나오자 나의 앞에는 철장의 뒤로 활을 겨누고 있는 십여 명의 병사들의 모습이 보였다.

"멈춰 서라!"

나의 모습을 보며 그들을 지휘하고 있는 기사가 소리쳤기에 멈출 수밖에 없었다.

'음… 틀린 것 같군. 강행 돌파를 해야 하는가.'

검에 마나를 불어넣어 검기로 녀석들을 쓰러뜨리려 하고 있었는데 그때 놀라운 일이 벌어졌다.

병사 몇몇이 검을 들어서는 기사와 몇몇의 병사들을 순식간에 베어 쓰러뜨렸기 때문이다.

"안심하십시오. 가우레시스의 병사들입니다."

그들은 나에게 가우레시스의 병사들이라 말한 후 천천히 철문을 열었고, 그제야 이들이 칼센이 말한 이들이라는 것을 믿을 수가 있었다.

"자네들은 어떻게 할 텐가?"

이렇게 상관을 죽인 걸 들킨다면 살아남지 못할 것을 아는 나로서는 물어보지 않을 수 없었는데 그들은 미소를 지으며 말했다.

"하하하, 걱정 마십시오. 약간 돈을 먹이고 블러드 스톰님의 일로 전가시키면 우린 충분히 빠져나올 수 있습니다."

"그런가. 음……."

"그 대신 가시기 전에 상처를 좀 내주기 바랍니다."

"알겠네."

그렇게 말한 난 검을 휘둘렀고, 나를 도와준 병사들은 부상을 입고는 자리에 쓰러졌다. 일단 빨리 일을 처리해야 되기 때문에 바로 검을 휘두른 것이다.

"큭! 이제 가십시오."

병사들의 대장인 자의 말에 고개를 끄덕이고는 뛰어가기 시작했다. 멀리서 수십 명의 발자국 소리가 들리는 것으로 보아 추적하고 있는 병사들이 가까이 왔다는 것을 알 수 있었다.

한참을 통로를 뛰자 빛이 새어 나오기 시작했고 난 그곳이 검투장을 빠져나가는 길이라는 것을 알 수 있었다.

채재쟁!

하지만 일은 그렇게 쉽게 풀리지 않는지 입구의 밖에서는 이미 백여 명의 병사들이 내가 나오기를 기다리고 있었던 것이다.

"하하하, 네 녀석이 쉽게 빠져나갈 수 있다고 생각했더냐!!"

입구를 지키고 있던 병사들의 지휘관인 듯한 기사가 검을 겨누며 나를 향해 소리치고 있었기에 난 긴장하지 않을 수 없었다.

이들을 물리치는 것은 가능하겠지만 이들만 있는 것이 아니기에 이들을 쓰러뜨릴 시간엔 다른 병사들이 모여들 것이기 때문이다.

"음……."

하지만 일단은 해보는 데까지 해야 된다는 생각에 마나를 모아 쇄도해 들어갈 준비를 했는데 그때 다행히 나에게 도움의 손길이 있었다.

"블러드 스톰님을 구해라!!"

마침 한 사람의 목소리가 터져 나오더니 수십 명의 사람들이 검을 뽑아 나를 막아서는 병사들을 공격하기 시작한 것이다.

"칼센?"

목소리의 주인은 바로 자신을 안내하던 칼센이었다. 그는 수십 명의 용병들을 이끌고 나를 구하기 위해 달려온 것이다.

용병들은 나를 구하기 위해 병사들을 향해 공격해 들어오기 시작했고 검투장의 입구는 순식간에 아수라장으로 변하고 있었다.

"하압!"

나 역시 칼센을 도와주기 위해 병사들을 향해 빠른 속도로 쇄도해 들어갔다. 갑작스러운 용병들의 공격에 당황한 병사들은 제대로 반항조차 해보지 못한 채 그들의 검에 쓰러져야 했고, 순식간에 입구를 지키던 병사들은 쓰러지거나 도망을 갔다.

"블러드 스톰님! 말에 오르십시오!"

"칼센, 자네는 어떻게 할 텐가?"

"저 역시 뒤를 따를 터이니 걱정 마십시오."

칼센의 말에 고개를 끄덕이고는 그가 가져다 준 말을 타고 급히 약속된 장소로 말을 몰아 가기 시작했다.

예정대로라면 성의 남문 쪽에 페드로와 이스트 일행이 레비나를 구하고 기다리고 있어야 할 것이었기 때문이다.

"막아라!!"

말을 몰아 탈출을 시도하자 근처에 있던 병사들이 창을 들고는 막아서려 모이고 있었지만 검기를 날려 그들을 처리한 후 성문을 향해 말을 몰아갔다.

한참을 말을 몰아 성문 쪽으로 뛰었는데 그때 멀리 보이는 성문에서 백 명이 넘는 궁병들이 나를 향해 활을 겨누고 있는 모습이 보였다.

"칫!"

후두둑!!

화살이 발사되자 급히 말에서 내려 마나를 사용하여 말을 머리 위로 들어 화살을 막았다.

히히힝!!

말은 몸에 화살이 박히자 괴로운 듯 울음소리를 내고는 절명했지만 그대로 말을 들고 화살을 막으며 앞으로 뛰어가기 시작했다.

"우아!!"

"겁먹지 마라!"

말을 방패 삼아 화살을 막으며 쇄도해 들어오자 병사들은 크게 겁을 먹기 시작했는데 지휘관인 기사들은 병사들을 독려하며 보병들로 하여금 나를 향해 돌격케 했다.

"하압!!"

창을 들고 뛰어오는 병사들을 향해 말의 시체를 집어 던져 쓰러뜨린 후 검을 뽑아 들고는 병사들 사이로 들어가서 그들을 베기 시작했다.

평범한 병사들로 나의 앞을 막는다는 것은 숫자만 낭비할 뿐이라는 것을 모르는 기사들은 수십 명의 병사들이 쓰러졌음에도 나를 향해 공격을 지시하고 있었기에 녀석을 쓰러뜨리는 것이 급선무라는 것을 알 수 있었다.

"블러드 애로우!!"

"끄아악!!"

지휘관인 기사를 향해 블러드 애로우를 날렸고, 그는 검기에 복부가 관통당하고는 그 자리에서 절명하고 말았다.

"우아악!!"

기사가 쓰러지자 병사들은 겁을 먹고 사방으로 흩어지기 시작해 난 그대로 성문 쪽으로 뛰어가서는 앞을 막고 있는 쇠창살 문을 향해 마나가 실린 검을 휘둘렀다.

카가강!

마나가 실린 검에 닿은 쇠창살 문은 날카로운 쇳소리와 함께 잘려나갔고, 빠져나갈 수 있을 정도의 구멍을 만들어낼 수 있었다.

구멍을 통해 앞으로 나서자 나타난 거대한 성문을 온몸의 마나를 사용하여 열자 도개교의 모습이 드러났다.

도개교는 이미 나의 탈출 소식을 듣고 올려져 있었지만 온 힘을 다해 도개교를 향해 뛰었고, 간신히 도개교를 차듯이 올라 그 끝까지 오를 수 있었다.

"차압!!"

성에 파여져 있는 해자의 넓이는 약 10미터 정도였지만 망설이지 않고 몸을 날렸다.

"쏴라!!"

내가 도개교 위로 뛰어올라 해자의 바깥쪽으로 몸을 날리자 성벽 위에 설치되었던 쇠뇌가 나를 향해 쏘아지기 시작했다.

"블러디안 댄스!!"

쇠뇌를 맞을 수는 없었기에 몸을 회전시켜 검기 기술을 사용해 날아오는 쇠뇌들을 쳐내며 간신히 해자의 끝에 착지할 수 있었다.

내가 땅으로 착지하자 그 순간 성의 바깥 부분에서 마차 한 대가 빠른 속도로 달려오기 시작했는데 마부석에 있는 사람의 얼굴을 보고는 안도의 한숨을 내쉴 수 있었다.

바로 이스트였기 때문이다.

그는 나의 앞으로 마차를 몰고 와서는 급히 방향을 꺾어 오른쪽으로 말을 몰아갔고 난 그대로 마차를 향해 몸을 날렸다.

빗발치듯이 쏟아지는 화살을 피해 마차는 빠른 속도로 질주하기 시작했고, 마차 몇 부분에 쇠뇌를 허용하는 것으로 그들의 공격을 피할 수 있었다.

마차에 오른 난 달리는 와중에 문을 열고 안으로 들어설 수 있었는데 그곳에는 에드워드와 페드로가 앉아 있었다.

"수고하셨습니다."

"고생했군요."

하지만 난 그들의 인사를 받을 생각도 하지 않은 채 레비나를 찾았는데 다행히 마차의 구석에서 모포를 끌어안은 채 잠에 빠져 있는 아이의 모습을 볼 수 있었다.

"한발만 늦었어도 큰일 날 뻔했습니다. 더러운 개자식들, 어린아이를 이렇게 험하게 다루다니……."

페드로는 아이를 발견했을 때의 일이 생각났는지 분을 참지 못한 채 떨고 있었고, 난 천천히 모포에 감싸여져 있는 레비나에게 다가갔다.

핼쑥해진 얼굴, 두 눈가에는 말라 버린 눈물 자국만이 남아 있었기에 가슴이 쓰려왔다.

'레비나…….'

하지만 이렇게 구할 수 있었다는 것에 안도감을 가지며 레비나를 가슴 깊숙이 안아주었다.

"으음……."

갑갑한지 레비나는 작은 신음을 하고 있었기에 천천히 그녀의 머리를 쓰다듬어 주며 내려놓은 후 페드로를 향해 물었다.

"헤레나와 레이드가 있는 곳은 알아내었는가?"

"그것이 아무래도 아직 다크 솔루션의 본거지에 잡혀 있는 것 같습니다."

"음……."

이렇게 된다면 아직 일은 많이 남아 있다고 할 수 있었다.

그리피스가 배려한 기사들에 의해 안전하게 피할 수 있었던 우린 마차를 타고 그리피스가 말한 마을로 향했고, 두 시간 정도가 지났을 때 담요를 덮은 채 잠들어 있던 레비나가 눈을 떴다.

"으아아앙!!"

구출된 후 꽤나 고생을 했는지 핼쑥해져 버린 레비나는 나를 보자마자 울음을 터뜨렸다.

아직 어린 나이임에도 어른들의 더러운 야욕에 심한 고생을 했기 때문이다. 하지만 아이의 울음에 나로선 오히려 안도감이 밀려왔다.

울고 있었지만 그 울음소리로 존재감을 확인할 수 있었기 때문이다.

하지만 레비나를 구출했다고 해서 가만히 있을 수는 없었다.

아무리 소중한 사람을 구했다고는 해도 그 외에 다른 이들도 남아 있었기 때문이다.

일단은 납치된 두 사람을 구하는 것이 급선무라고 생각한 난 눈물을 글썽거리고 있는 레비나의 머리를 천천히 쓰다듬어 주며 물었다.

"레비나, 네가 납치되었던 곳이 어딘지 알 수 있겠니?"

나의 질문에 레비나는 고개를 저으며 말했다.

"흑흑, 몰라. 어딘지는 모르겠는데, 귀족들이나 사는 큰 집이었는데 레비나는 마차에 묶여 있어서 어디로 갔는지도 몰라. 거기서 어떤 가면을 쓰고 있는 나쁜 아저씨를 만났는데, 레비나 머리 막 땡겨서 무지 아팠어. 흑흑."

아직 충격에서 벗어나지 못한 채 두서없이 말을 하고 있는 레비나를 가슴에 안고는 페드로를 보며 말했다.

"아무래도 레비나에게선 알아낼 것이 없을 것 같군."

"예, 하지만 레비나를 납치했던 공작은 무엇을 알고 있으리라 생각합니다."

"공작?"

"예, 이스트가 가져온 정보에 의하면 공작이 의문의 집단과 내통을 하고 있다는 이야기가 있었기 때문입니다."

"음."

이렇게 되면 우리로선 역부족일 수밖에 없었다.

페로인 왕국에서 권력을 잡고 있는 공작을 상대로 세 명이 할 수 있는 일은 없었기 때문이다.

"그리피스 백작에게 도움을 청해야겠군."

그가 알려준 방향으로 마차를 몰아갔기에 추적대들을 피해 무사히 빠져나올 수 있었지만 시간을 허비하고 있을 수는 없었기에 왕도를 지키기 위해 나와 있던 그리피스의 군대로 향했다.

그를 만난 난 검투장에서 싸운 노예 검투사 헬스가 했던 이야기를 그리피스에게 이야기했고, 이야기를 모두 들은 그는 상당히 놀랍다는 표정을 지으며 말했다.

"그렇군요. 왕비마마가 서궁에 계시다고 생각했는데 폐하가 공작 각하를 속이려 했다는 말씀이시군요."

한참을 생각하던 그는 우리를 보며 말했다.

"만약 왕비마마가 다른 곳으로 유폐되셨다고 한다면 그것은 제가 모시는 소에드 공작 각하의 반란에 대비한 생각일 것입니다. 물론 공작 각하께서는 왕좌 같은 건 바라지 않으시지만 말입니다."

"어떻게 할 생각입니까?"

"글쎄요, 공작 각하께 말씀드려야 알겠지만 제 생각엔 이대로 왕도를 점령하는 편이 훨씬 편하리라 생각되는군요. 멘트라 왕국으로 거의 대부분의 군대가 출정한 아일라스 공작보다는 저희 쪽이 수적으로는 훨씬 앞서고 있으니까요. 하지만 회군의 경우를 생각한다면 이번 출정에서 최소한의 손실로 왕성을 점령해야 합니다."

"그렇군요."

그리피스는 왕성을 공격하기 위한 준비 사항을 계속 우리에게 이야기해 주었고, 이제 드디어 결전의 시간이 다가오고 있었다.

그리피스가 우리에게 맡긴 일은 성안으로 잠입하여 페로인 왕국의 왕을 사로잡는 일이었다. 이번 아일라스 공작과 다크 솔루션의 일당을 몰아내는 일이 왕을 폐위시키는 일이 아니었기 때문이다.

다시 한 번 페로인 왕국의 왕도로 진입하게 된 우리는 밤을 틈타 성의 가까이로 빠른 속도로 잠입해 들어갔다.

왕국의 해자 넓이는 약 10미터, 성벽의 높이가 12미터 정도가 된다는 것을 감안한다면 쉽게 성을 넘을 수는 없었지만 어느 정도 장비를 준비해 오고 있는지라 그리 힘들지는 않다고 생각했다.

갈고리를 사용하여 조심스럽게 성벽의 벽 사이의 틈을 타고 올라가기 시작했고, 약 십 분 정도의 시간이 지난 뒤 성벽의 윗부분까지 오를 수 있었다.

조심스럽게 성벽 위에서 보초를 서고 있는 병사들의 모습을 확인하며 움직임을 관찰하던 난 천천히 밧줄을 내렸고, 그 밧줄을 타고 이스트와 페드로들이 올라왔다.

그들 역시 갈고리를 사용하여 성벽 위에서 몸을 버티어 나가며 기회를 포착했다.

가자!

나의 수화가 전해지자 우린 빠른 속도로 성벽을 지나 몸을 날렸고 간신히 보초의 눈을 피해 반대쪽 성벽에 매달릴 수 있었다.

성벽의 안쪽은 그리 경계하는 보초의 숫자가 많지 않았고, 성벽의 군데군데에 침입자를 대비한 불을 피워놓고 있었는지라 그늘에 속하는 성벽은 더욱 어둡게 보일 수밖에 없었기에 안전하게 성벽을 타고 성안으로 진입해 들어갈 수 있었다.

외성 벽을 지나 마을로 진입해 들어간 우리는 조심스럽게 옷을 갈아입고는 근처에 있는 술집으로 향했다.

술집에는 그리피스가 수년 전에 잠복시킨 첩자가 있었기에 우린 그 첩자가 말해 주는 비밀 통로를 따라 내성으로 잠입, 왕성으로 진입해 들어갔다.

외성 안의 술집은 자정이 넘은 시간임에도 불구하고 많은 사람들이 머무르고 있었는데 그들의 대부분이 용병이나 병사들이었다.

페로인과 멘트로의 국경 분쟁이 더욱 가속화됨에 따라 페로인 왕국에서도 대거 용병들을 모집하기 시작했기에 모여든 사람들이었다.

내 얼굴은 이미 많은 사람들에게 알려져 있어 마법사로 변장하고는 후드를 뒤집어쓰고 있었기에 술집에 있는 사람들은 모두 용병이 되기 위해 온 하류마법사라고 생각하는 듯했다.

지팡이를 짚으며 술집 안으로 들어간 난 일행들과 함께 근처에 있는 자리에 앉았고, 얼마 지나지 않아 술집의 여점원이 퉁명스러운 얼굴로

와서는 주문을 했다.

"뭐로 드시겠어요?"

"레드 크로스 한 병."

"예."

간단히 와인을 시킨 우린 탁자 위의 첩자가 알아볼 수 있는 하나의 표식을 올려놓았다. 붉은색으로 수놓아져 있는 가죽 표지가 덮여져 있는 페로인 왕국의 역사서로, 술집에서 이런 것을 가져오는 이는 없었다.

술집에 이런 책을 가져오는 이들은 학자들이나 마법사들 외에는 없었기에 왕국의 병사들 역시 별로 의심하는 이들은 없었다.

잠시 후 여점원이 와인 한 병을 가져다 놓았고, 우린 아무런 이야기 없이 조용히 술잔을 나누고 있었는데 그때 한 병사가 우리들 앞으로 와서는 역사책을 보며 말했다.

"페로인 왕국의 역사서로군요."

"예, 왕국의 역사에 관심이 많아서요."

"그렇습니까? 전 비로드 3세 폐하께서 치정하시던 때의 일에 관심이 많은데 이야기 좀 나눌 수 있을까요?"

"예."

페로인 왕국의 역사 중 비로드 3세가 치정하던 시기는 왕국의 혼란기에 속해 있었다. 술과 여인에게 관심이 많았던 비로드 3세는 그가 치정하고 있는 20년 동안 수많은 폐단을 낳았고, 그로 인해 각지에선 수많은 반란이 일어난 시기였다.

비로드 3세 때의 일에 관심이 있다고 다가온 병사는 바로 그리피스가 왕도로 보낸 첩자, 우리들의 비로드 3세에 관한 이야기는 바로 접선을 위한 암호였다.

난 여점원에게 잔을 하나 주문하고는 그에게 와인을 따라주었고, 그는 단숨에 와인을 입에 넣고는 만족스럽다는 듯이 미소를 지으며 이야기를 나누었다.

우리들이 그와 나누고 있는 이야기는 단순한 역사의 이야기에 지나지 않았지만 그 속에는 몇 가지 비밀 사항이 숨겨져 있었다.

그 병사는 상당한 지식을 쌓고 있는 엘리트였는지 역사의 이야기를 하면서 간간이 그것을 빗대어 왕궁의 배치되어 있는 병사들의 숫자와 함께 잠입로에 대해 말해 주고 있었다.

"당신에게 안트라네의 축복이 있기를 바랍니다."

한 시간 정도의 이야기가 끝난 후 그는 신의 축복을 받으라는 말과 함께 술집을 나갔다. 대지모신 안트라네를 믿는 페로인 왕국에서는 흔히 있는 인사말이었지만 나에게 그것은 새롭게 다가오고 있었다.

안트라네의 축복이란 단순히 행운을 말하는 것이 아니었다. 오랜 노력 끝에 얻어지는 하나의 결실, 그것이 바로 안트라네의 축복이기 때문이다.

그가 말해 준 내성으로 잠입할 수 있는 통로는 내성 동쪽에 있는 하나의 신전에 만들어져 있었다.

오래전 페로인 왕국의 왕족들을 위해 만들어진 탈출로였지만 오랜 시간이 지난 뒤 왕족에게조차 잊혀진 길이었다.

어떻게 이런 통로를 알게 되었는지조차 궁금할 정도였지만 일단은 쉽게 성안으로 진입할 수 있는 통로가 있다는 것에 안도감을 가질 수 있었다.

안트라네 신전은 거의 모든 시간이 개방되어져 있는 공간이었기에 우리로선 아무런 문제 없이 쉽게 들어갈 수 있었다.

내성으로 들어갈 수 있는 통로가 있는 곳은 신전의 중심부에 있는 여신의 석상의 밑 부분인 고전적인 왕가의 지하 탈출로 방식이었기에 어렵지 않게 그 위치를 파악할 수 있었던 우리는 통로를 따라 안으로 들어갔다.

그리피스의 첩자인 그가 이야기해 준 이 신전에는 하나의 전해져 오는 이야기가 있다고 했다. 비운의 공주와 신상을 만드는 장인과의 사랑 이야기.

신전의 장인은 공주를 만나기 위해 이 신전에 석상을 만들었고, 그 통로를 통해 공주를 만났지만 어느 날 그것이 발각되어 죽임을 당했고 공주는 이 통로 안쪽의 비밀 방에서 장인을 기다리다 죽임을 당했다는 이야기였다.

이런 류의 이야기는 하류계급들 간의 불만을 드러낸 흔한 이야기였지만 실제로 석상을 만들어낸 장인은 상류 계층의 여인을 사랑하다 죽임을 당했다고 한다.

그리고 오랜 시간 뒤에 내가 이 통로의 끝의 문을 열었을 때 잊지 못하고 있던 한 여인의 얼굴을 보게 되었다.

비밀스럽게 만들어진 벽을 열고서 안으로 들어서자 화려하게 꾸며진 방이 드러났고, 우린 조심스럽게 방 안으로 진입해 들어갔는데 그곳에서 여인의 기도하는 모습을 볼 수 있었다.

등불에 빛을 발하는 금발을 늘어뜨리고 아름다운 여체의 곡선이 드러나는 잠옷을 입고 있는 여인은 자신의 앞에 있는 질서의 여신 아이네스의 작은 조각 앞에서 기도를 하고 있었던 것이다.

"아리안느?"

아름다운 여인의 기도하는 모습. 그 얼굴을 보며 나도 모르게 말을 내뱉고 말았고, 타인의 목소리가 들리자 그녀는 놀라는 표정으로 뒤를 돌아보았다.

"블러드 스톰 씨?"

아리안느였다. 아직도 처음 만났을 때의 청초하고 아름다운 모습을 그대로 가지고 있는 아리안느를 보며 뭐라고 말을 할 수가 없었다.

그녀의 눈에 보이는 망설임과 슬픔의 눈동자.

무엇을 망설이고 무엇을 슬퍼하고 있는 것일까? 점차 짙어가는 그녀의 눈을 보며 천천히 그녀의 앞으로 걸어갔다.

"당신이……."

"블러드 스톰 씨……."

그녀는 나의 품으로 달려와 안겨 눈물을 터뜨렸고, 난 아무 말 없이 그녀의 등을 토닥여 주었다.

무엇인가 큰 슬픔이 그녀에게서 느껴졌기에 타인의 아내가 된 그녀를 밀어낼 수가 없었다.

나와 같이 통로로 들어온 이스트들은 아무 말 없이 방을 나가 이미 예정되어 있던 일을 처리하기 위해 나섰고, 방에는 나와 아리안느만이 남았다.

처음 그녀를 만났을 때와는 달리 그녀는 성숙한 여인이 되어 있었다.

당돌하고 활기에 넘쳤던 그녀는 이제 다소곳한 여인이 되어 품에 안겨 있기에 무어라 말할 수가 없었다.

아직도 그때의 깨끗함이 남아 있는 아리안느가 헬스가 말했던 사악한 왕비라는 것이 믿어지지 않았다.

왜 그녀는 페로인 왕국의 왕비가 되어 있는 것일까? 무슨 일로 그런 악명을 가진 여인이 되었을까라는 의문이 생겨났지만 그녀의 앞에서 그 의문을 드러낼 순 없었다.

지금 품에 안겨 있는 아리안느는 연약하고 외로움에 떨고 있는 보통의 여인이었기 때문이다.

한참을 그렇게 나의 품에 안겨 있던 아리안느는 조용히 나를 응접실로 안내하고는 차를 따라주며 말했다.

"다시 블러드 스톰 씨를 만나게 될 줄은 몰랐어요."

"나 역시 마찬가지요. 아리안느, 당신이 페로인 왕국의 왕비가 되어 있을 줄은……."

나의 말에 그녀는 아무 말도 하지 않았다. 도대체 그녀의 주변에 무슨 일이 있었던 것일까? 제국의 백작 딸이 이런 중소 국가의 왕비가 되는 일은 그리 흔한 일이 아니었기에 이상하게 생각될 수밖에 없었다.

그때 난 무엇인가 뜨거운 기운이 나의 몸속에서 분출되고 있는 것을 느낄 수 있었다.

"이건……."

나의 몸에서 변화가 일기 시작하자 아리안느는 조용히 자리에서 일어나 옷을 벗기 시작했고 얼마 지나지 않아 그녀는 나의 앞에 아름다운 나신을 드러내었다.

"아리안느, 왜……?

"당신을 사랑해요."

"하지만… 이건……."

난 그녀의 행동을 거부하고 싶었지만 그녀가 나에게 대접한 차에는 약이 타 있었는지 나신의 유혹을 거부할 수 없었다.

"블러드 스톰 씨……."

"아리안느……."

그녀의 유혹을 뿌리칠 수가 없었던 난 최음제에 취해 버렸고 천천히 그녀의 몸에 손을 가져가기 시작했다.

두 시간여 정도가 지나 간신히 최음제의 약효에서 벗어났을 때는 이미 아리안느의 몸을 범한 후였다.

도저히 참지 못할 감정이 밀려온 나는 급히 옷을 입고는 돌아섰고 그녀는 그런 나를 잡지 않았다.

이스트와 페드로들에게 갔을 때 이미 그는 페로인의 왕을 사로잡은 후였다.

중년의 페로인 왕국은 갑작스럽게 난입한 우리들에 의해 재갈이 물려 있는 상태였기에 그를 끌어내는 것은 그리 어렵지 않았다.

주변에 왕을 보호하는 기사들의 시체가 널려 있는 것을 보며 오래 시간을 지체할 수 없다고 생각한 난 그들에게 지시하여 왕을 기절시킨 후 업고 성을 빠져나오도록 했다.

하지만 그 일련의 지시에서도 아리안느의 생각이 머리 속에서 떠나지 않았다.

무엇이 그녀를 그렇게 만들었는지 알 수가 없었다. 사랑? 그런 것은 아닐 것이다. 귀족의 영양으로 태어나 부족한 것 없는 그녀가 나 같은 용병을 사랑할 것이라는 것은 생각하지 않았기 때문이다.

그때 그녀가 헤어졌을 때 보인 모습은 처음 접하는 나에 대한 호기심이 커진 것이라 생각하고 있었기 때문이다.

다시 통로를 빠져나가기 위해 아리안느의 방에 들렀을 땐 이미 그녀의 모습은 보이지 않고 있었다.

"비켜라!!"

통로를 빠져나가려고 할 때 살기를 느꼈기에 빠른 속도로 왕을 업고 있는 이스트를 밀어버렸고, 그 순간 날카로운 검기가 이스트가 있던 곳에서 뻗어 나왔다.

"크윽!"

이스트를 밀어내느라 미처 피할 수가 없었기에 옆구리에 검상을 입고 말았지만 지금은 그런 고통을 느낄 새도 없었기에 블러드 소드를 뽑고는 검기가 날아온 방향을 향하여 검을 찔러 넣었다.

"크크크크!"

그 순간 누군가의 음침한 웃음소리가 흘러나오더니 검은색의 그림자가 검을 빠져나와 서서히 오른쪽으로 움직여 가기 시작했다.

「마족이다! 정신 차려라!」

킬리스는 그 그림자의 정체가 마족이라는 것을 알아차리고는 소리쳤고, 나 역시 어느 정도 그 기운의 정체를 짐작하고 있었기에 마나를 돋우기 시작했다.

그림자는 서서히 솟아올라 그 형체를 만들어갔고 얼마 지나지 않아 보라색의 긴 머리칼을 가진 젊은 미남자의 모습으로 변해서는 우리들의 앞에 모습을 드러내었다.

"네 녀석이 블러드 스톰이란 놈이겠군."

그는 잠시의 검술을 보며 나의 정체를 알아내고는 말했다. 이미 두 명의 고위 마족을 죽인 나를 다른 마족들이 모를 리는 없었기에 고개를 끄덕이며 말했다.

"당신은 다크 솔루션의 십이마족의 일 인이겠군."

"크크크, 루아페드라 한다, 피의 향을 가진 인간이여!"

루아페드란 마족은 말이 끝남과 동시에 나를 향해 빠른 속도로 쇄도해 들어와서는 양손에 들린 검을 교차해 가며 공격해 들어갔다.

지금까지 상대했던 두 명의 마족과는 달리 그는 상당히 체계적인 검술을 받아왔는지 두 개의 검을 사용함에 전혀 어색함을 보이지 않았다.

작은 편에 속하는 롱 소드를 들고 공격하고 있는 그였기에 좁은 공간에서 상대하는 것이 어려울 수밖에 없었다.

검 자체에 실린 마나가 서로 부딪침으로써 날카로운 소리와 함께 푸른색의 불꽃을 사방으로 튀겼고, 얼마 지나지 않아 그 불꽃은 방에 장식된 커튼에 튀기며 일순간에 방을 화염이 휩싸이게 만들어갔다.

"먼저 탈출해라!"

이렇게 가다간 모두가 불길에 타 죽을 것이라 생각한 나는 다른 이들에게 소리쳤고, 두 사람은 기절한 왕을 업고는 비밀 통로를 통해 방을 빠져나가기 시작했다.

"불이야!!"

"왕비님의 방에서 불이 났다!"

뜨거운 불길이 방 전체를 태우기 시작하자 그제야 화재가 일어났다는 것을 알게 된 사람들의 소리가 들리기 시작했지만 우리 두 사람의 싸움은 더욱더 치열해져 가고 있었다.

"이 안에 있던 여자는 어떻게 되었지?"

"크크크, 미안하지만 거기까지는 말해 줄 수가 없군."

빠른 동작으로 두 개의 검을 교차해 공격해 오는 그를 상대로 뒤로 밀릴 수밖에 없었다. 뜨거운 불길이 작렬하고 있었기에 온몸에는 땀이 흘러내리고 있었고, 땀이 흘러내리기에 잡고 있던 블러드 소드의 손잡이가 미끈거리고 있었다.

이렇게 가다간 불길에 타 죽을 것이라 생각한 난 더 이상 기다리지 않고 최고의 비기를 사용하여 공격하기로 결심했다.

"하압!"

온몸에 마나를 돋우어 에어리어를 형성시켜 불길을 조금씩 밀어붙이며 검을 들어 그를 향하여 검을 세워 밀고 들어갔다.

"블러디안 댄스!!"

빠른 속도로 회전을 하며 녀석을 향해 수십 개의 검기를 날렸고, 그는 두 개의 검을 휘두르며 검기를 튕겨내었기에 불길과 함께 방은 조금씩 금이 가더니 무너져 내리기 시작했다.

내가 노린 것은 바로 이것이었기에 망설이지 않고 녀석을 향해 최후의 기술을 날렸다.

"베컴 블레이드!!"

주변에 공기를 마나를 사용하여 진공 상태로 만들어 상대를 베는 기술인 베컴 블레이드는 아주 우연히 얻게 된 기술이었다.

보통의 마나를 가진 검으로는 할 수 없을 정도의 강한 절단력을 가지고 있었기에 녀석의 시선을 무너지는 돌로 하여금 가린 후 베컴 블레이드를 사용한 것이다.

"끄악!!"

날카로운 진공의 칼날이 화염과 무너지는 천장을 가르며 앞으로 나아갔고, 가려진 저편으로 나를 상대하던 고위 마족의 비명 소리가 들려왔다.

천천히 나의 발끝으로 밀려오는 보라색의 피를 보며 난 베컴 블레이드가 녀석을 베었다는 것을 확신하고는 천천히 몸을 돌려 비밀 통로를 통해 방을 빠져나왔다.

"큭!"

몸 안의 마나가 흔들리면서 피가 터져 나왔다.

강한 기술이기는 하지만 상당한 양의 마나를 소비하는 베컴 블레이드는 내장에 상당한 손실을 가져오는 기술이었다.

이미 소드 오버러의 폭주로 인하여 내장이 많이 상해 있었기에 베컴 블레이드와 같은 부담이 많은 기술은 내장에 더 큰 충격을 가져왔다.

「멍청한 녀석, 전에 몸에 부담이 간다고 베컴 블레이드와 같은 큰 기술은 사용하지 말라고 했지 않았나!」

"시간이 없었다."

「홍! 그 짧은 시간으로 넌 너의 더욱 긴 시간을 손실하고 있다는 것을 모르는 것이냐?」

물론 알고 있었다.

짧은 순간을 뜨거운 불길로 태워가는 난 스스로 죽음을 향해 걸어가고 있는 것이다. 어쩌면 이것이 내가 가장 원하고 있던 생이었을지도 모른다.

간신히 통로를 빠져나오자 기다리고 있었던 이스트와 페드로가 나를 부축해 주며 통로에서 끌어내 주었다.

"이제 성문을 여는 일인가?"

"예."

페로인 국왕을 납치한 후 우리가 할 일은 외성의 문을 열고 그리피스의 군이 성안으로 진입해 들어올 수 있게 하는 일이었다.

내장이 크게 흔들린 난 바로 움직일 수 없었기에 그들을 보낸 후 성전의 석상에 기대어 몸을 진정시켜 나갔고, 얼마 지나지 않아 어느 정도 거동할 수 있을 정도까지 안정시켜 나갈 수 있었다.

"아아악!!"

두 개의 불길이 어둠을 밝히며 그 뜨거운 열기를 두 눈에서 가져가자 소년은 고통스러운 비명이 크게 울려 퍼졌다.

"신의 아이여! 그대의 눈이 뜨거운 피로 가려 있으니 보이는 것은 죽음의 그림자뿐이지 않은가. 후후후, 말하라. 만약 나의 미래를 말해 준다면 너의 고통은 끝날 것이다."

어둠 속의 한곳에서 가면을 쓴 채 한 남자가 고통받는 소년을 보며 말했지만 소년은 그의 뜻대로 말해 줄 수가 없었다.

"거짓된 자의 미래는 멸망뿐, 더 이상 존재하지 않습니다."

"크크크크, 거짓된 자라… 세상에 거짓되지 않은 자가 있었던가? 스스로 고통을 자처하는구나."

그의 말이 끝나자마자 또다시 시뻘건 인두가 소년의 두 눈을 자극했고, 소년은 참을 수 없는 고통의 나락으로 빠져 가고 있었다.

이제 소년의 두 눈은 시뻘건 인두에 짓눌려져 안구가 터져 나가며 붉은 피가 끊임없이 흘러내리고 있었다.

"흑흑흑……."

한구석에선 나신이 된 채 온몸이 상처투성이인 여인이 족쇄에 매달려 소년의 고통을 보며 눈물을 흘리고 있었다.

그녀 역시 많은 고통을 당한 듯 온몸이 상처투성이에 붉은색의 머리카락은 군데군데 빠져 흉한 모습을 띠고 있었기에 그녀가 받은 고초가 얼마나 심한 것인가를 알 수 있었다.

소년과 여인, 그들은 바로 다크 솔루션에 의해 납치되었던 레이드와 헤레나였다.

레이드가 과거와 미래를 알 수 있는 신의 아이라는 것을 알아낸 다크 솔루션은 그에게서 미래를 알아내어 자신들의 계획을 앞당기려 하고 있었지만 레이드가 그것을 거부하자 이렇게 고문을 가하기 시작한 것이다.

온몸에 성한 곳이 없을 정도로 심한 고문을 당한 레이드는 이제 두 눈까지 고문으로 인해 잃어버리게 된 것이다.

같이 잡혀온 헤레나는 레이드를 협박하기 위해 같이 고문을 받았지만 레이드로선 미래가 알려졌을 때 그 여파가 얼마나 무서운 것인가를 알고 있었기 때문에 도저히 그것을 말해 줄 수가 없었다.

"끄아악!!"

또다시 고통스러운 고문을 받는 레이드, 연약한 소년의 몸으로 그가 얼마나 오랜 시간을 버틸 수 있을지는 알지 못할 일이었다.

'공허함……'

레이드의 눈은 이제 고통스러움을 지나 공허함을 보고 있었다.

더 이상의 고통도 이제 느껴지지 않으며 세상 모든 것이 아무것도 아닌 것처럼 느껴지고 있었기에 레이드의 입은 작은 미소를 짓고 있었다.

'페드로 아저씨… 미안해요……'

서서히 힘들어지는 숨은 이제 레이드를 환상에 사로잡히게 하고 있었다. 죽음을 눈앞에 둔 자의 마지막 환상.

성문이 열리고 수많은 병사들이 진입해 들어오기 시작해 이제 살육의 시간이 벌어지고 있었다.

가진 자들의 끊임없는 죽음의 시간은 수많은 이들의 눈에 피눈물을 흘리게 하고, 그 수많은 생들의 죽음의 시간이 끝나면 또다시 무엇인가를 추구하는 시간으로 되돌아온다.

죽음과 삶을 오갈 수밖에 없는 것이 지금 시대에 살고 있는 자들의 평범한 삶일 수밖에 없는 것이다.

멀리서 지켜보는 소년의 눈에 한 사람의 고통스러워하는 모습이 보인다.

찢겨진 살가죽으로 터져 나오는 내장을 움켜쥐고 눈물을 흘리며 어머니를 부르짖는 병사는 마지막 힘을 내어 돌아가고자 하는 곳으로 기어가고 있었지만 그 노력은 이내 마지막 시간으로 잠겨들고 만다.

'또 다른 생의 시간이 있을까요?'

아무런 대답이 없는 시간, 인간은 막연한 희망을 꿈꾸며 죽음을 미화시켜 가고, 그 죽음을 눈앞에 두었을 때는 희망을 믿지 못하고 두려워하며 마지막 손을 잡아줄 수 있는 사람의 이름을 부르곤 죽어간다.

멀리 보이는 한 공간에선 스스로의 목숨을 태워가는 한 남자의 모습이 보이기에 레이드는 조용히 그의 곁으로 찾아갔다.

스스로 죽음을 향하여 나아가는 가엾은 한 남자의 모습, 레이드는 천천히 그의 슬픈 눈을 자신의 마음속으로 담아가기 시작했다.

「죽은 자의 영과는 다르군. 넌 누구지?」

인간으로 보기는 어려운 자의 모습이 레이드의 앞에 나타났다.

「마족이시군요.」

「그렇다.」

「레이드라 합니다.」

「잊혀진 신의 아이인가?」

「예.」

흐릿한 영상의 레이드를 보며 검에 봉인된 마족 킬리스는 소년의 인간으로서의 생이 끝난 것임을 알 수 있었다.

「또다시 고통받는 인간의 삶으로 돌아가야 하는가?」

킬리스의 말에 레이드는 고개를 저으며 말했다.

「아니요, 창조주가 저에게 내려주신 연(緣)의 시간으로 다시 되돌아 갈 뿐입니다.」

「……」

도대체 킬리스는 고통스러운 시간을 아무런 불평 없이 받아들이는 이 소년을 이해할 수 없었다. 자신보다 더 오랜 시간을 고통스러운 죽음의 끝과 함께 고통의 생으로 태어나는 것을 반복함에도 도무지 아이에겐 두려움도, 망설임도 보이지 않기 때문이다.

「나의 공간에서 잠시 머물지 않겠나?」

「당신의 공간이요?」

「그렇다. 너 역시 현재의 연의 시간을 좀 더 가지고 싶어하지 않는가? 내가 머물러 있는 검이라면 너에게 그 작은 시간의 휴식을 가져다 줄 수 있을 것이다.」

킬리스의 말에 한참을 생각하던 레이드는 조용히 벽에 기대어 또다시 죽음을 찾아 걸어가는 남자의 얼굴을 보았다.

「예, 그렇다면 잠시만 머물도록 하겠습니다.」

소년의 선택에 킬리스는 미소를 지어 그의 손을 잡아주었고 레이드의 영은 서서히 검 안으로 스며들어 가기 시작했다.

"숨이 끊어졌습니다."

"레이드!!"

고문을 가하던 이는 레이드의 목을 잠시 짚어보고는 가면의 사나이를 보며 말했고, 레이드가 죽었다는 말에 헤레나는 놀라 소년의 이름을 부르짖었다.

"크크크⋯⋯."

그의 말을 듣고 잠시 웃음을 터뜨린 그는 자리에서 일어나서는 죽음의 시간을 가진 아이의 앞으로 천천히 걸어갔다.

"줄을 풀도록 해라."

"예."

가면 사나이의 말에 그는 레이드의 몸에 묶여져 있는 줄을 풀었고, 이미 차가운 시신이 되어버린 소년의 몸은 지탱하던 줄이 풀림에 따라 앞으로 쓰러져 버렸다.

가면의 사나이는 레이드의 머리를 잡고는 천천히 끌고 가기 시작했는데, 그가 다다른 곳은 사나운 맹수들이 울부짖고 있는 좁은 철창 안이었고 레이드의 몸은 철창 안으로 떨어지며 배고픈 짐승들의 먹이가 되어버렸다.

갈기갈기 찢어지는 여린 소년의 몸을 보며 헤레나는 비명을 지르며 눈물을 흘릴 수밖에 없었다.

그녀에겐 죽어버린 레이드의 몸조차 구할 힘이 없었기 때문이다.

"흑흑흑⋯⋯."

그녀가 레이드에게 해줄 수 있는 것은 눈물과 기도뿐, 아무것도 없었던 것이다.

페드로와 이스트의 활약으로 왕성의 문이 열리자 그리피스의 군대는 기다렸다는 듯이 성안으로 진입해 들어와 순식간에 성을 완전히 점령할 수 있었다.

물론 멘트라 왕국과의 전쟁으로 대부분의 병력이 멘트라 왕국에 집결해 있기 때문에 얻어질 수 있었던 승리이기는 하지만, 일만이 넘는 병력을 움직이면서도 왕도까지 아무런 방해 없이 조용히 움직일 수 있었던 그리피스의 수완이 놀라운 것은 사실이었다.

약 다섯 시간의 싸움은 왕성을 점령함으로써 그리피스 군의 승리로 끝났고, 공작과 왕은 군대에 의해 실권을 모두 빼앗기게 된 것이다.

다행히도 아리안느는 그리피스 군의 손에서 벗어나 사라진 후였고, 그들이 찾고 있던 전 왕비는 놀랍게도 성의 지하 감옥에 갇혀 있었기에 안전하게 구출됨으로써 페로인 왕국의 내전은 그리피스의 승리로 끝났다고 할 수 있었다.

"이자인가?"

"예, 블러드 스톰 씨. 시녀들의 말에 의하면 이자가 공작의 측근으로 외부의 세력을 끌어들이는 데 상당한 공헌을 했다고 알려져 있습니다."

페드로가 나에게 잡아온 이는 갈색 머리의 비대한 몸을 가진 전형적이 부패 귀족이었다.

자신의 권세를 잃은 그는 두려운 얼굴을 하며 비굴한 얼굴로 나를 바라보고 있었기에 역겨움마저 일고 있었지만, 그가 없다면 레이드와 헤레나가 잡혀간 곳을 알 수 없다는 생각에 단칼에 목을 베고 싶은 것을 참을 수밖에 없었다.

페드로는 공포에 떨고 있는 그의 멱살을 잡고는 성의 고문실로 끌고 가기 시작했다.

그에게서 과연 두 사람의 잡혀간 곳을 알아낼 수 있을지는 모르겠지만 어쨌든 빠른 시간 안에 두 사람을 구해내야 한다는 생각이 들었다.

무엇인지 알 수 없는 불안감이 나를 감싸고 있었기 때문이다.

제21장 **죽은 자에 대한 이해**

죽은 자에 대한 이해

페로인 왕국의 쿠데타에서 잡아온 귀족에게서 얻어낸 정보에 의하면 정기적으로 연락을 취하는 곳은 로아냐드 제국 라비안스 백작의 영지였다.

"결국은 제국이란 말이군."

이스트는 정보를 보며 비꼬는 투로 말을 했다. 대륙이 귀족들의 부패로 인해 썩어 들어가고 있다면 가장 큰 원인은 바로 오성신 종교의 중심부라고 할 수 있는 신성 로아냐드 제국에서부터 시작하는 것이기 때문이다.

"뭐, 어느 정도 예상하고 있었던 것이 아닌가?"

페드로의 말에 이스트 역시 고개를 끄덕였다. 대륙의 어둠을 지배하고 있는 다크 솔루션이라면 이 혼란의 중심부를 로아냐드 제국으로 삼은 것은 어찌 보면 당연한 일이기 때문이다.

"에드워드 씨는 어떻게 하시겠습니까?"

"일단은 가우레시스 왕가 역시 최종적인 목표가 다크 솔루션의 붕괴라고 할 수 있으니 이제부턴 목적이 같다고 볼 수 있겠군요."

우리들의 행로에 동행하기로 한 에드워드와 페드로를 보며 이스트는 말했다.

"그나저나 라비안스 백작의 영지에 두 사람이 있기는 한 걸까?"

"글쎄, 그자의 말에 블러드 스톰님과 싸운 고위 마족 샤브레가 라비안스 백작의 영지에서 온 기사라는 이야기가 있었으니까. 레비나의 말대로라면 이곳으로 오기까지 계속 샤브레란 마족과 같이 있었다고 하니 현재는 모르겠지만 이곳에 있었던 것은 확실하겠지."

"그나저나 두 사람 다 무슨 고초나 안 겪었으면 좋겠는데 말이야."

그의 말에 일행들 모두 안 좋은 기분에 휩싸이고 있었기에 난 조용히 자리에서 일어나 말했다.

"로아냐드 제국으로 향한다."

싸움 전의 불안감은 패배를 불러들이는 것이라는 것을 알고 있는 다른 이들 역시 나의 말에 고개를 끄덕이고는 불안한 생각을 떨쳐 버리고 제국으로 향할 준비를 하기 시작했다.

제국으로 가기 전에 들른 곳은 다리아스 공국이었다. 무슨 일이 벌어질지도 모르는 상황에서 레비나를 제국까지 데리고 갈 수 없었던 것이 이유였고, 또 하나는 아이가 병을 앓고 있다는 것이다.

무슨 이유인지는 모르지만 밤마다 고통스럽게 신음하는 레비나는 언제나 그 악몽을 뒤로 눈물을 흘리며 레이드의 이름을 불렀다. 하지만 그 꿈속에서 도대체 무슨 일이 있었는지는 전혀 기억하지 못했다.

다크 솔루션에게 잡혀 있었던 그 시간 동안 상당한 고초를 겪은 레비나가 이제는 악몽으로 인해 또다시 고통을 겪으며 하루하루 그 몸이 수척해져만 갔기에 일단은 다리아스 공국으로 보내야 했다.

간간이 몸 안에 마나를 불어넣어 주고는 있지만 정신적인 고통을 겪고 있는 아이에게 그런 힘은 아무런 소용이 없었기에 가슴이 답답해짐을 느꼈다.

만약 레이드나 헤레나 중 한 사람이라도 살아 있다면 레비나에게 쉼터가 되어줄 수 있었겠지만 지금은 두 사람 모두 잡혀 있는 상태였기에 우리 중에선 아이의 쉼터가 되어줄 사람이 없었다.

다리아스 공국의 빈센트 성에 도착하자 우리가 왔다는 연락을 받고 달려온 봐렌과 도리나의 얼굴이 보였다.

두 사람은 아무 일 없이 도착한 우리를 보며 안도하는 모습을 보였다.

빈센트 성 안으로 들어간 우린 왕을 간단히 접견한 후 다시 방으로 돌아왔는데 봐렌이 서한을 보고 레비나의 악몽을 치료하기 위해 신관을 불러왔기 때문이다.

조심스럽게 레비나의 머리 위에서 신성 주문을 외우고 있던 신관이 천천히 순백색으로 빛나고 있는 손을 내려 아이의 이마에 가져가자 천천히 밝은 빛이 몸을 휘감아가며 레비나의 몸에서 광채를 뿌리기 시작했다.

한참 후 빛은 서서히 줄어들고 신관은 이마에 흐르는 땀을 닦으며 천천히 물러서고 있었지만, 표정이 그리 밝지 않았기에 마음이 놓여지지 않았다.

"어떻습니까?"

보다 못한 이스트가 참지 못하고 신관에게 물었는데 이스트의 질문에 그는 고개를 저으며 말했다.

"몸에는 별 이상이 없는 것 같습니다. 아무래도 무엇인가 강한 강박 관념에 사로잡혀 있는 것 같군요."

"강박 관념이라니요?"

"무엇인가를 반드시 해내야 하는데 그것을 해내지 못했을 때 인간은 강박 관념에 사로잡히게 됩니다. 일의 경중에 따라 강박 관념은 그 무게가 다르니, 만약 반드시 했어야 하는 일을 못했을 때는 그 강박 관념으로 인해 마음의 병을 앓게 되는 것이죠. 이 소녀의 경우에는 아마 그러한 것이 크게 작용되고 있는 듯합니다."

"음……."

신관의 말에 난 레비나의 강박 관념이 무엇인지 알 수 있었다.

같이 잡혀간 세 사람 중에서 자신 혼자만이 구해졌기 때문에 그 미안한 감정을 어린 레비나는 도저히 견디지 못하고 있었던 것이다.

어머니를 여읜 레비나가 여행 중에 친혈육같이 느껴진 사람들을 버리고 자신만 도망왔다고 생각하니 그 생각이 또다시 사랑하는 사람을 잃기 싫은 아이를 괴롭게 하고 있는 것이다.

어린 나이에 큰 고민에 잠겨 앓고 있는 레비나를 보며 도리나는 안타까운 얼굴로 아이의 이마에 흐르는 땀을 닦아주고는 말했다.

"이번 일에 저도 함께 동행하도록 하겠습니다."

"도리나!"

도리나의 말에 봐렌은 크게 놀라며 소리쳤지만 예상외로 도리나는 이미 확고하게 생각을 굳혔는지 그의 말에 고개를 저으며 말했다.

"아니에요, 이번에는 반드시 같이 가도록 하겠어요."

그녀의 단호한 말에 잠시 한숨을 내쉰 봐렌은 어쩔 수 없다는 얼굴로 말했다.

"어쩔 수 없군. 블러드 씨, 제 동생을 잘 부탁드립니다."

봐렌의 말에 난 가볍게 고개를 끄덕일 수밖에 없었다.

다음날 우린 레비나를 빈센트 성에 남겨놓은 후 제국을 향해 길을
떠났다.

공국을 출발하여 제국으로 향하던 우린 한 마을에 도착할 수 있었는
데, 마치 아무도 살지 않는 마을처럼 고요하기 그지없었던지라 이상하
게 생각되지 않을 수 없었다.

"이상하군요. 분명 사람이 살고 있는 마을이었는데……."

마을 안으로 들어서자 그 적막함은 겉에서 본 것보다 심했다.

많은 집들이 늘어서 있음에도 단 한 명의 사람도 보이지 않았기 때
문이다. 그렇다고 사람들이 모두 떠난 마을이라고 하기에는 거리와 집
들이 모두 깨끗했다.

방금 전까지만 해도 사람들이 있은 듯한 느낌이 들 정도였다.

한참을 두리번거리던 우린 술집을 발견하고 안으로 들어갔는데 놀
랍게도 그곳에는 많은 사람들이 시끌벅적하게 술을 마시고 있었다.

"뭐야, 이거?"

이스트는 좀처럼 이러한 분위기를 이해하지 못하겠는지 술집 문을 나
가 밖을 쳐다보고는 다시 돌아왔는데 역시나 밖은 적막하기 그지없었다.

마치 이 술집과 술집 밖은 다른 세계인 것처럼 느껴지고 있었기에
우리로선 이해가 가지 않았다.

"무엇을 드시겠어요?"

우리가 자리에 앉자 술집의 점원인 듯한 소년이 미소를 지으며 주문

을 받으러 왔기에 이스트가 간단한 식사를 주문했다.

주문을 받은 소년이 뒤돌아 가는 모습을 보며 이스트는 이상하다는 생각에 고개를 갸웃거리며 말했다.

"조금 이상하지 않아? 술집 밖과 안의 모습이 마치 다른 세계 같잖아?"

"음……."

모두들 이스트와 같은 생각을 하고 있었는지 한참을 곰곰이 생각하고 있었는데 그때 나의 머리 속에 킬리스의 음성이 들려왔다.

「멍청한 녀석들! 당장 마을을 빠져나가라!」

"무슨 소리지?"

「이곳은 죽은 자의 마을이다.」

"죽은 자의 마을?"

나로선 그러한 이야기를 들어본 적이 없기에 다시 되물을 수밖에 없었다.

하지만 킬리스의 음성은 더 이상 들리지 않았다.

"킬리스?"

계속 그를 불러보고 있었지만 더 이상의 음성은 들리지 않았다.

한참을 킬리스를 부르고 있을 때 점원이 식탁으로 음식을 가져왔다.

"자, 이제 먹어볼까?"

이스트는 음식이 나오자 만족스러운 얼굴을 하며 손을 대려고 했는데, 그 순간 한 소년이 다가와서는 이스트의 앞에 손을 내밀며 말했다.

「이스트 아저씨, 그걸 먹으면 안 돼요.」

"응?"

난 이스트에게 말을 건 소년의 얼굴을 보곤 크게 놀라지 않을 수 없었다.

"레, 레이드?"

"뭐?"

페드로와 이스트, 두 사람은 모두 자신들의 눈앞에 레이드의 얼굴이 보이자 크게 놀라는 표정을 짓고 있었다.

"레이드, 어떻게 된 거야?!"

페드로는 레이드를 보며 소리쳤다.

「후후!」

놀라서 묻는 페드로를 보며 미소 짓는 레이드의 모습이 다시 천천히 사라져 가고 있었기에 우린 크게 당황하지 않을 수 없었다.

"환상?"

하지만 환상이라고 하기엔 너무 실제와 가까웠고 우리들 모두가 볼 수 있었다는 것이 이상했다.

"페드로… 내가 잘못 본 걸까?"

"내 눈에도 레이드의 모습이 보였는데… 도대체……."

무엇인가 일이 크게 잘못됐다고 생각한 난 허리에 차고 있던 검을 뽑아서 마나를 주입했는데, 그 순간 블러드 소드의 핏빛이 점점 진해져 가더니 일대를 감싸기 시작했다.

"끄아악!!"

붉은색의 검광에 싸이자 이곳에 있던 마을 사람들은 갑자기 괴로운 듯이 큰 비명을 지르며 도망가기 시작했다.

"젠장! 이게 뭐야!"

점원이 가져온 음식은 검광에 닿자 구더기가 가득 찬 썩은 고기로 변해 버렸고, 일행들은 놀라 식탁에서 몸을 일으켜 피했다.

"죽은 자의 마을."

"예? 블러드 씨, 방금 전 뭐라고 말씀하셨습니까?"

"죽은 자의 마을이라 했다."

"역시!"

페드로는 그제야 무엇인가를 눈치 챈 듯 허리에 차고 있는 검을 뽑아서 싸울 준비를 했다.

"도대체 죽은 자의 마을이란 게 뭔데?!"

이스트는 우리들의 말에 답답하다는 듯이 소리쳤고, 페드로는 죽은 자의 마을에 대해서 설명하기 시작했다.

"죽은 자의 마을이란 영혼이 사로잡힌 곳을 말한다. 신마대전과 루덴스의 마령 건국전시에 극히 일부분의 마을에 이런 현상이 일어났는데, 주위에 있는 모든 원혼이 한곳으로 모여 하나의 마을을 형성하게 된 곳이다."

"음……."

이스트는 아직도 모르겠는지 고개를 갸웃거리고 있었는데 이런 생각도 하지 못하게끔 적들은 우리에게로 마수를 펼쳐 왔다.

"크크크크."

낮은 저음의 남성의 목소리가 주점에 울려 퍼지기 시작했기에 난 긴장하지 않을 수 없었다.

마나조차 느끼지 못하는 사이에 상대는 우리 근처로 다가왔기 때문이다. 나에게서 마나의 흔적까지 지울 정도의 실력이라면 보통 상대가 아니었다.

"마족……."

인간들 중 나와 같은 실력을 지닌 자라면 다크 솔루션의 간부 급 인물들, 그런 자들이 직접 방해자들을 해치우기 위해 나설 리가 없다면 남은 것은 마족뿐이었다.

지금까지 다크 솔루션의 십이 고위 마족 중 나의 손에 죽은 자는 모두 세 명, 아직 아홉 명의 고위 마족들이 남아 있다는 것을 아는 나로선 이 정도의 실력을 지닌 자가 우리를 상대하기 위해 나섰다면 분명 그들일 것이라는 생각이 들었다.

"아무도 나서지 마라. 이제부턴 나와 저자의 싸움이다."

다른 사람과 나와의 실력 차이가 확연히 드러났기 때문에 지금의 나에게 이들은 방해물이라고밖에 생각이 들지 않았다.

또다시 전과 같이 돌아가는 것일까? 나와 같이 있는 자들을 방해물이라 생각하다니…….

슈슈슉―

바람을 가르는 소리가 주점에서 들리기 시작했을 때 녀석이 보이지 않는 이유를 알 수 있었다.

"블러드 애로우!!"

블러드 애로우의 검기를 날리며 녀석을 밀어붙이려 했지만 단 한 발의 검기도 녀석의 몸에는 적중하지 못하고 주점은 순식간에 한쪽 면이 부서지며 무너져 내리기 시작했다.

"밖으로 나가라!"

"……."

나의 말에 다른 이들은 아무 말도 하지 않고 밖으로 나갔다. 그들 역시 자신들이 방해가 된다는 것을 알고 있었기 때문이다.

일행들이 모두 나갔을 때 나를 상대하기 위해 온 마족이 입을 열었다.

"동료를 생각하는가?"

"방해자를 보냈을 뿐이다."

"크크크크……."

사방을 울리는 목소리와 함께 주점의 기둥은 서서히 균열을 일으키며 건물을 무너뜨리고 있었기에 난 녀석을 상대하기 위한 마나를 천천히 끌어올리기 시작했다.

마나를 끌어올렸을 때 자동적으로 발생하는 블러드 에이리어가 사방으로 깔리기 시작했지만, 그 끝 선에선 희미한 경계선만이 남아 있었다.

녀석은 나의 범위를 정확하게 파악하고는 그 주위를 맴돌고 있었던 것이다.

쾌속, 몸 안에 존재하고 있는 마나마저 흐트려 보이는 엄청난 속도로 나의 주위를 돌며 기회를 엿보고 있는 녀석이었기에 마나조차 느껴지지 않고 있었다.

고위 마족이기에 가능한 그만의 기술이었다.

"이름은?"

"렌드비아 스피리츠 래디언스."

순간 엄청난 빠르기의 공격이 측면을 향해 밀려왔고, 기류가 사라진 순간 등의 오른쪽 어깨 부분에서 왼쪽 허리 부분까지 검상이 생기며 피가 뿜어져 나오기 시작했다.

엄청난 스피드, 인간인 나의 범주를 벗어나고 있는 스피드였기에 도저히 녀석의 일검을 막을 수가 없었다.

"대대로 죽은 자의 마을을 속박된 세상에서 해방시키는 것이 스피리츠 래디언스의 일. 이곳에서만큼은 어느 누구라도 나를 이길 수 있는 자가 없다."

녀석의 목소리가 사방에서 울려 퍼지고 있었다.

「녀석의 말대로다. 스피리츠 래디언스라면 죽은 자의 영혼을 담당하는 마족의 일원. 이곳에서 그들을 상대로 해서 이길 수 있는 자는 신 외에는 존재하지 않는다.」

킬리스는 마족, 스피리츠 래디언스라는 것을 정확히 알고 있기에 나에게 말했지만 물러설 수는 없었다.

지금 내가 여기에서 물러선다면 레이드와 헤레나를 구한다는 것은 우스운 일이었다.

"녀석의 움직임을 느낄 수 없겠는가?"

「내가 살아 있을 때 단 한 번 스피리츠 래디언스를 상대로 싸워본 적이 있었지만 그들의 움직임을 간파하는 것은 어려웠다. 다만 쾌속의 움직임을 지닌 만큼 운신이 자유롭지 못하다는 것을 깨닫는다면 녀석을 간파할 수 있을 것이다. 젠장, 죽은 자의 마을이라 나 역시 이곳에선 에고를 유지하기가 어렵다. 알아서 싸우라고.」

킬리스는 수수께끼 같은 말만 남긴 후 사라져 갔다. 그 역시 영혼의 존재인만큼 이 죽은 자의 마을에서는 몸을 움직이기 위한 힘이 부족하기 때문인지 사라져 갔기에 그의 말을 생각하며 렌드비아를 상대할 방법을 찾았다.

"크크크크……."

그 순간 눈앞에서 한 인영의 모습이 드러났다.

이층으로 올라가는 계단에 앉아 웃음을 흘리고 있는 그는 두 개의 뿔 중 하나가 부러져 있는 고위 마족이었다.

산산이 찢어져 있는 그의 날개는 초라했기에 과연 그가 쾌속의 움직임을 보였던 자일까 하는 의심까지 들 정도였다.

"동료들을 밖으로 보낸 것은 칭찬하고 싶지만 애석하게도 이 땅에서 만큼은 그것이 실수라는 것을 말해 주고 싶군."

"무슨 소리지?"

"크크크, 죽은 자의 마을은 반드시 마족이 있는 땅에서만 나타나는 곳, 마족의 손에 죽어 악의 염원이 마계로 가지 못하기 때문에 만들어진 일종의 임시 마계. 녀석들은 나와 네가 싸울 동안 마계에서만 존재한다는 마수와 싸워야 되겠지."

"……."

그 순간 서서히 쾌속의 마나장이 풀리며 주점 밖의 마나가 밀려오기 시작했고, 일행들에게 덮쳐 오는 마물의 움직임을 느낄 수 있었다.

하지만 지금 당장 내가 상대할 것은 동료들을 급습하는 마물이 아니라 내 앞에 존재하는 고위 마족인 렌드비아라는 자였기에 천천히 흩어져 가는 정신을 바로잡으며 녀석을 향해 검을 겨누었다.

"죽어라."

"크크크!"

녀석의 웃음소리를 들으며 난 발을 박차고 앞으로 쇄도해 들어가 녀석이 앉아 있는 곳을 향해 검을 휘둘렀지만 이미 검이 미친 곳엔 녀석의 그림자조차 없었다.

고위 마족, 그들에 대한 이야기는 많이 들어왔지만 나와 싸우는 이 자는 지금까지 상대해 왔던 마족들관 완전히 다른 자였다.

이곳에서만큼은 킬리스의 말대로 완전한 무적의 존재인 것처럼 빠른 스피드를 보이고 있어 암담함이 밀려오고 있었다.

"큭!!"

또다시 몸에 수십 개의 검상이 생기며 피가 뿜어져 나왔다. 단 일 격으로 죽일 수 있음에도 불구하고 렌드비아는 즐기듯이 나를 사냥하고 있는 중이었다.

'타락한 마족인가?'

인간과는 달리 마족들에게 피의 유희라는 것은 존재하지 않았다. 그들이 싸우는 것은 오로지 자신들의 생존과 마계를 위할 때뿐, 살행에 대한 유희 같은 것은 인간같이 감정이 풍부한 자들에게만 존재하는 것이기 때문이다.

"차압!!"

난 녀석의 미세한 흐름을 판단해서 검을 휘두르고 있었지만 광속과 같은 그의 스피드를 당해내지 못하고 검을 휘두를 때마다 나의 몸엔 검상만이 늘어가고 있었다.

그것도 점점 더 깊숙이 스며들어 가는 녀석의 검은 나의 근육을 조금씩 끊으며 베고 있었다.

'쾌속의 움직임만큼 자유롭지 못한 움직임…….'

녀석을 상대함에 아무 생각 없이 검을 휘두른다는 것은 무의미하다는 것을 깨달은 난 천천히 검을 회전시키며 주위에 검의 장막을 만들어 나갔다.

일단은 녀석을 쓰러뜨리기 위한 방법을 생각할 때까지 방어전으로 나갈 생각이었지만 그것마저 쾌속의 움직임은 여지없이 깨뜨려 나갔다.

빠른 스피드로 검의 장막을 만들어 나갔다 해도 그의 움직임은 그 틈새를 파고들어 나의 몸에 검상을 만들어갔기 때문이다.

"크크크, 두려워해라. 그리고 절망해라. 그것이 바로 궁지에 몰린 인간의 모습일 테니."

사방에서 들려오는 녀석의 목소리에 난 천천히 주위를 훑어보기 시작했다. 그리고 한순간 나의 눈앞에 보이던 기둥에서 미세한 움직임이 나타나는 것을 알 수 있었다.

사방의 모든 사물을 박차는 식으로 빠른 속도로 움직이고 있는 그였기에 어느 정도의 지주대가 없다면 그 움직임은 둔화될 수밖에 없을 것이다.

만약 평지라고 한다면 그의 움직임은 평범하기 그지없는 원 모양을 취했겠지만 사방이 가려져 있는 이곳에선 녀석의 움직임의 각도도 다양한 것이다.

'하나… 둘… 셋… 넷…….'

"차압!!"

블러드 소드에 검기를 실어 눈앞에 있는 기둥을 향해 검을 휘둘렀고, 그 순간 지붕은 무너져 내려가기 시작했다.

간신히 주점을 세우고 있던 기둥을 잘라 버린 여파로 무너져 내리기 시작한 것이다.

"저기다!!"

망설이지 않고 일검을 내뻗었을 때 검의 끝으로 느낌이 전달되어 오고 있었다.

"크으윽!"

빠른 스피드로 뒤로 물러서고 있는 그의 모습이 보인 것은 바닥으로 마족의 피가 흐르고 난 후였다.

"건물을 무너뜨려… 나의 움직임을 저지할 줄은……."

날개를 훼손당한 그는 다른 마족들과는 달리 순수하게 발로만 뛰어 상대를 공격했던 것이다.

그런 그에게 막혀 있는 공간은 녀석의 움직임을 원활하게 해주었는데 일검이 기둥을 잘라 건물을 무너뜨림으로 해서 녀석의 움직임을 막을 수 있었던 것이다.

벽을 박차고 움직이던 그는 그 때문에 한순간 움직임이 멈추어졌고, 그 순간을 놓치지 않고 일검을 날려 녀석에게 상처를 입힐 수 있었던 것이다.

복부에 깊숙이 검상을 입은 그는 고통스러운 표정을 하며 뒤로 물러서고 있었다.

"과연."

렌드비아는 피가 흐르고 있는 상처를 짓누르며 천천히 무너져 가는 건물 밖으로 사라졌는데, 그 순간 나의 눈에는 무너져 가는 건물은 사라지고 아름다운 숲의 모습이 보이기 시작했다.

"일루션?"

지금까지와는 완전히 다른 환경 속으로 떨어진 난 주위를 두리번거리며 사물을 짚어보았는데 일루션이라고 보기에는 너무나 실제와 같았기에 이상하게 생각될 수밖에 없었다.

"꺄르르륵……."

"하하하하……."

그때 사람들의 웃음소리가 나의 귀에 들려왔다.

어린 소녀와 소년들이 즐겁게 웃고 있는 소리였기에 난 나도 모르게 천천히 소리가 들리는 쪽으로 걸어갔다.

"하하하."

그곳에는 열다섯 정도의 소년과 소녀가 밝게 빛나고 있는 냇물의 한편에서 물장구를 치며 놀고 있는 모습이 보였다.

‘도대체…….’

나의 눈앞에 보이는 소년의 얼굴, 그리고 소년과 함께하고 있는 소녀. 아득한 추억으로 가득해 있는 수십 년 전의 한 장면이 눈앞에서 보이고 있었다.

"미란다……."

미란다. 사랑하던 사람, 추억 속으로 사라진 아내. 그녀의 모습이 내 눈에 보이고 있었다.

같은 마을에서 자랐던 미란다는 근처 마을에 있는 잡화점의 딸이었다.

언제나 나와 미란다는 마을 밖에서 두 사람만의 시간을 가졌기에 즐거웠던 시간들, 그 장면이 눈앞에 보이고 있었던 것이다.

긴 갈색 머리를 바람에 날리며 웃음을 터뜨리고 있는 미란다의 앞에 있는 소년은 어린 시절의 나, 내 생애 가장 즐거웠던 날의 기억이었다.

"미란다……."

"응, 노먼."

개울가에서 서로를 보며 미소 짓고 있는 두 사람, 소년은 미란다에게 소중히 간직한 듯 기름종이에 싸여 있는 물건을 천천히 건네주고 있었다.

"와아……!"

소녀는 기름종이를 펼쳐보고는 사랑스러운 미소를 보였다.

반지, 그녀와 내가 처음으로 서로 간의 사랑을 확인하게 된 증표였다.

어렸을 적 난 그 반지를 사기 위해 하루에 몇 시간씩 숲을 돌아다니며 사냥을 했고 일 년 만에 간신히 그 반지를 마련할 수 있었다.

그리고 그 반지를 미란다에게 건네주었을 때의 만족감은 그 무엇으로도 바꿀 수 없을 만큼 컸고 그녀 역시 나와 같은 미소를 보여주었었다.

어린 시절의 나에게 반지를 받아 든 미란다는 미소를 지으며 소년 시절의 나에게 키스를 해주었고, 그것이 우리 두 사람의 첫 번째 약속의 시간이었다.

"렌드비아여⋯⋯."

"크크크크⋯⋯."

이것이 렌드비아가 만들어낸 환상이라는 것을 알고 있는 나는 어디에선가 나와 같은 것을 보고 있을 그를 불렀고, 숲에서 그의 웃음소리가 들려오기 시작했다.

"무슨 짓이지?"

"크크크, 별거 아닙니다. 당신에게 과거를 다시 돌아보게 하고 있을 뿐입니다."

"⋯⋯."

그가 무엇을 꾸미고 있는지는 알 수 없었지만 킬리스를 깨웠을 때와 같은 그런 과거의 환상을 보여주어 정신을 흔들게 한다고 생각한 난 더 이상을 기다리지 않고 녀석을 향해 검기를 날렸다.

쿠구궁!!

환상의 세계라고 생각할 수 없을 정도로 실물과 똑같은 모습이었기에 검기에 의해 숲은 큰 폭음과 함께 날아가 버렸다.

"크크크, 성급하기도 하시군요."

나의 검에 상처를 입었음에도 그의 스피드는 그리 줄어든 것 같지 않았다. 검기를 재빠르게 피한 그는 공중으로 점프를 하는가 싶더니 다시 그 모습이 완전히 사라져 버렸고, 그 순간 또 다른 공간으로 변화하기 시작했다.

"여긴……."

마을의 성전, 많은 사람들이 성전 안에서 행복의 시간을 맞이하고 있는 두 사람을 축복해 주고 있었다.

나와 미란다의 결혼식이었다.

열일곱의 나이에 했던 두 번째 언약이 지난 일 년 후 난 그녀에게 프로포즈를 했고, 그녀는 미소를 지으며 나의 프로포즈를 받아주었다.

사냥꾼, 부모도 없는 나를 아들처럼 아껴주신 미란다의 부모님은 우리 두 사람의 결혼을 진심으로 축복해 주었고, 난 따뜻한 가족의 정과 함께 사랑스런 아내를 맞아들이게 된 순간이었다.

그때만 해도 내가 사랑하는 사람을 잃고 용병으로 죽음만을 바라며 살아갈 것이라곤 상상도 못했다.

사랑하는 사람을 위해, 그리고 태어날 아이를 위해 열심히 살아가겠다는 생각만이 남아 있었던 시절이었기에 난 아무 말 없이 아름다운 혼례의 복장을 하고 있는 미란다의 모습을 쳐다볼 수밖에 없었다.

두 사람의 약속의 입맞춤을 보고 있을 때 또다시 내가 있던 곳은 완전히 사라져 버리고, 또 다른 세계의 모습이 눈에 들어오기 시작했다.

지금까지와는 전혀 다른 모습, 어두운 밤의 시간 속에서 단 한 곳만이 꺼질 듯한 촛불이 하늘거리며 가까스로 한 여인의 얼굴을 비추고 있었다.

나의 과거일까? 하지만 촛불에 비쳐 보이는 여성의 얼굴을 난 단 한 번도 본 적이 없었다. 생명의 기운이 얼마 남지 않은 듯 가쁘게 숨을 헐떡이고 있는 여인의 곁에는 한 아이의 모습이 보이고 있었다.

"여긴 어디지?"

"고요의 숲, 인간이 마계로 드나들 수 있는 유일한 통로가 있는 곳이지."

나의 말에 렌드비아는 또다시 모습을 나타내고는 나의 질문에 대답을 했다.

"저 여인은……."

"길리아비나 아디스."

"길리아비나 아디스?"

"그래, 바로 네 녀석의 어머니이지."

그의 말에 난 놀라지 않을 수 없었다.

세상에 태어나 단 한 번도 본 적이 없는 어머니의 얼굴을 지금 보고 있기 때문이었다.

렌드비아가 어머니라고 말을 하고 있는 여인의 머리에는 두 개의 뿔이 돋아나 있었기에 고위 마족의 한 사람이란 것을 알 수 있었다.

'내가… 마족의 자손이었던가…….'

한 번도 본 적이 없는 부모였지만 설마 인간이 아닐 것이라고는 생각지도 못했다.

수십 년을 용병으로 생활하면서 남들이 가질 수 없었던 검의 힘을 얻은 것이 마족이었기 때문일까?

이해할 수가 없었다.

하지만 부정하고 싶지도 않았다.

단 한 번도 본 적이 없는 어머니의 얼굴을 지금 볼 수 있었기 때문이다.

"크크크… 어떤가, 마족의 아이여."

"무슨 속셈이지?"

"넌 인간의 아이가 아니다. 왜 스스로 같은 종족도 아닌 인간을 위해 죽임을 당하려 하는가?"

그 순간 난 렌드비아가 나에게 이런 모습을 보여주고 있는 이유를 알 수 있었다.

그는 다크 솔루션에 대항하고 있는 나를 회유시키려 하고 있는 것이다.

"환상이다… 거짓된 과거."

"크크크."

나의 말에 녀석은 웃음소리를 내며 사라져 가고 있었다.

난 천천히 고통스러워하고 있는 고위 마족 여인의 곁으로 걸어갔다. 보라색의 빛을 보이며 아기의 눈을 지그시 바라보고 있는 어머니의 얼굴.

도저히 믿을 수가 없는 일이었다.

"어, 어머니……."

"노먼……."

어린 나를 안고 힘든 가운데서도 미소를 짓는 마족의 여인을 보며 난 가슴속에서 무엇인가 끓어오르는 듯한 느낌을 받을 수밖에 없었다.

천천히 렌드비아가 말한 나의 어머니에게 나는 한 발자국씩 가까이 걸어가는 것을 느끼고 있었다. 그리고 난 그녀의 손을 잡기 위해 손을 내밀었는데 그 순간, 하나의 영체가 나의 면전에 나타나서는 나를 강하게 밀어버렸다.

"헉!!"

그 순간 무엇에라도 홀린 듯한 나의 정신은 깨어날 수 있었는데, 어머니라고 생각한 여인은 날카로운 손톱을 드러내며 이를 갈고 있었고 그의 근처에는 상처 입은 투명한 영체가 고통스러워하고 있었다.

"넌!!"

고통스러워하고 있는 영체의 모습, 그것은 바로 레이드였다.

「블러드 스톰 아저씨! 렌드비아의 함정에 속으시면 안 됩니다!」

"함정!!"

「진실된 과거의 뒤로 거짓된 과거를 보임으로써 아저씨를 함정에 빠뜨리려고 하는 거예요!」

레이드의 영체의 말을 들으며 그가 나를 속이려고 하는 수작을 깨달을 수 있었다.

나의 눈앞에 과거의 영상을 보이며 그것이 결코 가짜가 아니라는 것을 믿게 만든 녀석은 그가 꾸며낸 또 다른 과거를 나의 눈에 보임으로써 나를 속이고 함정에 빠뜨리려고 했던 것이다.

아니나 다를까, 어머니라고 믿었던 여인의 입가에서 미소가 지어지더니 날카로운 손톱을 집어넣으며 자리에서 일어났다.

"흥! 건방진 꼬마 녀석 때문에 모든 일을 망치고 말았군!"

"크크크."

놀랍게도 그녀는 렌드비아와 함께 이곳으로 들어온 다크 솔루션의 또 다른 마족이었던 것이다.

"난 회상의 일족 길리아비나라고 한다. 이렇게 됐으니 제대로 블러드 스톰이란 인간과 겨루어봐야겠는걸?"

"크크크."

두 사람의 마족과 상대하게 된 나였지만 지금의 심정은 위기감을 느끼는 것이 아니었다.

나의 과거를 장난으로 함정에 빠지게 만든 두 마족에 대해 난 강한 노기가 치솟아오르고 있었다.

"죽여 버리겠다!!"

나의 과거로 농락하고 있는 자들을 죽여 버리고 싶었다.

갈기갈기 찢어버리고 싶은 분노가 심장에서 터져 나올 때쯤 블러드 소드를 들고 이미 길리아비나의 앞으로 쇄도해 들어가고 있었다.

"길리아비나!!"

나조차도 느끼지 못할 만큼 빠른 스피드로 그녀의 앞에 존재해 있었고, 아무런 생각 없이 검을 휘둘러 그녀의 몸을 베어갔다.

"꺄아악!!"

나의 온몸을 적시는 마족의 피, 하지만 존재하는 자의 숨을 끊어놓지는 못했다.

길리아비나, 그녀의 오른팔은 바닥에 나뒹그러져 있었고 대지를 적시는 피는 나의 발 밑까지 파고들어 더러운 피의 냄새를 풍기고 있었다.

나의 일검에 팔이 잘려 버린 길리아비나를 구한 것은 렌드비아였다.

그녀를 정수리에서부터 두 동강을 내려 했던 나의 검을 보며 그는 그녀의 허리를 잡으며 몸을 날렸고, 그 덕에 어깨 부분에 검이 닿았던 것이다.

"끄아아악!!"

고통스럽게 울부짖는 길리아비나를 보며 렌드비아는 살기 어린 눈을 들어 나를 노려보기 시작했고, 난 천천히 녀석을 향해 검을 뻗었다.

"블러드 애로우!"

검에 마나가 주입되자 수십 개의 핏빛 화살이 허공을 가르며 길리아비나를 향해 날아갔고, 렌드비아는 놀라며 그녀의 몸을 잡고 다시 몸을 날렸다.

하지만 나의 손에서 벗어나진 못했다.

"까아악!!"

나의 공격을 피해 달아나던 녀석을 보며 그의 진로 앞으로 몸을 날린 난 또다시 그녀를 향해 검을 날렸고, 이번에는 허벅지에서부터 잘려나간 다리가 땅에 떨어지며 피를 뿜어내기 시작했다.

"하하하하!"

마족의 피를 본 순간 나도 모르게 웃음이 터져 나왔다.

피의 마나를 가진 존재이며 더 이상 인간으로 속하지 못하는 괴물과 같은 존재인 나. 그런 내가 나를 농락한 어둠의 족속인 마족의 몸을 벤다는 것이 너무도 우스웠기 때문이다.

"이, 인간이 아니다."

또다시 나의 검에 길리아비나의 다리가 잘려 나가자 그는 공포에 질린 눈으로 더듬거리며 말했다.

"마족의 눈에도 인간이 아닌 것처럼 보이는가? 후후후, 그렇다면 난 인간이 아니겠지!"

이것이 나일까?

무엇인가 완전하게 부서져 버린 느낌이 들고 있었다.

하지만 몸은 이런 나의 혼란을 알지도 못하는 듯 또다시 나를 농락한 마족의 여인을 향해 검을 뿌리고 있었고, 또다시 그녀의 다리 한쪽이 잘려져 나가며 피를 뿌렸다.

피… 이제 나에게 남은 것은 피 외엔 아무것도 존재하지 않는 것일까?

폭주…….

한순간의 정신 붕괴가 드디어 소드 오버러의 폭주까지 밀려왔다는 생각이 들었다.

피를 보며 즐기고 있는 나의 몸은 이제 광기로 나아가고 있었던 것이다.

또다시 나의 의지를 뒤덮는 행동이 시작되고 있다.

난 도대체 무엇일까? 인간? 마족?

그 어느 것에도 속하지 못한 채 피만을 추구하는 쾌락주의자로 변해 버린 것일까?

스스로의 불행을 가면으로 내세워 피를 추구하는 이면의 쾌락주의자, 그것이 폭주를 몰고 온 것이며, 타인의 피를 보고 미소 짓게 하고 있는 것일까?

"끼야악!!"

여인의 고통스러운 비명에 내면의 또 다른 나는 웃고 있다.

그리고 그것이 겉으로 표출되고 있다.

어쩌면 난 딸의 죽음에서 또 다른 나를 발견하게 된 것일지도 모른다.

처참하게 죽은 시신에서 난 나의 쾌락을 뺏겨 버린 듯한 느낌을 받았던 것이 아닐까? 더러운 인간, 그것이 바로 나의 진실된 모습이 아닐까란 생각이 들고 있다.

"죽어라!!"

멈춰 버린 시간을 맞이한 여인의 시체를 보며 렌드비아는 나를 향해 미친 듯이 달려들고 있었다. 사방을 적신 피처럼 그 역시 광기에 젖어 가고 있는 것이다.

폭주의 영향으로 나의 주변은 피의 향기로 가득 차 있다.

그리고 또 하나의 쾌락이 나의 앞에 넘어져 마지막 숨을 몰아쉬고 있다.

허벅지에 박혀 있는 분노의 검, 하지만 그 분노가 나에게 이상적인 기쁨을 만들어주고 있는 듯했다.

만들어진 공간이 사라지고 두 개의 시신이 썩어 들어갈 즈음 나를 기다리고 있던 자들의 얼굴이 서서히 그 모습을 드러내기 시작했다.

"블러드!!"

나를 보며 반갑게 다가서고 있는 얼굴을 보며 난 나도 모르게 녀석을 향해 검을 휘두르고 있었다.

"이스트!!"

죽은 자의 마을에 대한 환상이 사라져 가고 있을 때 일행의 눈에는 마족의 피로 물들여진 블러드 스톰의 얼굴이 비춰지기 시작했다.

이스트는 처음 보는 마물과의 싸움에서 지쳐 있었지만 다행히 그 환상은 모두 사라져 가고 걱정했던 블러드 스톰의 얼굴이 보이자 반갑게 웃으며 걸어갔다.

"끄억!!"

하지만 이스트가 기다리고 있었던 블러드 스톰이 아니었다.

아무런 감정의 변화가 없는 그는 이스트를 향해 검을 찔러온 것이다.

"크으윽!"

다행히 급소에 검이 꽂히는 것은 면할 수 있었지만 큰 상처를 입은 이스트는 그 자리에서 주저앉고 말았다. 페드로와 다른 이들은 놀라며 병장기를 들고 블러드 스톰을 향해 뛰어갔다.

"폭주?"

페드로는 블러드 스톰의 눈빛이 보통 때와 다르다는 것을 깨닫고는 자신도 모르게 소리쳤고, 그 소리에 다른 이들 역시 똑같은 감정을 느낄 수밖에 없었다.

공간을 잠식하는 영역과 함께 도는 짙은 피 내음. 천천히 이스트의 곁으로 가 검을 치켜드는 블러드 스톰의 눈에선 일말의 망설임조차 보이지 않고 있었기 때문이다.

"하압!!"

공기를 다루는 주술사인 도리나는 망설이지 않고 공기를 압축하여 블러드 스톰을 향해 발사했고, 그의 검이 이스트의 목숨을 뺏을 시점 큰 소리와 함께 그는 뒤쪽으로 팅겨져 날아갔다.

"이스트!!"

페드로는 그 순간 앞으로 뛰어가며 신음하고 있는 이스트를 안고는 뒤쪽으로 몸을 날렸고, 도리나는 망설이지 않고 그가 팅겨진 곳을 향하여 또다시 공기의 주술을 사용하여 공격해 들어갔다.

자신의 공격으로 그가 죽지 않을 것을 알고 있는 이상 폭주가 끝날 때까지 손아귀에서 벗어나야 된다고 생각했기 때문이다.

하지만 현재 일행 중에서 블러드 스톰과 겨룰 수 있는 자는 아무도 없었다.

"끼야악!!"

언제 나타났는지도 모르게 블러드 스톰은 이미 도리나의 왼쪽에 모습을 드러내고 있었고, 그가 손에 들고 있던 검을 휘두르자 허리에서 피를 뿜으며 그녀는 땅으로 쓰러지고 말았다.

고통스러운 신음 소리.

충분히 그의 실력이라면 도리나를 단칼에 죽일 수 있음에도 그는 상처만을 입히고 있었다.

폭주에 의한 광기로 고통의 순간, 두려움의 비명을 그는 즐기고 있었던 것이다.

신음하고 있는 도리나의 위로 다시 검이 들어 올려졌을 때 그를 향해 빠른 속도로 한 인영이 쇄도해 들어와서는 복부에 검을 꽂았다.

"으윽! 페드로……."

도리나는 자신을 베려고 한 블러드 스톰의 복부에 검을 꽂은 이가 페드로라는 것을 알 수 있었다.

"피하십시오."

그의 복부에 검을 꽂은 페드로는 온 힘을 다해 밀어붙이며 소리쳤고, 도리나는 에드워드에게 부축을 받은 채 간신히 두 사람의 싸움 현장에서 벗어날 수 있었다.

페드로의 검에 복부를 깊게 찔렸음에도 블러드 스톰에게 고통의 눈빛은 보이지 않았다.

"젠장!!"

자신을 베기 위해 검을 위로 쳐들고 있는 그의 모습을 보며 페드로는 재빨리 그의 간격에서 벗어난 후 에드워드를 보며 손을 내밀었고, 에드워드는 허리에 차고 있는 검을 페드로에게 던져 주었다.

"큭!"

블러드 스톰의 입에서 천천히 피가 흘러나오고 있었다.

복부를 관통하다시피 꽂힌 검이 그의 내장을 상하게 한 때문이었다.

"도대체 마족 자식들이 무슨 일을 저지른 거지?"

블러드 스톰이 겪은 상황을 전혀 알지 못하고 있는 페드로는 그의 모습을 보며 노기가 치솟아오르기 시작했다.

하지만 이러한 노기만으론 아무것도 되는 일이 없다는 것을 페드로는 잘 알고 있었다. 그는 다른 이들에게 도망가라는 수신호를 날린 후 천천히 블러드 스톰을 향하여 걸어가기 시작했다.

피를 토하고 있던 블러드 스톰은 복부에 꽂힌 검을 뽑아버렸는데, 그 순간 대기로 시뻘건 피분수가 터져 나오며 피의 안개를 만들어가기 시작했다.

순식간에 만들어진 안개에 페드로는 한 치 앞도 볼 수 없어 등에서는 식은땀이 흘러내리고 있었는데, 그때 서서히 그의 앞으로 한 사람의 인영이 드러나기 시작했다.

"레, 레이드?"

피의 안개 속에서 드러난 익숙한 아이의 모습, 그것은 바로 레이드의 미소 짓는 얼굴이었다.

「포기하지 마세요.」

"……"

단 한 마디만을 남긴 채 사라져 버리는 레이드를 보며 페드로는 뭐라고 할 말이 없었다.

왜 레이드가 자신의 앞에 나타난 것일까란 생각을 하며 고민하고 있을 때 고통스럽게 몸부림치는 블러드 스톰의 주위로 서서히 투명한 그림자가 떠오르기 시작하자 페드로는 일이 더욱 안 좋게 변했다는 생각을 했다.

"스펙터……"

폭주를 한 블러드 스톰의 주위로 무엇인가에 끌리듯 어둠의 마물의 일종인 스펙터까지 출현하자 더 이상 지체할 수 없다고 생각한 페드로는 뒤로 돌아서는 일행들을 향해 뛰기 시작했다.

"도망가자!"

페드로의 외침이 터지자 에드워드는 도라나를 안고 뛰기 시작했고, 페드로 역시 부상당한 이스트를 업고 블러드 스톰에게서 도망가기 시작했다.

어둠의 마물까지 끌어들이고 있을 정도라면 페드로로선 블러드 스톰을 상대하는 것이 거의 불가능하다고 생각했기 때문이다.

하지만 한번 영역으로 들어선 자를 살려줄 생각은 없는지 몸부림치던 블러드 스톰은 다시 페드로를 향해 뛰어왔다.

"젠장!"

폭주에 빠지면 몇 배의 힘을 내는 것을 알고 있는지라 이렇게 가다간 자신들 역시 목숨을 부지하지 못할 것이라는 걸 안 페드로는 도망가는 것을 포기하고 그와 싸울 생각을 했지만 그때마다 레이드의 얼굴이 생각나면서 도저히 뒤로 돌아서지 못하게 만들고 있었다.

빠른 속도로 뒤를 쫓아온 블러드 스톰은 어느새 이스트를 안고 도망가고 있는 페드로의 뒤쪽에 도달해선 그의 정수리를 향해 검을 휘둘렀다.

"칫!"

뒤쪽에서 강한 살기가 느껴오자 페드로는 몸을 돌려 손에 들려 있던 검으로 머리를 쪼갤 듯한 기세로 들어오는 검을 후려쳤지만, 실력에서 큰 차이가 나는지라 큰 마나의 파장과 함께 튕겨져 날아가 버리고 말았다.

"큭!"

단 일 검조차 페드로의 실력으론 막기가 어려웠던 것이다.

'끝인가.'

들고 있던 검은 이제 완전히 두 동강이 나버렸기에 더 이상 반항할 힘도 없는 페드로는 눈을 감으며 믿었던 자의 검이 자신을 해치길 기다리고 있을 수밖에 없었다.

하지만 신의 도우심인지 페드로와 이스트를 돕는 인물이 그들의 곁에 나타났다.

"파이어 볼!!"

마법의 시동어와 함께 엄청난 불길의 구가 날아왔고, 페드로의 곁을 스치며 블러드 스톰의 몸에 작렬한 파이어 볼은 큰 폭발음과 함께 일대를 화염의 대지로 바꾸어놓았다.

"마법?!"

폭발음에 정신을 차린 페드로는 그것이 마법이라는 것을 깨닫고는 뒤를 돌아보았는데, 그곳에 익숙한 얼굴의 마법사가 땀을 흘리며 손을 뻗고 있었다.

"루드그레인!"

루드그레인, 마신의 성지에서 자신들을 도와주었던 칠인회의 마법사 루드그레인이 다시 모습을 드러낸 것이다

"하하하하, 이거 제가 좀 늦었군요. 통신 구슬로 이곳 상황을 전달받기는 했지만 워낙 멀리 있어서요."

이곳에 빨리 도착하기 위해 상당한 마나를 소비했는지 그의 얼굴은 시퍼런 색으로 변해 있었지만 그라면 충분히 블러드 스톰의 폭주를 막을 수 있으리란 생각에 페드로는 안심이 들었다.

칠인회의 총회주 루드그레인은 암암리에 지켜보고 있던 회의마법사에게서 일행들이 죽은 자의 마을에 들어섰다는 이야기를 듣고는 급하게 이곳으로 텔레포트를 사용하며 달려왔는데, 당시 대륙 서쪽의 왕국

에서 고대 유적을 조사하고 있었던지라 상당한 시간이 소비되었던 것이다.

그가 이곳으로 오기 위해 행한 텔레포트의 숫자는 모두 25번, 보통의 마법사라면 꿈도 못 꿀 엄청난 횟수의 연속 텔레포트를 행하면서 이곳으로 왔기 때문에 상당한 마나가 소비될 수밖에 없었던 것이다.

미리 준비해 놓은 마나 포션을 마시며 소비했던 마나를 회복시키고는 있지만 워낙 많은 마나를 사용했던지라 원하는 양만큼의 마나는 충전되지 않고 있었다.

마나 포션이 회복할 수 있는 마나의 양은 약 10%에 불과하기 때문에 그는 그 정도의 마나를 사용하여 블러드 스톰을 상대해야 했다.

"크아아아!!"

"실드!"

파이어 볼에 날아간 블러드 스톰은 괴성을 내지르며 자신을 공격한 루드그레인을 향해 쇄도해 들어왔다.

블러드 스톰을 죽일 마음이 없는 그로선 강한 공격 마법을 제외한다면 별달리 그에게 타격을 줄 수 없기에 실드로써 방어에만 치중할 수밖에 없었는데 이런 식의 싸움은 붕괴되고 있는 그의 신체를 더욱 가속화시키는 것밖에 되지 않기에 고민할 수밖에 없었다.

'일단 오긴 했는데 아무 상처 없이 쓰러뜨릴 방법은 없나?'

하지만 소드 오버러를 상대로 상처없이 제압한다는 것은 조금 무리가 있는 일이었다.

"칫! 마나 블레이드!"

루드그레인이 마나 블레이드를 사용하자 그의 손에서 푸른색의 검이 생성되기 시작했고, 검의 형체가 완전히 형성되자 그는 빠른 속도로 블러드 스톰을 향하여 들어갔다.

카가가강!!

두 사람의 검이 부딪치자 푸른색의 마나 불꽃이 사방에 작렬하면서 두 개의 영역이 서로를 밀어내기 시작했는데, 그것은 바로 두 사람의 마나의 영역이었다.

마법사는 검을 사용하기 어렵다는 가설을 무시하며 검사인 블러드 스톰과 거의 비등하게 싸우는 루드그레인을 보며 페드로는 놀라지 않을 수 없었다.

'저것이… 칠인회의 힘인가……'

대륙에서 그 마법의 완성도만큼은 최고로 인정받고 있는 칠인회. 그런 칠인회에서도 총회주의 직위를 가지고 있는 자의 능력을 보며 페드로는 아무 말도 할 수가 없었다.

하지만 검을 사용할 수 있다고 해서 검술 자체가 뛰어난 것은 아니었기에 마법사인 루드그레인은 블러드 스톰의 검에 밀리고 있었다.

"젠장!"

계속적인 공격을 받게 되자 어쩔 수 없다고 생각한 루드그레인은 그를 죽이기로 결심하게 되었는데, 그때 루드그레인의 앞으로 투명한 형상이 일렁거리더니 한 소년이 고개를 내젓고 있는 것이 보였다.

"응? 넌 레이드란 꼬마가 아니냐?"

「당신이 블러드님을 죽인다면 시간은 다시 혼란을 반복합니다. 인간의 혼란은 인간이 해결해야 하는 것, 죽은 자를 이해할 수 있는 분은 블러드님뿐입니다.」

"젠장! 나도 그걸 아니까 녀석을 살리려고 했던 게 아니냐!"

레이드의 말에 짜증이 난 루드그레인은 소리를 지르며 블러드 스톰의 사정거리에서 벗어나 플라이 마법을 사용해서 하늘 위로 몸을 날렸다.

"역시나 죽일 수 없단 말인가. 레비테이션 아더!"

하늘 위로 올라간 그가 투덜거리며 시동어를 외치자 대지는 엄청난 굉음과 함께 하늘로 치솟아오르기 시작했고, 블러드 스톰 역시 여파에 실려 하늘로 치솟아올라 가기 시작했다.

"프레스!!"

플라이와 레비테이션 아더의 더블 스펠에 이어 프레스의 트리플 스펠까지 외친 루드그레인은 시퍼렇게 변한 얼굴로 입에서 피를 흘리고 있었지만 정신력을 더욱 높여 프레스의 압력을 가하기 시작했다.

레비테이션 아더로 하늘로 치솟아올라 간 대지는 서서히 프레스에 의해 하나의 구로 합쳐지기 시작했는데, 놀랍게도 그 구는 가운데에 하나의 공간을 만들어 블러드 스톰을 가두어놓기 시작했다.

허공에 떠올린 대지를 사용하여 루드그레인은 흙으로 만든 원에 블러드 스톰을 가두어두려 하고 있는 것이다.

"크아아!!"

괴성을 지르며 블러드 스톰은 루드그레인이 만들어놓은 대지의 함정에서 벗어나려 했지만 레비테이션 아더에 걸린 이상 그 움직임이 자유롭지 못하기 때문에 그 공격 능력은 현저히 줄어들 수밖에 없었고, 한참의 시간이 지나자 그 대지의 감옥은 완전히 구를 이루어 블러드 스톰을 가두어놓을 수 있었다.

"큭!!"

모든 것이 마무리가 되자 루드그레인은 대지의 감옥을 땅에 내려놓을 수 있었는데, 엄청난 마나의 소실로 인하여 큰 내상을 입고는 피를 토해내기 시작했다.

"루드그레인님, 괜찮으십니까!"

피를 흘리며 괴로워하는 그를 보며 페드로는 놀라면서 달려왔는데 루드그레인은 손을 내밀어 그를 막고는 자리에서 천천히 일어났다.

"이 정도의 내상은 하룻밤만 자면 나을 것입니다. 문제는 제가 아니라 저 안에 갇혀 있는 블러드님입니다."

"예."

페드로 역시 그런 루그드레인의 말에 고개를 끄덕이며 거대한 대지의 감옥을 올려다 보았다.

루드그레인이 만들어놓은 대지의 감옥은 작은 왕국의 왕성보다 더 높은 크기의 원형의 구슬 형태로 만들어져 있는데, 블러드 스톰이 갇혀 있는 그 내부만 해도 상당히 넓게 만들어져 있었다.

이제 폭주에 빠진 그를 제정신 차리게 하기 위해서 손을 써야 되기 때문에 피로가 극에 달한 그는 잠시 휴식을 취했다.

이제부터 시작될 일은 어쩌면 더욱 힘이 들 수도 있는 일이기 때문이다.

일행 중에 부상을 당한 인물은 이스트와 도라나였는데, 이스트의 경우는 갑작스럽게 습격을 당한지라 상처가 심해 사경을 헤매고 있었지만 루드그레인의 치료 마법에 의해 간신히 목숨을 건질 수 있었다.

그가 보통의 상태였다면 리커버리 마법을 사용하여 완전하게 상처를 치유시킬 수 있었겠지만 이곳까지 온 텔레포트와 블러드 스톰과의 싸움으로 많은 마나가 소실된 지금 힐링 마법 정도밖에 사용할 수가 없었던 것이다.

제22장 **사랑하는 이의 죽음**

사랑하는 이의 죽음

루드그레인에 의해 대지의 감옥에 갇히고서야 간신히 제정신을 찾을 수 있었다.

처음 눈을 떴을 때 다가온 어둠, 그것은 나에게 편안함을 가져다주었다.

어머니의 품처럼 따사로운 어둠의 그림자, 그곳에서 난 흔들렸던 마음을 진정할 수 있었다.

난 왜 가장 따스했던 기억의 후로 나타난 거짓에 분노를 느꼈을까?

어쩌면 그것은 나의 마음속에 있었던 불안이 눈을 떴을 수도 있을 것이다.

시간이 지나면 지날수록 마물같이 느껴지는 난, 내 자신이 마족의 자식이 아닐까 의심했었던 것이고 그것이 차츰 불안으로 다가왔던 것이다.

하지만 칠흑 같은 어둠 속에서 다시 한 번 나를 뒤돌아볼 수 있는 시간을 가질 수 있었다.

마족의 아이. 어쩌면 그것은 진실일 수도 있을 것이다.

인간과 전혀 다른 나는 이미 수십 년 전 처음 딸이 죽임을 당했을 때부터 어렴풋이 느껴지고 있었던 것이기 때문이다.

한참 그런 생각을 하고 있을 때 천천히 어둠은 깨어져 나가고 보고 싶지 않았던 빛이 새어 들어오기 시작했다.

"블러드 스톰님."

"페드로인가……."

나를 맞이하러 들어온 이는 페드로였다.

얼굴 가득한 불안감을 보며 난 아무도 보지 못할 어둠 속에서 미소 지으며 천천히 빛을 향해 걸어나왔다.

마음속의 휴식을 지나 다시 고통의 세상으로 발을 내디딘 것이다.

내 복부에는 검이 지나간 자리가 있었고, 계속 피가 흘러내리고 있었지만 피가 빠져나올수록 고통보다는 희열의 기분이 흐르고 있었다.

칠인회 총회주의 신분에 있는 루드그레인은 천천히 나에게 다가와 마법을 시전했고, 푸른 빛에 휩싸인 나의 상처는 서서히 아물어져 가기 시작했다.

루드그레인의 옆에는 안색이 좋지 않은 모습의 이스트의 얼굴이 보였다.

난 그의 모습을 보며 광기에 취했던 내가 한 짓이라는 것을 금방 알 수 있었다.

그에겐 어느 누구에 대한 원망의 표정조차 없었기 때문이다.

"몸은 괜찮은가?"

"물론."

나의 물음에 간단하게 대답한 이스트였지만 단 한 마디를 내뱉었음에도 얼굴이 일그러지는 것으로 보아 상당한 부상을 입었다는 것을 알수 있었다.

그의 옆에는 에드워드에게 부축을 받고 있는 도리나의 얼굴이 보였는데 그녀 역시 나의 검에 당한 듯한 표정이었다.

아무것도 아니라는 듯이 감추고 있었지만 이스트와는 달리 그녀에게는 나에 대한 원망의 빛이 보이고 있었다.

미안하다는 말이 아무 소용 없다는 것을 알고 있었기에 천천히 루드그레인의 앞으로 걸어가서는 말했다.

"나를 막아준 이가 당신인가?"

"막다니요. 전 적은 힘이나마 그저 도와준 것뿐입니다."

그의 말에 난 고개를 끄덕이고는 천천히 대기하고 있던 마차에 올랐고 다른 이들 역시 나의 뒤를 이어 마차에 올라 목적지를 향해 마차를 몰았다.

라비안스 백작의 영지로 가는 도중 루드그레인은 나의 몸에 대해서 이야기를 해주기 시작했다.

"칠인회의 연구에 따르면 소드 오버러의 폭주 현상은 신체를 붕괴할 정도의 마나가 뇌의 감정 파장을 크게 한 것이라고 보고가 되었습니다."

"감정 파장이라면?"

이스트는 감정의 파장이라는 것을 이해하지 못하고 그를 향해 물었다.

"이를 테면 희로애락의 감정이 갑작스럽게 변화하는 것을 말하는 것이지요. 보통 인간이란 그런 감정의 변화를 보이기 전에 하나의 단계 즉, 무정의 단계를 거치게 됩니다."

"음."

"무정의 단계라는 것은 평소의 모습, 즉 감정의 변화를 보이기 전의 모습인데 즐거움에서 슬픔으로 변하는 것은 즐거움 그리고 무정 그리고 슬픔으로 이어진다는 것이지요. 물론 이러한 두 가지의 감정의 폭은 상당히 넓기 때문에 사람은 놀람이라는 단계를 지나게 됩니다. 즉, 놀람으로 두 가지 감정이 무의 시간을 더욱 길게 가질 수 있도록 하는데 놀람의 단계에선 신체적으로 반응이 급격하게 일어나 정신의 변화를 늦추게 되는 것입니다."

마법사의 말인지라 이스트는 좀처럼 이해하지 못하는 표정을 지었다.

"이러한 감정의 파장이 좁다고 한다면 냉정한 사람이라 불리는 것이고, 클 경우에는 성질이 급한 사람이라 불리는 것이고, 또 그 파장이 극도로 넓다면 그 사람은 광인으로 불리게 되는 것입니다."

"음."

"마나를 알고 있는 사람의 경우에는 그 감정의 파장을 신체가 놀람의 단계와 같이 어느 정도 막아주게 됩니다. 즉, 감정의 급변화시 정신 붕괴를 막기 위해 마나의 흐름이 급격하게 빨리 흐르게 되는 것이지요. 분노를 일으키는 무인이 갑자기 평상시와는 다른 엄청난 마나의 공격을 할 수 있는 것도 다 이런 것에 속한 것입니다. 하지만 소드 오버러의 경우에는 이미 신체의 마나가 충만한 상태이기 때문에, 즉 마나는 빠른 속도로 흐르는 것을 넘어서기 때문에 뇌에 큰 파장을 가져다주게 되며, 마나와 감정의 파장이 겹쳐지면서 이른바 폭주의 현상이 일어나게 되는 것입니다."

"음… 그러니까 마나의 파장이 감정의 파장과 겹쳐지면서 두 개의 파장이 모두 증폭되는 건가?"

"예, 그렇게 볼 수 있는 것이지요. 이러한 현상은 분노의 정령인 퓨리에 의한 광전사와 같은 상태라고 할 수 있지요. 퓨리의 경우에는 자신의 마나를 신체의 감정 파장과 일치시켜 그것을 조종하는 정령이니까요."

"그런 건 모르겠고 블러드 스톰의 폭주를 고칠 수 있는 방법이 있기는 한 거야?"

이스트의 말에 루드그레인은 한참을 고심하는 듯한 표정을 하더니 나를 보며 비장한 목소리로 말했다.

"블러드 스톰님, 마법을 배워보시지 않겠습니까?"

"마법이요?"

갑작스런 그의 말에 난 놀라지 않을 수 없었다. 물론 마검사가 없는 것은 아니지만 현재 소드 오버러의 경지에 있는 사람에게 마법을 배우라고 권유하는 것은 조금 이상한 일이기 때문이다.

"예. 아시다시피 검사들의 마나는 배꼽 밑의 단전이란 부분을 중심으로 온몸을 돌고 있으며, 마법사의 경우에는 심장을 중심으로 마나가 돌고 있습니다. 이런 이유로 혈중의 산소치의 경우에는 마나에 제약을 받지 않는 검사의 경우가 높기 때문에 신체적으로 발달할 수 있지만, 심장으로 마나를 전달받는 마법사의 경우에는 심장을 통해 마나가 흐르기 때문에 혈중의 산소치가 적어 급격한 운동이 불가능한 것입니다."

"음."

"블러드 스톰님의 경우에는 단전을 통해 전신을 돌고 있는 마나를 마나의 통로가 감당하지 못한다는 것입니다. 이런 이유로 급격히 감정의 파장이 커질 때 마나가 신체를 벗어나 뇌로 밀려오는 것입니다. 그렇기 때문에 급격히 마나를 돌릴 수 있는 다른 통로가 필요한 것이지요."

그의 말에 페드로는 고개를 끄덕이면서 말했다.

"그러니까 감정의 폭이 넓어졌을 때 심장으로 넘어나는 마나를 처리한다는 것이군요."

"예. 하지만 이 경우에는 마검사라고 하기에는 조금 무리가 있는 것이 마나의 폭주가 이루어져 심장을 통해 마나가 유통될 시에는 혈중의 산소 농도가 줄어들 수밖에 없기 때문에 급격한 피로가 밀려온다는 것입니다. 즉, 폭주가 되면 검사가 아닌 마법사로밖에 싸울 수가 없다는 것이지요."

난 그의 말에 고민할 수밖에 없었다. 폭주를 막을 수 있는 것이 좋기는 하지만 마법사의 체력으로 싸워야 한다는 것은 위험한 일이기 때문이다.

나의 마법 실력이 루드그레인과 같이 뛰어난 경지가 아니고서야 조금 배운 마법으로 어떻게 적을 상대할 수 있단 말인가.

하지만 이런 나의 생각과는 달리 이스트는 고개를 끄덕이면서 나를 보며 말했다.

"난 루드그레인의 말에 찬성한다."

"무슨 소리야?"

이스트의 말에 페드로는 놀라며 소리쳤는데 손을 내저은 이스트는 자신이 생각하고 있는 바를 이야기했다.

"모두들 알고 있다시피 소드 오버러의 폭주는 생명을 갉아 먹는 행동이다. 벌써 그의 폭주는 이번이 세 번째. 만약 한두 번에 폭주가 더 이루어진다면 갑자기 저 녀석이 죽는다 해도 이상할 것이 없다고. 난 한 사람을 더 죽일 수 있는 것보다 저 녀석의 목숨을 부지할 수 있는 쪽에 걸고 싶다."

"음."

이스트의 말에 페드로는 고개를 끄덕이고 있었다.

나 역시 한두 번의 폭주가 더 이루어진다면 죽임을 당한다는 것을 알고 있었기에 이스트의 말이 틀리지 않다는 것은 알고 있었지만, 나의 힘에 제약이 가해진다면 다크 솔루션을 상대로 싸운다는 것은 불가능하다고 할 수 있었다.

"좋소. 마법을 배우도록 하겠소."

난 한참을 생각한 후에 루드그레인에게 마법을 배우겠다고 말했다.

물론 폭주를 이용하여 일순간 폭발적인 힘을 얻는 것이 어렵게 된다는 것은 알고 있었지만 그러한 힘을 다른 방식으로 얻을 수 있을 것이란 생각이 들었기 때문이다. 만약 나의 그런 증상을 고쳐 단순히 광전사가 아닌 상태에서 폭주의 힘을 사용할 수 있다면 그것은 더욱 큰 도움이 될 것이라는 생각이 들었기에 난 그것을 향해 마나를 익혀 나가야 한다는 생각이 들었다.

나의 결정이 이루어지자 그 후부턴 루드그레인에 의한 마법의 수련이 시작되었다.

물론 마차에서는 그 수련이 힘들었지만 소드 오버러의 수준에 오른 검사 출신인 나에게는 그러한 흔들림은 전혀 방해가 되지 않았다.

하지만 내가 배울 수 있는 시간은 길어야 한 달 정도에 지나지 않았기에 그 성취도는 그리 높지 않았다.

한 달 가까운 시간이 지났을 무렵 난 심장에 약 3서클 정도의 마나를 모을 수 있었고 간단한 불 계통의 마법을 사용할 수 있는 수준에 이르렀다.

"무한한 마나의 흐름이여, 그대의 눈앞에 있는 모든 것을 태워줄 힘을 바라나니. 파이어 볼!"

마법의 주문에 이어 파이어 볼의 시동어를 외치자 나의 손에서 푸른색의 마법의 빛이 잠시 일렁거리더니 뜨거운 불길의 구가 만들어졌고, 그것을 앞으로 내뻗자 표적으로 했던 나무를 박살 내며 불타게 했다.

"축하드립니다!"

루드그레인은 내가 파이어 볼의 주문을 성공하자 크게 기뻐하는 표정으로 와서는 말했지만, 내가 사용한 파이어 볼 이래 봤자 검 기술 중의 하나인 블러드 애로우 하나에 못 미치는 위력이었기에 조금 실망하지 않을 수 없었다.

"벌써 3서클의 주문을 사용하실 수 있다니 저로선 놀라울 따름입니다."

"루드그레인님이 단전의 마나를 심장으로 돌리게 해주셨기 때문이지요."

한 달 정도의 시간에 마법을 사용할 정도로 마나를 심장에 모으는 것은 불가능하다는 것을 알고 있는 루드그레인은 일종의 편법을 써서 나의 마나를 늘어나게 한 것이다.

마나 관과 혈관이 가장 근접해 있는 지점에서 루드그레인은 간단한 수술을 통해 잠시 마나를 혈관으로 밀어 넣은 것이다.

물론 보통의 경우에는 목숨을 걸 정도의 위험스러운 일이지만 그는 가볍게 해치우면서 나의 심장에 3서클에 해당하는 마나를 모으게 하는 데 성공한 것이다.

물론 그 이상도 불가능한 것은 아니지만 과도한 마나를 밀어 넣을 경우에는 심장 마비의 위험이 있다는 말에 3서클로 멈추게 했고, 이 이상의 마나 역시 더 이상 늘여가지 않았다.

폭주의 순간이 왔을 때 넘쳐 나는 마나를 심장으로 밀어 넣기 위해선 어느 정도의 마나를 저장할 수 있는 공간을 지녀야 했기에 마법의 수련으로 그 양은 크게 하고 있지만, 그것에 마나를 쌓지는 않고 있었다.

우리가 도착한 곳은 라비안스 영지에 속해 있는 숲이었다.

리돈 숲이라고 불리는 이곳은 사람이 접근하기 어려울 정도로 울창한 숲이었기에 영지의 병사들로부터 몸을 숨기기에는 상당히 편한 곳이었다.

이곳에서 몸을 숨긴 우리는 영지로 잠입할 준비를 하기 시작했고 루드그레인은 사전 답사를 통해 텔레포트를 할 수 있는 좌표치를 계산하고 있었다.

물론 현재의 경지에는 나 역시 한 번의 텔레포트는 가능했지만 그 거리는 별로 안 될 뿐 아니라 확실하지도 않기 때문에 루드그레인의 마법에 의존할 수밖에 없었다.

납치된 두 사람을 구하기 위하여 나선 우리는 라비안스 영지로 향했다.

제국의 거의 모든 영지가 그렇듯이 외부는 소작농들이 모여 사는 작은 마을들이 흩어져 있었고, 영주의 성 주위에는 큰 마을이 형성되어 있었다.

다크 솔루션의 무리가 머물러 있는 영지라고 보기에는 너무나 평온한 모습에 우린 잠시 당황할 수밖에 없었다.

"의외로군."

거의 대부분의 귀족들은 영지에 속해 있는 소작농들에게 가중한 세금을 물림으로써 부를 축적하고 있기 때문에 가난한 삶을 유지할 수밖에 없었는데 이 영지의 소작농들 마을은 그렇지 않았기 때문이다.

잘 정리되어 있는 하수로와 깨끗한 마을의 모습, 마을의 광장에 보이는 분수대 옆에서 뛰어 노는 아이들의 모습은 좀처럼 우리가 알고 있는 그런 영지의 모습이 아니었다.

"뭐야, 이거. 정말 이곳이 다크 솔루션의 본거지야?"

이스트 역시 생각과는 다른 영지의 모습을 보며 놀라고 있었는데 그때 우리의 곁으로 한 젊은 여자가 천천히 걸어오더니 말했다.

"이것이 바로 저희가 진정으로 바라는 모습이지요."

"음……."

나 역시 그녀의 등장에 크게 놀라지 않을 수 없었는데 소드 오버러급의 나의 이목을 속이고 가까운 곳으로 왔다는 것은 보통 실력이 아니었기 때문이다.

"인사드리겠습니다. 라비안스 백작님의 기사인 마리아라고 합니다."

미소를 지으며 우리에게 인사를 하고 있는 그녀의 모습을 보며 조금씩 긴장감이 몰려오기 시작했다.

이 정도의 기사가 우리를 데리러 왔다는 것은 상당한 인물들이 영지 안에도 있다는 뜻이기 때문이다.

"오! 아름다운 여기사님을 뵈니 기쁘기 그지없군요."

하지만 우리들의 긴장과는 달리 루드그레인은 아무렇지도 않은 표정으로 그녀의 곁으로 다가가서는 천천히 그녀의 손등에 입맞춤을 하고 있었다.

"당신은?"

"하하하, 이번에 저분들과 동행을 하게 된 루드그레인이라고 합니다."

"그러십니까?"

비밀스럽게 잠입해 들어가려고 했던 것이 들통났음에도 그리 개의치 않는 모습을 보이고 있었다.

어느 정도 다크 솔루션의 감시망이 두텁다는 것은 알고 있었지만, 생각보다 녀석들의 감시망이 넓다는 것을 안 것만으로도 다행이라 생각하며 우린 마리아라 불리는 여인의 뒤를 따라갔다.

이미 만반의 준비를 하고 있었던지 소작농들의 마을 밖에는 마차와 함께 오십여 명 정도의 병사들이 대기하고 있었다.

모두 상당한 훈련을 받은 정병이었기에 일행들 사이로는 긴장감이 흘렀다.

영주가 준비해 둔 마차에 올라탄 우린 대로를 따라 영주의 성으로 향했다.

마차의 창문 밖으로는 수확 철을 맞이한 농부들의 분주한 모습이 눈에 띄고 있었다.

황금 빛 들판의 모습, 실로 오랜만에 보는 평범한 농토의 모습을 볼수 있었는데 내가 황금 빛 농토를 보는 모습을 보며 마리아는 미소를지으면서 말했다.

"제국이 내전을 겪고 있다고는 하지만 저의 라비안스 백작님의 영지는 제국의 국경 쪽에 위치해 있기 때문에 내전의 영향을 받지 않고 있답니다. 그래서인지 이번 수확은 십 년 만에 처음으로 맞는 대풍년이지요."

"그렇군요."

땀 흘려 일하는 농부들의 모습을 보며 옛일이 떠오르고 있었다.

사냥꾼이었던 나였지만 수확 철이면 언제나 일손이 모자란 밀밭으로 향하여 마을 주민들과 함께 수확의 기쁨을 맞이했었기 때문이다.

힘든 하루의 일과에서도 수확의 기쁨에 미소를 잃지 않은 사람들의 모습, 그런 모습이 창문 밖으로 농민들의 모습과 같이 비추어지자 나도 모르는 사이에 입가에 미소가 지어지고 있었다.

한참 대로를 따라가자 얼마 지나지 않아 먼 산등성이 쪽에서 영주의 성의 모습과 함께 마을의 모습이 드러났다.

이스트의 정보에 의하면 라비안스 백작가는 제국의 명문 중 하나로 약 300년의 전통을 가지고 있는 가문이라 했다.

과연 그러한 오랜 역사를 지닌 가문답게 멀리서 보이는 마을의 모습은 잘 꾸며져 있었고, 태양의 빛이 대지를 휘감아 도는 모습 사이로 보이는 영주의 성은 아름답기 그지없었다.

'이런 영지가 대륙을 어둠 속으로 밀어 넣고 있는 다크 솔루션의 본거지란 말인가.'

평화는 단지 이곳뿐이란 생각이 들자 이 모든 광경이 환상처럼 느껴졌다.

자신들의 조직에 속한 자만이 누릴 수 있는 평화가 이런 것이라면 그들은 지극히 이기적인 집단이라고밖에 생각할 수 없었다.

영주의 성이 있는 마을로 들어서자 분주한 사람들의 모습이 드러나고 있었다.

소작농들과는 달리 이곳 주민들의 대부분은 상업이나 영주의 성에서 일하고 있는 이들이 대부분이었기에 소작농들 마을과는 조금 다른 모습을 띄고 있었다.

거리 곳곳에 들어서 있는 상점가 사이로는 많은 사람들이 하루의 일과를 수행하고 있었고, 골목골목으로 숨어 다니며 놀고 있는 아이들의 모습에는 즐거운 미소가 어려 있었다.

만약 우리가 이곳이 다크 솔루션의 본거지라는 사실을 모르고 있었다면 이곳은 평화스러운 모습의 마을이라고밖에 생각할 수 없는 그런 모습이었다.

다크 솔루션이라는 어둠의 집단이 숨어 살고 있다고는 전혀 믿어지지 않는 곳이기에 오히려 그들의 본거지가 확실하다는 생각이 들었다.

어두운 다른 제국의 영지들을 비교한다면 이곳은 이상할 정도로 평화스러운 곳이기 때문이다.

마을의 골목을 지나 영주의 성에 다다르자 천천히 도개교가 내려오면서 영주의 성으로 들어갈 수 있는 다리가 만들어졌다.

마차는 천천히 도개교를 지나 성안으로 들어섰는데 마차가 들어서자마자 우렁찬 병사들의 함성 소리가 들려오기 시작했다.

"음."

성문을 들어서자 보이는 것은 병사들의 연병장, 그곳에서는 이백여 명의 병사들이 정렬하여 훈련을 받고 있는 모습이 보였다.

경장갑을 입은 채 긴 창을 들고 훈련하는 그들은 오랜 시간 이러한 훈련을 반복하고 있었는지 그 움직임에는 어디 한 군데 흐트러짐이 없었기에 영지의 병사들 수준을 어느 정도 짐작할 수 있었다.

저 정도의 병사들이라면 제국의 기사단에 속해 있는 정예병들과 비교해도 뒤떨어지지 않을 것이라 보여졌다.

연병장을 지나 다시 안쪽으로 들어선 마차는 내성의 성문 쪽에 다다랐고, 신호가 울리자 천천히 성문이 열리기 시작했다.

외성과 내성의 두 개의 구조로 이루어져 있는 만큼 외적을 상대로 한 방비가 철저히 되어 있다고 볼 수 있었다.

내성 벽의 위 군데군데에는 여러 개의 화살을 한꺼번에 날릴 수 있는 쇠뇌의 모습이 보이고 있었다. 또 성벽 상부의 작은 창들의 모습으로 보아 성벽 내부에 통로가 있어 그곳에서 외부를 향해 활을 쏠 수 있게 만들어져 있다는 것을 알 수 있었다.

외성으로 적군이 진입해 들어온다고 해도 내성을 점령하는 데에 상당한 시간을 소비할 수밖에 없게 만들어져 있고, 외성에 진입해 들어온 적군들이 내성을 점령할 때 그 군대의 위치가 쇠뇌의 범위밖에 위치하지 못하고 있기 때문에 적군으로선 군을 정비할 때 다시 외성으로 나갈 수밖에 없게 만들어져 있는 구조였다.

내성 안으로 들어서자 드디어 영주의 성이 드러났다.

보통 영주의 성 두 배 정도 크기의 성은 한 나라의 왕궁이라고 해도 과언이 아닐 정도로 크고 웅장했기에 외부에서 보던 모습과는 큰 차이를 드러냈다.

성문 앞에서 우린 마차에서 내렸는데 주위를 둘러보니 중장갑보병과 함께 궁병들의 모습이 다수 보였고, 그들의 사이로 하프 플레이트 아머를 입은 정규 기사들이 군데군데 눈에 들어오고 있었다.

기사들의 투구 위에는 검은색의 수실이 달려 있었고 방패의 앞면에는 하나의 문장이 그려져 있었는데 라비안스 백작 가문의 표시라고 생각되었다.

"저 기사들은 라비안스 백작가 세 개의 기사단 중 하나인 흑영 기사단 소속의 기사들입니다."

"저들이 흑영 기사단이라고?"

이스트는 그녀의 말에 조금 놀라는 듯한 표정을 지었다.

그 역시 라비안스 백작의 기사단에 대해서 어느 정도 조사를 하고 있었는데 그가 조사한 바에 따르면 흑영 기사단은 세 개의 기사단 중 제일 낮은 계급에 속하는 기사단이었기 때문이다.

하지만 낮은 계급의 기사들이라고 보기에는 조금 무리가 있어 보이는 것이 그들의 모습은 다른 영주들의 정규 기사들보다 뛰어나 보였기 때문이다.

"세 개나 되는 기사단을 보유하고 있다니 돈이 꽤 많이 들겠는데요?"

루드그레인은 흑영기사들의 모습을 보며 재밌다는 표정으로 물어보고는 천천히 성안으로 걸음을 옮겼다.

보통의 영주들이라면 기사단 하나를 유지하는 데도 꽤 힘이 든다고 알려져 있다. 그들의 병장기나 갑주는 물론 기사단에게 주는 돈들을 감안한다면 상당한 액수의 자금이 필요하기 때문이다.

이러한 자금들은 거의 대부분 영민들에게 세금으로 돌려 유지하는 것이 보통인데, 오면서 본 모습을 감안한다면 라비안스 영주의 세금은 그리 높지 않은 듯했다.

그렇다면 기사단 하나를 유지하기도 힘들다고 볼 수 있었기에 상당한 외부 자금줄을 가지고 있다는 것을 알 수 있었다.

마리아를 따라 성안으로 들어서자 복도의 양 옆으로 백작 가문의 문장이 그려져 있는 작은 깃발이 쭉 늘어서 있었고, 그 밑에는 플레이트 아머를 입은 기사들의 갑옷이 죽 늘어서 있었다.

갑옷의 모양으로 보아 300년 이전의 형태였고, 방패와 검에는 지금의 문장과는 다르기는 하지만 조금 심플한 모양의 문장이 그려져 있는 것으로 보아 처음 백작의 가문이 일어서게 됐을 때에 존재했던 기사들의 갑옷으로 보였다.

갑옷의 복도를 지나 양 옆으로 나누어진 계단의 모습이 보였는데, 마리아는 그중 오른쪽을 선택하고는 위층으로 올라갔다.

그 순간 찬란한 빛의 장막을 통과하는 듯한 느낌이 들었는데, 고개를 돌려보니 왼쪽의 계단으로 붉은 불길이 치솟아오르고 있는 것을 볼 수 있었다.

"뭐야, 저건?"

이스트는 그 광경에 크게 놀라며 소리쳤는데 루드그레인은 아무것도 아니라는 듯이 손가락을 내저으며 말했다.

"고대 트랩의 일종입니다. 만약 우리가 오른쪽 계단이 아닌 왼쪽으로 갔을 경우 환영의 장막을 지난 후 뜨거운 불길에 휩싸였겠지요."

"아!"

"초대 라비안스 백작에게는 두 명의 마법사가 있었는데, 그중 한 명, 마법 세기에 대대로 이름을 남긴 인물은 필로센입니다. 필로센의 특기는 보시는 바와 같은 마법 트랩인데 이 성은 필로센이 직접 설계를 한 성답게 곳곳에 마법의 트랩이 설치되어 있습니다."

"그런……."

"만약 침입자가 이곳으로 멋모르고 들어왔을 경우에는 살아 돌아갈 수 없게 만들어진 곳이지요."

루드그레인의 말에 이곳이 얼마나 위험한 곳인가가 느껴지기 시작했다.

마리아를 따라 성 위로 올라간 우리는 조금 의외일 수밖에 없었다.

"뭐야, 이건?"

그녀를 따라 올라온 곳은 성의 꼭대기, 그것도 아무것도 없는 성의 탑 위였던 것이다.

마리아는 조용히 그곳에서 주문을 외우기 시작했는데, 모든 주문이 끝난 순간 성의 탑 위에선 서서히 하나의 문이 열리기 시작했다.

"역시나 이공간에 본거지를 숨겨두고 있었군요."

"네. 이곳은 대마도사이신 필로센님이 우연히 발견하신 차원의 틈새입니다."

마리아를 따라 열려진 문으로 들어서자 또 다른 세계의 모습이 드러났다.

지금까지 보아왔던 것과는 전혀 다른 세계의 모습은 그 끝을 볼 수 없는 공간이 광활하게 펼쳐져 있었다.

공간의 한쪽에는 또 다른 성의 모습이 보이고 있었는데 그것은 우리가 처음 들어온 라비안스 영지의 성과 같은 모습을 하고 있었다.

다른 것이 있다면 본 세계의 성은 많은 병사들로 인해 살아 있는 느낌이 흐르고, 이곳은 죽은 자의 세계와 같은 적막한 느낌만이 들고 있었다.

성안으로 들어서자 수백 명의 기사들의 모습이 보였는데 괴이하게도 투구 사이로 보여야 하는 얼굴은 어둠에 가려진 것처럼 전혀 보이지 않고 있었다.

"데쓰 나이트!"

루드그레인은 그 기사들의 정체가 데쓰 나이트라는 것을 알고는 크게 놀라는 표정을 지었다. 데쓰 나이트는 언데드계의 마물의 일종으로 상당한 검술과 암흑 마나를 가지고 있는 상류 마물의 일종이었기 때문이다.

이 정도의 데쓰 나이트가 존재하고 있다면 한 나라의 군대와 맞먹는 힘을 가졌다고 할 수 있었다. 데쓰 나이트를 지나 천천히 성안으로 진입해 들어가자 또 다른 언데드계 마물들의 모습이 보였다.

스펙터, 스켈레톤, 스켈레톤 메이지, 구울 등 보통의 세계에서 쉽게 볼 수 없는 언데드계의 마물로 이루어진 군대가 나타나고 있었기에 이번 일이 결코 쉽지만은 않을 것이란 것을 알 수 있었다.

만약 오성신의 사제들이 있었다면 이 엄청난 수의 언데드들이 뿜는 사기로 인해 신성력을 지탱하지 못할 정도였다.

내성 안, 성 내부로 들어선 우리는 처음 원세계의 성안에 들어섰을 때와 같은 갑옷을 볼 수 있었는데, 그때와 다른 것이 있다면 그들 갑옷 안의 기사들의 모습이 보이고 있다는 것이었다.

과거 300년 전의 기사들의 모습이라고 생각할 수 있는 그들의 눈에는 어두운 기색과 함께 슬픔이 흘러내리고 있었다.

"기사들의 영혼을 잡아두고 있군요."

"기사들의 영혼을요?"

"예, 아마 이들은 라비안스 백작의 초창기 때의 기사들일 겁니다. 지금의 모습은 사악한 주술로 인해 영혼이 갑옷 안에 사로잡혀 있는 상태라고 할 수 있지요."

죽은 자의 성으로 온 것 같은 느낌이었다.

마리아를 따라 내부로 들어선 우린 얼마 지나지 않아 성의 중심부에 다다를 수 있었다.

거대한 방 안으로 수십 명의 기사들이 시립해 있고, 그 끝에는 금발의 귀족 청년과 함께한 마법사가 로브를 뒤집어쓰고 있었다.

마리아는 청년의 앞으로 가더니 무릎을 꿇고는 인사를 하며 말했다.

"영주님, 명하신 데로 블러드 스톰의 일행을 데리고 왔습니다."

"수고했다."

마리아의 말에 청년은 오른손을 들어 올리더니 음침한 목소리로 말한 후 천천히 고개를 들어 우리들의 모습을 훑어보고는 말했다.

"성으로 오신 것을 환영합니다."

살아 있는 자의 목소리라고는 전혀 믿겨지지 않을 정도로 그의 음성은 사기가 흐르고 있었기에 우린 경계를 늦출 수가 없었다.

"우리가 온 이유를 알고 있으리라 봅니다. 당신들이 납치해 간 두 사람을 돌려주시지요."

루드그레인은 한 발자국 앞으로 나가서는 말했는데, 이상하게도 그의 시선은 영주라고 생각되는 젊은 청년이 아니라 그의 오른 편에 있는 마법사를 향하고 있었다.

「흐흐흐흐… 역시 나의 정체를 알고 있었군.」

"물론입니다. 아무리 당신이 마력을 감추고 있어도 제 눈을 속일 순 없으니까요, 필로센님."

"필로센?"

루드그레인의 말에 우리들은 모두 놀라지 않을 수 없었다.

라비안스 영지의 마법사였던 필로센은 이미 300년 전에 죽었다고 들었기 때문이다.

필로센의 정체가 드러나자 금발의 청년은 조금 당황하는 듯한 표정을 짓고 있었다. 그의 음성에서 사기가 느껴지기는 하지만, 그 행동으로 보아 보통의 인간임을 알 수 있었다.

"죽은 자의 세계와 산 자의 세계, 어느 것에도 속하지 못한 존재가 되면서까지 당신이 바라는 것은 무엇입니까, 필로센님?"

루드그레인은 천천히 앞으로 걸어나가며 차가운 목소리로 로브를 뒤집어쓰고 있는 필로센을 보며 말했는데, 그 순간 십여 명의 기사들이 빠른 속도로 뛰어와서는 그의 앞을 가로막으며 검을 겨누었다.

기사들이 앞을 가리자 필로센은 서서히 뒤집어쓰고 있는 후드를 걷어내리며 그 모습을 보여주었는데, 놀랍게도 그의 얼굴은 이미 백골이 되어 있었다.

이마의 가운데에는 검은색의 보석이 어둠의 빛을 발하고 있었고, 귀가 있었다고 생각되는 곳에는 붉은색의 보석이 박힌 두 개의 귀고리가 떠 있는 듯한 모습을 하고 있었다.

"리치?"

아무리 뛰어난 마법사라 해도 죽음의 순간만큼은 변하지 않는다. 하지만 단 한 가지 술법만은 죽음의 순간을 벗어날 수 있는데 그것이 바로 리치의 마법이었다.

자신의 본래 육체를 잃는 대신 영원한 삶을 얻을 수 있는 리치, 하지만 마법사들 중에는 이들이 죽은 자도, 자도 될 수 없는 존재라고 말하고 있었다.

루드그레인의 앞을 가로막고 있는 기사들은 데쓰 나이트 그 수가 이십여 명에 이르고 있었지만, 그는 아무런 두려움 없이 그들의 앞으로 천천히 걸어가고 있었다.

「우우우…….」

그가 검을 내밀고 있던 자신들의 곁으로 아무런 두려움 없이 걸어오자 데쓰 나이트들은 두려움이 가득한 괴음을 지르며 뒤로 물러서기 시작했고, 앞에서 보고 있던 금발의 청년인 현재 라비안스 백작은 크게 놀라는 표정을 지었다.

난 이상한 생각에 눈에 마나를 집중하고 다시 한 번 그의 모습을 살펴보았는데, 아나나 다를까, 루드그레인의 몸에는 얇지만 신성의 힘을 나타내는 순백의 빛이 흘러나오고 있었다.

데쓰 나이트들은 그 순백의 힘에 두려움을 나타내며 뒤로 물러서고 있었던 것이다.

「크크크, 성자의 축복을 받은 로브인가?」

"예. 마법사용으론 실용도가 떨어지기는 하지만 언데드를 상대로라면 조금 힘을 낼 수 있는 로브지요."

루드그레인은 이미 언데드가 자신의 상대가 될 것이라는 것을 알고 있는 듯했다. 과거 유온의 땅에서 본 그의 로브는 성자의 축복을 받은 로브가 아니었기 때문이다.

천천히 앞으로 걸어간 그는 금발 청년의 앞에 다다르게 되었다.

"라비안스 백작님이십니까?"

"그, 그렇소."

청년이 고개를 끄덕이며 말하자 루드그레인은 서서히 오른손을 들어 그의 머리 위에 올려놓고는 마나를 끌어올렸는데, 그 순간 영롱한 푸른 빛이 청년의 몸을 휘감더니 서서히 사라져 가기 시작했다.

"아!"

빛이 사라지자 청년은 크게 놀라는 표정을 지으며 자신의 손을 살펴보았다.

"당신에게 있었던 마법의 포박은 이제 사라졌습니다."

"가, 감사하오!"

루드그레인의 말에 그는 크게 기뻐하는 표정을 지으며 인사를 하고는 급하게 의자에서 일어나 우리들의 곁으로 뛰어내려 왔다.

아마 라비안스 백작은 필로센이라 불리는 리치에게 잡혀 있었던 듯했다.

「크크크, 재밌는 존재로군. 어느 정도 실력이 있는 마법사인 듯하지만, 수백 년을 살아온 나에게 대항할 수 있다고 생각하는가?」

"글쎄요, 싸워보지 않고는 모르는 것이 아닐까요?"

「당돌한 녀석이로군.」

그 말과 함께 리치는 가볍게 손을 들어 올렸는데 그 순간 공간이 갑자기 사라졌고 우린 보이지 않는 공간으로 추락하기 시작했다.

한참을 그렇게 추락하고 있을 때 루드그레인은 아무렇지도 않은 듯 천천히 주문을 외우기 시작했다.

"패더 폴!"

루드그레인의 시동어가 들리자 우리의 몸은 마치 깃털과 같이 가볍게 변했고 추락하는 속력도 크게 줄어들어 이 정도라면 떨어져도 큰 충격을 받지 않을 듯했다.

한참을 그렇게 떨어져 내린 후에야 우린 바닥에 닿을 수 있었다.

"이곳은 우리가 들어섰던 성과는 전혀 다른 곳입니다. 아무래도 다크 솔루션이 만들어놓은 일종의 지하 미로라는 생각이 드는군요."

"빠져나갈 방법은 있습니까?"

"미로 정도야 간파하는 것은 별로 어려운 일은 아니지만, 이곳이 차원이 다른 만큼 마나를 모을 수가 없습니다. 즉, 현재 우리가 가지고 있는 마나를 다 낭비한다면 평범한 사람에 지나지 않는다는 것이지요."

루드그레인의 말에 사람들은 크게 놀라지 않을 수 없었다.

성으로 들어설 때 존재하고 있었던 언데드들은 마나가 없는 공격을 한다면 절대 죽일 수 없는 상대였기 때문이다.

"지금부터 명심할 것은 쓸데없이 마나를 낭비해서는 안 된다는 것입니다. 사용할 수 있는 무기는 블러드 스톰님의 마검과 에드워드 씨의 마법검, 그리고 저의 마법 지팡이뿐입니다. 그 외에 마나를 이용한 공격은 절대 금해주시기를 바랍니다."

루드그레인의 말에 일행들은 모두 고개를 끄덕일 수밖에 없었다. 리치를 상대로 한 싸움에서 큰 기술을 사용하기 위해선 그의 부하들은 마나가 없는 공격으로 물리쳐야 하기 때문이다.

그가 앞장을 선 후 미로를 나서기 시작하고 십여 번 정도의 마물과 부딪친 후 가까스로 한 공간에 들어설 수 있었다.

검은 빛을 내는 쇠창살로 막혀져 있는 공간, 루드그레인은 조용히 쇠창살에 가까이 가서는 품에서 작은 줄을 꺼내어 쇠창살 몇 개에 묶어놓은 후 뒤로 물러섰다.

"커스틱!!"

그가 시동어를 외치자 작은 줄은 뜨거운 연기를 내뿜기 시작했고, 서서히 쇠창살은 줄에 의해 부식이 되어가기 시작했다.

마법에 의해 부식되어진 쇠창살을 걷어찬 루드그레인은 천천히 안으로 들어섰다.

멀리서 보이는 밝은 햇살, 우린 미로의 출구를 발견했다고 생각하고는 천천히 앞으로 다가섰는데, 그 순간 수많은 함성 소리가 진동하기 시작했다.

"와아아!!"

밝은 햇살 속으로 보이는 것은 수많은 병사들이 갑주를 입고 진격해 오는 모습이었다.

화살이 빗발치는 속에서 피투성이가 되어 쓰러지는 병사들을 짓밟고 또 다른 병사들이 고함을 지르며 앞으로 나서는 전장터의 모습, 그것이 바로 우리들의 눈앞에 펼쳐지고 있었다.

"크아아아!!"

우리들이 서 있는 문으로 수십 명의 병사들이 밀려들어 오기 시작하자 일행은 병장기를 빼 들고는 그들을 상대하기 시작했다.

"차압!!"

전장터를 뛰어오는 수천 명의 병사, 열려진 문으로 들어서는 피투성이의 병사들을 상대하는 우리들로선 황당하지 않을 수 없었다.

"루드그레인! 어떻게 좀 해봐!!"

이스트는 자신을 향해 검을 휘두르는 병사의 목을 벤 후 루드그레인을 향해 소리쳤다.

끊임없이 밀려드는 병사들을 상대하다간 지쳐서 쓰러지는 것은 시간문제였기 때문이다.

"뜨거운 지옥의 불길을 이끌어 세상의 모든 것을 태워 마나의 위대함을 이끌게 하소서! 헬파이어!!"

루드그레인은 이스트의 말을 듣고는 천천히 주문을 외우기 시작하더니 마법의 시동어를 외쳤다.

그 순간 엄청난 불길이 그의 손에서 빠져나가며 일대를 뜨거운 지옥의 불바다로 만들어 버리기 시작하니 많은 병사들은 불길 속에서 괴로워하며 쓰러져 가기 시작했다.

"어, 엄청나군!!"

일대를 휘감아 버리는 엄청난 불길을 보며 이스트는 탄성을 자아낼 수밖에 없었는데 루드그레인은 그 모습에 고개를 저으며 말했다.

"이들은 필로센의 마법에 사로잡혀 영원의 시간에 있는 자들입니다. 저의 마법으로 죽는다고 해도 또다시 살아나 다시 죽음을 향해 뛰어드는 자들이니 일일이 상대하다간 마나의 고갈로 먼저 쓰러지는 것은 저희들입니다. 일단 뒤쪽으로 피하도록 하지요."

루드그레인의 말에 따라 우린 다시 동굴 안으로 들어갔는데 그 순간 밝은 햇빛은 사라지고 동굴의 양 옆에서 횃불이 타오르기 시작하며 하나의 길을 밝히어 나갔다.

"아무래도 필로센의 꼭두각시가 된 듯하군요."

에드워드는 마치 우리가 가기를 바라는 듯 길을 만들어주고 있는 필로센의 행동에 손을 내저으며 한탄하듯 말했다.

우리가 들어왔던 길임에도 불구하고 다시 나타난 통로는 전혀 다른 모습을 하고 있었다.

"아!!"

라비안스 백작은 이제 더 이상 견디지 못하겠다는 표정으로 머리를 짓누르며 그 자리에서 주저앉고 말았다.

"필로센님을 거역하는 것이 아닌데, 내가 왜… 아!"

오랜 시간 동안 필로센의 마법에 의해 지배당해 왔던지라 그는 이 상황을 견디기 힘들어하고 있었다.

자유를 원했던 만큼이나 죽음을 두려워하고 있는 모습이었다.

한참을 통로를 걸어간 후에야 우린 작은 방에 도착할 수 있었고, 그곳에서 찾고 있던 한 사람의 모습을 볼 수 있었다.

"헤레나!!"

페드로는 나신이 된 채 피폐하게 말라 버린 헤레나의 모습을 보고는 크게 놀라 소리쳤고, 급히 검을 뽑아 그녀의 손을 묶고 있는 철쇄를 내려쳐 잘라 버렸다.

서 있을 힘조차 없었던 헤레나는 그대로 땅으로 쓰러져 버렸기에 페드로는 그녀를 안아 든 채 손가락을 들어 맥을 짚어보았다.

"휴~ 다행입니다. 아직 살아 있습니다."

페드로의 말에 일행들은 안도의 한숨을 쉴 수 있었다.

헤레나가 잡혀 있던 방은 고문실이었다.

여기저기 놓여 있는 고문 기구들과 함께 다른 쇠창살의 감옥 안에는 두 마리의 호랑이가 이를 드러내며 으르렁거리는 모습이 보이고 있었는데, 그곳에 인간의 뼈가 수북히 쌓여 있는 것을 볼 수 있었다.

이스트는 주위를 둘러보며 레이드의 모습을 찾아보고 있었지만 애석하게도 이곳에는 헤레나 한 사람밖에 없었다.

새장과 같이 생긴 고문 도구 안에는 썩어가는 자의 모습이 보이고 있었고, 여기저기 죽어버린 시체들의 위로 구더기가 기어다니고 있었기에 비위가 약한 도라나는 한곳에서 먹은 것을 토해내고 있었다.

"일단은 필로셴에게 고마워해야겠군."

이스트는 여기저기 돌아보면서 또 다른 출구를 찾으며 투덜거리듯 이야기하고 있었다.

페드로는 들고 있던 배낭에서 옷을 꺼내어 그녀에게 입혀준 후 살며시 입가에 물을 흘려주고 있었다.

하지만 정신을 차리지 못하고 있는 헤레나였기에 물은 입가에서 그냥 흘러내리고 있었으니 이렇게는 안 되겠다고 생각한 페드로는 물을 머금은 후 직접 입을 맞추어 물을 먹였다.

어느 정도의 시간이 지나자 탈진했던 헤레나는 천천히 신음 소리를 내며 눈을 떴는데 자신의 눈앞에 페드로의 모습이 보이자 눈물을 흘리며 중얼거렸다.

"페, 페드로……."

"그래, 나야. 정신 차리라고."

"흑흑흑."

꿈이 아닌 현실이라는 것을 알게 된 헤레나는 더 이상 참지 못한 듯이 흐느끼기 시작했고, 페드로는 그녀를 가슴에 안아주었다.

"아무래도 여기가 출구인 듯하군요."

루드그레인은 우리들에게 말한 후 천천히 한곳을 가리켰는데 그곳은 호랑이가 갇혀 있는 철창의 안이었다.

황소만한 크기의 커다란 호랑이가 갇혀 있는 철창 안의 벽에는 미세하게나마 문의 형태의 금이 보이고 있었기에 난 고개를 끄덕이며 녀석들이 있는 곳으로 걸어갔다.

크르르릉.

내가 앞으로 다가서자 두 마리의 호랑이는 으르렁거리며 경계를 하기 시작했기에, 난 가볍게 손을 들어 녀석들에게 살기를 뿌리기 시작했다.

인간과는 달리 동물들은 본능이 많이 살아 있었기에 나의 강한 살기가 느껴지자 꼬리를 내리며 천천히 뒤로 물러서기 시작했고 난 검을 들어 쇠창살을 잘라 버린 후 천천히 안으로 들어갔다.

그 순간 나의 온몸으로 무엇인가 알 수 없는 전율감이 흘러오고 있었다.

'뭐지?'

나도 모르는 사이에 천천히 바닥으로 눈이 가고 있었기에 밑을 들여다 보니 그곳에는 피투성이가 된 아이의 옷이 놓여 있었다.

천천히 무릎을 꿇고 옷을 들여다본 난 그 옷이 레이드가 납치되기 전에 입고 있던 옷이란 것을 알 수 있었다.

레비나와 함께 마을에 들러 처음 사준 레이드의 옷, 아이는 처음으로 산 그 옷을 상당히 아끼고 있었기에 레비나는 그곳에 작은 초생달 모양의 은제 악세사리를 달아주었었다.

만약 이 옷이 레이드의 옷이라면 그 악세사리가 어디엔가 있을 것이라 생각한 난 천천히 주위를 살펴보기 시작했다.

"무슨 일이야?"

바닥을 살피고 있는 나를 보며 이스트는 이상하다는 눈을 하고 물어보았지만 난 내가 찾고 있는 것을 말해 줄 수 없었다.

한참을 그렇게 바닥을 찾아보고 있을 때 호랑이의 발 위로 은빛의 무엇인가가 걸려 있는 것을 볼 수 있었다.

날카로운 발톱 위로 보이는 은빛의 은제 악세사리, 난 그것이 한눈에 레이드의 옷에 장식되어 있던 것이라는 것을 알았기에 허탈하지 않을 수 없었다.

"무슨 일이야?"

이스트는 호랑이를 두려워하고 있는지 안으로 들어서지 못하고 계속 나를 보며 소리치고 있었는데, 그 순간 도저히 참지 못한 난 주먹을 들어 꼬리를 내리며 물러서 있던 호랑이의 정수리를 후려쳤다.

크어엉!!

나의 마나가 담겨 있는 주먹을 맞은 호랑이는 머리가 부서진 채 바닥에 나뒹그러졌는데, 그 순간 뒤쪽에서 강한 살기와 함께 다른 한 마리가 덮치고 있는 것을 느낄 수 있었다.

"차압!"

뒤로 돌아서며 검을 빼 들은 난 검을 휘둘렀고 녀석은 목이 두 동강이 난 채 피를 뿜으며 땅으로 나가떨어졌다.

두 마리의 호랑이 시체로 흐르는 피는 이들에게 죽어간 인간들의 뼈 위로 뿌려졌고, 이내 철창 안은 붉은색의 피로 물들어갔다.

분노? 그런 것이 느껴지지 않았다.

다만 레이드를 먹어버린 이 녀석들을 도저히 살려두고 싶지 않았다.

천천히 머리를 부순 호랑이의 발로 다가선 난 은제 악세사리를 집어 들었다.

"브, 블러드 스톰……."

헤레나는 나의 행동의 이유를 알고 있었는지 페드로에게 부축을 받은 채 떨리는 목소리로 나의 이름을 부르고 있었다.

"누구의 짓인지 보았는가?"

나의 질문에 그녀는 고개를 끄덕이며 말했다.

"가면을 쓴 금발의 남자였어요. 얼굴은 알 수 없지만 다시 한 번 그를 보게 된다면 그가 누구인지 알 수 있을 것 같아요."

"그걸로 충분하다."

그녀가 알아볼 수 있다면 충분했다.

나의 눈앞에 녀석이 그 더러운 모습을 드러낸다면 절대 살려두지 않으리라 결심한 난 주먹을 들어 문이라고 생각되는 벽을 후려쳤다.

쿠구궁!!

벽의 한 면이 무너지자 그 뒤로 서서히 다른 통로의 모습이 드러났기에 난 부서진 벽의 안으로 천천히 걸음을 옮겼다.

칠흑같이 어두운 통로, 하지만 마나를 돋우어 안을 들여다보다 십여 미터 앞에서 위로 올라갈 수 있는 계단의 모습이 보였다.

"가자."

나의 말에 일행들은 천천히 철창 안으로 들어서며 죽어버린 호랑이의 시체를 훑어보고 있었다. 무슨 이유로 내가 녀석들을 죽였는지 그들은 알고 있는 듯했다.

헤레나는 그곳에 들어서자 자신도 모르게 흐느끼다가 정신을 잃었고 페드로는 아무 말도 없이 그녀를 업고는 길을 따라갔다.

난 그의 눈에서 타오르고 있는 분노를 알 수 있었지만 뭐라 말을 할 수가 없었다.

루드그레인의 라이트 마법이 켜지자 어두웠던 공간은 밝게 빛나기 시작했고, 우린 천천히 계단을 통해 윗층으로 올라가기 시작했다.

수천 개의 계단을 올라가자 드디어 눈부신 빛과 함께 하나의 거대한 석실이 드러났다.

넓은 석실 가운데에는 거대한 마법진과 함께한 로브의 남자가 마법 스틱을 들고 서 있는 모습이 보였다.

후드를 깊게 눌러쓴 채 계단을 통해 올라오는 우리 쪽을 바라보고 있는 마법사.

그는 바로 우리를 꼭두각시처럼 움직이게 하는 주범인 필로센이었다.

「나의 선물을 잘 받아보았는가?」

"필로센, 무슨 짓이지?"

루드그레인이 앞으로 나와 소리치자 그는 웃음소리를 내며 말했다.

「크크크, 자네들에게 죽음이란 것을 이야기해 주고 싶었을 뿐이네.」

우리로선 도대체 그가 무슨 생각을 하고 있는지조차 알 수 없었다.

루드그레인은 화가 난 표정으로 천천히 그의 앞으로 가서는 오른손을 앞으로 내밀며 주문을 외웠고, 그의 손에선 큰 불덩어리가 튀어나와 필로센을 향해 날아갔지만 순간 그가 있는 마법진에서 투명한 빛이 새어 나오며 마법을 분산시켰다.

"역시 절대 마법 봉쇄의 마법진이로군."

「내가 있는 마법진의 중심을 제외하고는 말이야. 크크크.」

절대 마법 봉쇄라면 그 안에선 어떠한 자도 마법을 사용할 수 없는 공간이었다.

물론 다가선 자의 마법 서클이 상위라면 상관없지만, 그 이하라면 어느 누구도 그 안에선 마법을 사용할 수 없는 것이다.

루드그레인이 뛰어난 마법사라고는 알고 있지만, 수백 년을 살아온 필로센의 마법을 앞지른다고는 생각할 수 없는 난 천천히 허리에 차고 있는 검에 손을 가져갔다.

필로센은 우리를 보며 천천히 얼굴을 가린 후드를 내리고는 그 진실한 모습을 보여주고 있었다.

처음 봤을 때는 해골뿐인 그의 몸은 서서히 살점이 하나씩, 하나씩 붙어 나가기 시작하더니 잠시 후 살아 있을 때의 모습이라고 생각되는 늙은 마법사의 얼굴이 되어 있었다.

"블러드 스톰이여, 그대의 검을 나에게 주지 않겠는가?"

필로센은 나에게 손을 내밀며 소울 브레이커를 달라고 말하고 있었기에 난 그 이유가 궁금하지 않을 수 없었다.

"나의 검을 달라는 이유가 무엇이지?"

"삶과 죽음의 경계에서 방황하는 자를 안식의 땅으로 안내할 수 있는 것은 소울 브레이커뿐이니까."

그의 말에 루드그레인은 나를 보며 고개를 저으면서 말했다.

"소울 브레이커를 건네주서서는 안 됩니다. 이 땅은 필로센이 만든 땅, 만약 이곳에서 소울 브레이커로 그가 디멘젼 리치에서 벗어나게 된다면 이 공간에 있는 모든 존재는 사라지게 됩니다."

"디멘젼 리치?"

"예. 언데드의 최상의 계급 중의 하나인 리치는 그 의식의 방법에 따라 여러 가지로 나눌 수 있는데, 필로센의 경우에는 하나의 주술의 공간을 만들어낸 후 그곳에서 영원의 생명을 얻은 자입니다. 고대 마도왕국의 마법 지도자들에게서 널리 쓰이던 방법으로 그들의 지식 계급들은 디멘젼 리치가 됨으로써 자신들의 지식을 후예들에게 전달했다고 알려져 있습니다."

"크크크, 과연 현 대륙 최고의 마법 길드를 만든 사람답군."

필로센은 루드그레인의 말에 재밌다는 듯이 미소를 짓고는 그를 보며 물었다.

"거기까지 알고 있다면 내가 누구인지 알고 있겠군?"

"고대 마도왕국의 유일한 디멘젼 리치이자 어리석은 인간들을 속여 불사의 염원이라는 말도 안 되는 조직을 만들어낸 원흉 리치몬드 필로세우스가 아닙니까."

루드그레인의 말을 듣는 순간 크게 놀라지 않을 수 없었다.

지금까지 난 단순히 백작가를 도운 마법사라고 알고 있었는데 놀랍게도 그는 고대 마도왕국에서부터 살아온 마지막 남은 디멘젼 리치였기 때문이다.

마도왕국, 이 세상에 멸망을 가져올 뻔했던 태초의 제국에서 살아온 자를 보게 될 것이라고는 상상하지도 못한 나였다.

그 말을 듣는 순간 필로센은 참을 수 없는지 큰 소리로 웃음소리를 내기 시작했고, 엄청난 파장이 공간을 뒤흔들기 시작하며 지금까지 보아왔던 모든 사물을 사라지게 하고 있었다.

자욱한 흙먼지가 사라진 후에 우리의 눈앞에 나타난 것은 지금까지 단 한 번도 본 적이 없는 모양의 건물 장식이 보이는 거대한 방이었다.

까마득히 멀리에서 보이는 오망성의 거대한 조각에선 푸른빛의 마나가 풍겨져 나오고 있었고, 여기저기에는 알 수 없는 마법의 장치와 마법진들이 기괴한 모습으로 자리를 잡고 있었기에 정신을 차릴 수가 없었다.

"여긴? 설마… 마도왕국?"

루드그레인은 주변의 조각의 모습을 보고는 이곳이 사라져 버린 마도왕국이라는 것을 알아채고는 크게 놀라는 표정을 지었다.

"자네 말대로 이곳은 고대의 마도왕국이라네. 현재는 사라진 궁극의 마법이 살아 있는 유일한 곳이라고 할 수 있지."

"설마……."

그제야 필로센이 무엇을 하려고 하는지 루드그레인을 알아차린 표정을 지었다.

"자네 생각대로네. 소울 브레이커를 나에게 건네준다면 내가 가지고 있는 마도왕국의 모든 마법의 지식을 자네들에게 건네주겠네."

마법사라면 마도왕국의 뛰어난 마법의 지식을 건네준다는 요구는 크게 구미가 당기는 일일 것이다.

루드그레인 역시 마법사의 일인, 그가 마도왕국의 지식을 원하지 않는다면 그것은 거짓이라고밖에 말할 수가 없었기에 크게 고민하는 표정을 짓고 있었다.

"젠장, 거절하겠소."

"거절?"

"솔직히 마도왕국의 마법 지식이 탐나는 것이 사실이긴 하지만, 동료를 배신할 만큼 나쁜 녀석은 아니라서 말이야. 어차피 잊혀진 지식, 썩은 당신의 몸뚱아리와 함께 사라졌다고 생각하기로 했소."

"우하하하하하하"

루드그레인의 말에 필로센은 크게 웃음을 터뜨리고는 마법 스틱을 앞으로 내밀었는데, 그 순간 그의 얼굴에 붙어 있던 살점은 산산이 부서져 나가더니 어둠의 기운을 뿜는 모습이 되어버렸다.

「그렇다면 강제로라도 검을 빼앗아야겠군.」

그 말과 함께 필로센의 입에선 도저히 알아들을 수 없는 음성이 새어 나오기 시작했고 마법의 지팡이에는 엄청난 양의 마나가 집결되더니 붉은색의 빛을 만들어가기 시작했다.

루드그레인은 그것을 보며 우리들에게 큰 소리로 소리쳤다.

"고대 마도왕국의 공격 마법입니다! 무엇이 날아올지 모르니 조심하십시오!"

그의 말이 끝나는 순간 그의 지팡이에선 붉은색의 빛줄기가 뻗어 나오더니 우리를 향해 날아왔다.

슈우우웅!!

그것은 하나의 잘 갈려진 검과 같은 공격이었다.

그의 지팡이에서 뻗어 나온 붉은 광선은 우리들의 사이를 헤집으며 공격해 들어오고 있었는데, 모든 것을 잘라 버릴 수 있는 광선처럼 스치고 지나갈 때마다 고대 마도왕국의 건물은 부서져 나가며 무너져 내리기 시작했다.

이대로 녀석의 공격을 받을 수만은 없었기에 난 검을 뽑아 들고는 빠른 속도로 마법진을 향해 몸을 날렸는데, 마법진 안으로 들어서자 엄청난 고압의 스파크가 일어나 나의 온몸을 마비시키기 시작했다.

"끄아악!!"

"젠장! 전격계 마법진도 섞여 있었군!"

루드그레인은 나의 고통스러운 비명을 듣고는 크게 놀라며 뛰어오고 있었지만, 그가 입고 있는 옷은 거의 모두가 마법이 인첸터된 것이었기에 들어서지 못하고 있었다.

"하압!!"

자신을 도와줄 수 있는 사람은 자신밖에 없다는 생각이 든 난 온몸의 마나를 방출하여 전격계 마법을 밀어내고는 천천히 앞으로 걸어가기 시작했다.

「크하하하하! 다가오라, 영혼을 파괴하는 자여!」

필로센은 내가 다가서자 뼈만 남은 손을 들어 나를 향해 뜨거운 화염의 세례를 퍼부었기에 난 급히 몸을 날릴 수밖에 없었다.

"큭!!"

몸을 날려 화염 공격을 피하자 전격계 마법에 의해 강한 스파크가 온몸을 자극하기 시작했고, 난 무릎을 꿇고 말았지만 입술을 깨물고는 천천히 일어났다.

이렇게 녀석에게 당한다는 것은 도저히 용납할 수 없었기 때문이다.

녀석들의 손에 희생당한 레이드, 아이의 복수를 포기할 수 없었다.

"차앗!!"

입술을 깨물면서 전격의 고통을 참아내며 다시 한 번 녀석을 향해 뛰어갔는데, 녀석을 공격할 수 있는 영역에 다다른 순간 갑자기 검은색의 연기와 같은 것이 다가와서는 내 앞에 보이는 모든 물체를 칠흑과 같은 어둠으로 감싸 버렸다.

"헉!"

갑자기 나의 눈에 시력이 사라지자 난 당황할 수밖에 없었는데, 그때 어둠의 한편에서 푸른색의 빛이 형성되더니 한 사람의 얼굴이 보이기 시작했다.

"필로센!!"

그 얼굴은 잠시 보여주었던 필로센의 본래의 얼굴이었다.

그는 나를 보며 미소를 짓고는 자신이 목적하고 있는 바를 이루기 위해 협박을 하기 시작했다.

"검을 나에게 건네다오. 그렇지 않는다면 넌 영원한 어둠의 세계에서 살게 될 것이다."

"거절한다!"

눈이 안 보일 망정 필로센에게 검을 건네줄 마음이 없는 난 그가 있는 방향을 향해 소리친 후 검을 휘둘렀지만 아무것도 검에 닿는 것은 없었다.

어둠 속에서 나타난 그의 형상은 단순한 환상에 지나지 않았던 것이다.

'정신을 차리자.'

난 조용히 마음을 정리하고 녀석이 있는 곳의 느낌을 찾기 위해 노력했다.

검을 다룸에 그 극성에 이른다면 느낌만으로도 모든 것을 볼 수 있다는 것을 알고 있었기 때문이다.

하지만 필로센은 그런 기회조차 주지 않으려는 듯 무엇인가 뜨거운 기운이 나의 다리에 작렬하기 시작했고, 한순간 지탱할 것이 없는 것처럼 난 땅에 쓰러지고 말았다.

나의 다리에서 뜨거운 물줄기가 뿜어져 나오는 느낌이 들었기에 녀석의 마법에 의해 다리가 절단됐다는 것을 알 수 있었다.

고통스러운 통증이 밀려오기 시작했고 도저히 정신을 집중할 수가 없었다.

"크으윽!

참을 수 없는 통증 속에서 난 움직이기 위해 노력했지만 이내 나의 왼손마저 무엇인가에 잘려지는 느낌과 함께 힘을 줄 수 없어 몸을 일으킬 수가 없었다.

모든 것이 끝난 것일까 하는 생각에 이제 모든 힘이 사라져 가고 있을 때, 어둠의 한편으로 하나의 그림자가 다시 아른거리기 시작했다.

'필로센.'

난 그 그림자의 정체가 필로센이라고 생각했는데 천천히 그려지는 영상은 잠시 후 낯익은 한 명의 소년의 얼굴로 변해가고 있었다.

"레, 레이드.?"

자상한 눈빛으로 나를 내려다보고 있는 레이드는 미소를 지으며 나의 앞으로 가까이 와서는 말했다.

「어둠은 상상을 불러일으키는 곳, 눈을 뜨세요. 아저씨는 이제 저의 눈으로 세상을 볼 수 있답니다.」

"무슨……."

레이드는 나를 보며 알 수 없는 말을 하고 있었다.

이것도 필로센이 만들어낸 환상의 하나일까? 하지만 전에 보았던 그의 영상과는 달리 레이드의 모습에선 따뜻한 기운이 흐르고 있었다.

한없이 사랑하는 자만이 느낄 수 있는 그런 따스함, 난 천천히 손을 들어 레이드의 볼에 손을 가져갔는데, 그 순간 무엇인가 알 수 없는 전율이 나의 몸으로 느껴지기 시작했다.

그 따스함이 이제 온몸으로 느껴지자 레이드의 영상은 사라져 가고 나의 눈앞에선 흉측한 해골의 모습이 보이기 시작했다.

리치가 된 필로센의 얼굴, 그는 어둠이 미치기 전과 같이 뼈만 남은 손을 들어 마법을 사용하여 일행들을 압박하고 있는 모습이 보였다.

"하아압!!"

그의 모습이 보인 순간 난 손에 들린 블러드 소드에 마나를 집중하고는 그대로 그의 몸을 찔러 버렸다.

「헉!!」

나의 검이 자신의 몸을 관통하자 그는 크게 놀라는 듯한 소리를 내뱉고는 천천히 고개를 숙여 나의 얼굴을 쳐다보았다.

「어떻게… 나의 마법을……」

천천히 손을 내려 나의 얼굴에 마법을 사용하려고 하는 필로센을 보며 난 그의 몸에 꽂았던 검을 비틀었고, 그 순간 그는 땅으로 허물어지듯 쓰러지고 말았다.

"블러드 스톰님!!"

루드그레인은 내가 한 일을 보고는 크게 놀라며 뛰어오려고 했지만 이내 마법의 장벽에 부딪쳐 나가떨어지고 말았다.

"루드그레인!"

그의 얼굴을 쳐다본 순간 갑자기 나의 뇌리 속에서 하나의 영상이 나타나기 시작했다.

서서히 무너져 가는 이 성의 모습이 드러남과 동시에 루드그레인을 포함한 사람들이 모두 영원한 장막에 갇혀 아득한 어둠의 나락으로 떨어져 가는 모습이었다.

"루드그레인! 다른 이들을 데리고 이곳을 빠져나가시오!"

"하지만……."

루드그레인을 나를 버리고 갈 수 없다는 표정을 지었지만, 서서히 균열과 함께 무너져 가는 성의 모습을 보며 이를 악물고는 뒤로 돌아서는 사람들을 보며 말했다.

"모두 나에게로 오십시오."

루드그레인의 말에 사람들은 그의 곁으로 모였는데, 자신의 곁으로 사람들이 모두 모이자 그는 천천히 주문을 외우기 시작했다.

"하이 플라이!"

그가 시동어를 외치자 근처에 있던 사람들의 몸은 천천히 공중으로 떠오르기 시작했고, 루드그레인은 그들의 손을 잡고는 소리쳤다.

"모두 손을 잡고 어떠한 일이 있어도 놓치지 마십시오!"

사람들의 향해 주의 사항을 날린 후 루드그레인은 빠른 속도로 날아가기 시작했다.

"파이어 볼!!"

성벽에 마법을 난사하자 큰 굉음과 함께 무너져 가며 밖의 모습이 드러났고 그들은 그렇게 사라져 갔다.

난 마법진의 공간에서 천천히 일어서 발걸음을 옮겼다.

아직 마법진의 영향이 사라지지 않았는지 전격의 고통이 나의 온몸을 자극하기 시작했지만 입술을 깨물며 천천히 걸음을 옮겼고, 한참 후에야 간신히 마법진을 벗어날 수 있었다.

"헉헉……."

하지만 고통을 참으며 벗어났기에 마법진을 벗어나자마자 온몸의 힘이 빠져 버린 나는 큰 숨을 몰아쉬며 그곳에서 쓰러질 수밖에 없었다.

한 톨의 힘도 남아 있지 않은 상황이었기에 좌절감이 몰려오고 있었는데, 그때 나의 곁으로 한 개의 붉은 구슬이 굴러왔다.

"필로센?"

나의 얼굴로 굴러온 구슬에는 필로센의 영상이 서려 있었다.

—일어서라, 약속된 역사의 사람이여.

"약속된 역사의 사람?"

—그대의 출현은 먼 옛날 고대 마도왕국에서부터 예언이 되던 일, 이곳은 그대의 무덤이 될 수 없는 곳이다.

그 말과 함께 붉은 구슬에선 빛이 흘러나왔고, 천천히 나의 몸에 마나의 힘을 불어넣어 주기 시작했다.

"아!"

붉은 구슬의 힘이 사라지자 나의 몸은 조금씩 회복되기 시작했고, 마나도 완전히 돌아와 있었다.

자리에서 일어나 천천히 눈을 들어 루드그레인이 만들어놓은 구멍을 통해 뛰어나가려고 했는데, 그때 나의 눈에 다시금 영상이 잡히더니 또 다른 통로를 보여주었다.

"설마……."

천천히 뒤를 돌아보자 그곳에는 전에는 없었던 통로가 투명하게 보이기 시작했고, 난 조금 당황스럽기는 했지만 지체하지 않고 그곳을 향해 뛰어갔다.

통로를 벗어나자 큰 소리와 함께 내가 있었던 곳의 석실은 완전히 무너져 내렸기에 안도의 한숨을 쉬고는 계단을 통해 밑으로 뛰어 내려갔는데, 한참을 내려가자 한 사람이 간신히 지날 수 있는 복도의 모습이 드러났다.

"헉헉."

필로센이 만들어놓은 이 세계가 무너져 가고 있다는 것을 알고 있었기에 난 온 힘을 다해 통로의 끝을 향해 뛰었는데, 한참을 그렇게 뛰어가던 나의 눈에 황금색의 빛과 함께 거대한 물체가 드러나 보였다.

"이건?"

―고대 마도왕국의 남아 있는 유산 중 하나인 '비아르타스' 라 한다. 저곳으로 오르도록 하게.

필로센의 말에 따라 난 비아르타스라 불리는 거대한 물체 위에 뛰어올랐는데 그것은 바다를 항해하는 배와 같은 구조를 띄고 있었지만, 현재의 배의 형태와는 완전히 다른 모습이었다.

천천히 갑판의 중간쯤을 향하자 그곳에 있는 벽에서 푸른색의 문자가 빛을 내며 나타나더니 천천히 문이 열리기 시작했다.

열려진 배의 방 안으로 들어서자 그곳에는 몇 가지 고대어로 쓰여진 기관 장치가 보였는데 필로센은 한쪽의 통을 가리키며 말했다.

―네가 들고 있는 구슬을 저 통으로 넣도록 해라.

그의 지시에 천천히 통으로 가까이 가자 푸른색의 빛과 함께 천천히 통의 뚜껑이 열리며 하나의 구멍이 만들어졌고, 난 손에 들고 있던 구슬을 그 안에 집어넣었다.

그 순간 내가 있던 방에선 사방에 붉은빛을 띠는 문자가 형성되기 시작하더니 정면의 벽이 서서히 열리기 시작했다.

열려진 벽에는 투명한 유리와 같은 장막이 가려져 있었고, 그 장막에선 다시 황금색의 고대어 문자가 뜨더니 한 사람의 영상이 모습을 드러냈다.

—비아르타스에 온 것을 환영한다.

필로센의 말이 끝남과 동시에 내가 타고 있던 배는 서서히 공중으로 부상하기 시작했기에 난 그제야 이것이 고대 마도왕국의 역사 속에 남아 있는 비공선이라는 것을 알 수 있었다.

필로센의 붉은 구슬이 들어간 비공선은 공중으로 떠오르더니 서서히 그 육중한 몸을 들고 앞으로 움직여 가기 시작했다.

상당한 내구성을 지니고 있는지 건물이 부서지며 수많은 파편들이 비공선 위로 떨어지고 있음에도 내가 타고 있는 곳에선 흔들림조차 없었다.

천천히 앞으로 나아가는 비아르타스는 순식간에 무너져 가는 성을 빠져나왔기에 난 크게 놀라지 않을 수 없었다.

엄청난 스피드로 앞으로 날아가는 비아르타스는 어느 순간 움직임을 멈추었는데 앞을 쳐다보니 마법의 장막에 걸린 듯, 푸른색의 마법의 불꽃이 사방으로 작렬하고 있는 모습이 보였다.

하지만 마법의 힘도 고대 왕국의 비공선을 막지 못하니 천천히 공간을 빠져나가기 시작한 비아르타스는 큰 폭발음과 함께 빠른 속도로 날아가기 시작했다.

"아!"

엄청난 스피드로 날아가고 있는 순간이었기에 주위의 물체는 마지

빠르게 하나의 선과 같은 영상으로 비추어지고 있었다.

─고대 마도왕국의 함선인 비아르타스는 신계에 도달하고자 하는 마도인들의 어리석음에서 탄생한 마도왕국 최후의 함선이다.

필로센은 놀라고 있는 나에게 천천히 비아르타스에 대한 이야기를 해주었다.

마도의 극치에 이른 마도인들은 신보다 우월하고자 하는 생각에 최후의 함선인 비아르타스를 만들었다고 한다.

하지만 이와 함께 만들어진 마력 증폭기는 예상하지 못한 사고로 분열을 일으키면서 흥성했던 마도왕국은 그 최후를 맞게 되니 세상이 멸망되려 할 때 인간을 제외한 모든 천계와 마계, 지상계의 종족들이 힘을 합쳐 마력 증폭기의 분열을 막았다고 한다.

마력 증폭기의 폭발과 함께 세상이 멸망하려 할 때 비아르타스를 만든 다섯 명의 마도사들은 이 함선을 타고 급히 지옥과 같은 제국을 빠져나올 수 있었지만, 죽음의 빛으로 인해 모두 죽임을 당하게 되었다.

비아르타스의 중추를 맡고 있는 디멘전 리치인 필로센은 세상에 존재하는 마도왕국이 완전히 사라졌다는 것을 깨닫고는 근처의 땅에 하나의 공간을 만들어놓고 자신의 세계를 만들었던 것이다.

오랜 시간을 살아오며 인간을 비롯한 많은 종족들을 자신의 세계로 끌어들인 필로센은 삼백여 년 전 인간의 귀족과 마법사, 그리고 하이엘프를 자신의 세계로 끌어들였는데, 그들에 의해 지금과 같은 상황이 되어버린 것이다.

자신에게 감화된 귀족은 모든 세계의 국가들을 좌지우지할 수 있는 조직을 만들고자 했고, 그것이 바로 다크 솔루션이다. 마법사는 인간의 영원을 이룩하고자 하는 조직을 만들고자 했는데, 그것이 바로 불사의 염원이란 조직인 것이다.

하지만 그런 그로서도 나머지 한 명 엘프에 대해서만은 알지 못한다고 했다.

엘프가 살아 있다고 한다면 그의 나이는 오백 살이 넘었겠지만 하이 엘프의 평균 수명이 천 년을 넘는 것을 감안한다면 어디선가 살아 있다는 것을 알 수 있었다. 그는 삼백 년 전 헤어진 후 단 한 번도 자신은 물론 두 사람에게도 그 모습을 보인 적이 없다고 했다.

〈5권에서 계속〉